Rückgabetermin am			
1.	20.2.'18 ✓	13.	
2.	20.3.'18 ✓	14.	
3.	8.5.'18 ✓	15.	
4.		16.	
5.		17.	
6.		18.	
7.		19.	
8.		20.	
9.		21.	
10.		22.	
11.		23.	
12.		24.	

Jennifer Pruckner | Rote Asche

Illustrationen von Christina M. Weigel

www.lesewelten.com

ISBN 978-3-902917-09-6

Jennifer Pruckner

Rote Asche

Illustrationen von Christina M. Weigel

Lesewelten Erlebnis Buch

HERBST

1. Sand und Hitze

Ich schwitzte. Es war unglaublich heiß, sogar für einen Tag Ende August. Eine Stunde stand ich jetzt schon hier und schoss einen Ball nach dem anderen übers Netz, beobachtet von einem nicht allzu großen Publikum, das bei erzielten Punkten auf der einen oder anderen Seite mit mäßiger Begeisterung in die Hände klatschte. Ich schielte zu den Sitzreihen. Die meisten der Zuseher lasen Zeitung oder spielten mit ihrem Handy, manche dösten unter breitkrempigen Hüten.
Ich hörte auf, den Ball auf dem Boden zu dribbeln, warf ihn hoch in die Luft und schlug ihn übers Netz, so platziert, dass meine Gegnerin ihn nicht erwischte. Wieder dieser mäßige Applaus. Ich rückte meine Schirmkappe zurecht, die mir die Haare aus dem Gesicht und die Sonne aus den Augen hielt, und setzte mich auf meine Bank. Es stand fünf zu zwei für mich im zweiten Satz, den ersten hatte ich mit sechs zu drei gewonnen. Meine Chancen standen gut, dass dieses Match nicht mehr lange dauerte.
Ich nahm einen Schluck aus meiner Wasserflasche, der meinen Körper aufgrund der Hitze wohl schon bald in Form von Schweiß wieder verlassen würde. Dann ging ich zurück auf den Platz, wobei meine Schritte deutliche Spuren im Sand hinterließen.
Rote Asche, so nennt man ihn auch. Ich hatte das nie verstanden. Das klang, als wäre hier zuvor etwas verbrannt worden, auf dessen Überresten ich spielte. Der Gedanke hatte etwas Seltsames, etwas, worüber ich lieber nicht nachdenken wollte.
Ich nahm hinter der Grundlinie Aufstellung und wartete auf den Aufschlag meiner Gegnerin. Sie war ein schwarzhaariges, eher schmächtiges

Mädchen, das ich zuvor nicht gekannt hatte. Man hatte mir ihren Namen gesagt, doch ich hatte ihn vergessen. Anita irgendwas. So ist das bei mir mit Namen – ich höre sie, und im nächsten Moment sind sie weg. Weil ich mir meistens nicht die Mühe mache, sie mir zu merken. Weil es meistens egal ist.

Anita irgendwas dribbelte jetzt den Ball. Wieder einmal fragte ich mich, warum das alle Tennisspieler machen, bevor sie aufschlagen. Wirklich, beinahe ausnahmslos alle. Ich glaube, ich habe noch keinen gesehen, der es nicht tut. Das Witzige an der Sache ist, dass man fast gar nicht anders kann, als den Ball zu dribbeln. Vielleicht weil es die Nerven beruhigt. Vielleicht ist es aber auch erlerntes Verhalten – alle machen es, also mache ich es auch. Ich habe versucht, es nicht zu tun, aber es funktioniert nicht. Es fühlt sich komisch an, den Ball nicht zu dribbeln, bevor man aufschlägt. So als würde etwas fehlen. So als wäre dieses Dribbeln, das manche Zuseher ungemein nerven muss, genau die Einstimmung, die man für den nächsten Ballwechsel braucht.

Anita irgendwas hatte endlich aufgehört zu dribbeln und war zum Aufschlag übergegangen. Die Härte, mit der sie den Ball spielte, zeigte mir, dass sie ihre letzten Kräfte mobilisierte. Ich sah ihr an, dass sie mindestens genauso erledigt war wie ich, wenn nicht noch mehr. Sie versuchte wohl, meine Erschöpfung auszunutzen, um wenigstens ihr eigenes Aufschlagspiel durchzubringen. Doch da hatte sie sich getäuscht. Wenn jemand dazu in der Lage war, die letzten Reserven herauszuholen, wenn das Ziel in Sicht war, dann war ich das.

Ich beantwortete ihren Aufschlag mit einer Rückhand, die ungefähr achtzig Prozent meiner Kraft beinhaltete. Mehr war nicht nötig, um Anita irgendwas vom Platz zu fegen. Sie erwischte den Ball mit dem Rahmen des Schlägers und schoss ihn meterweit ins Aus. Wieder dieser mäßige Applaus. So als ob es den Zusehern zu heiß wäre, um ihre Hände zu bewegen. Ich ging zurück hinter die Grundlinie. Drei Punkte brauchte ich noch, um das Match zu gewinnen. Anita irgendwas wusste das, und sie bemühte sich nach Kräften, mir den Sieg so schwer wie möglich zu machen. Doch schließlich, als es gerade fünfzehn zu vierzig stand, schlug sie unerwartet beide Aufschläge ins Netz, und ich hatte den zweiten Satz mit sechs zu zwei gewonnen.

Ich ließ meinen Schläger sinken und ging vor ans Netz. Eigentlich wäre jetzt eine Jubelgeste meinerseits angebracht gewesen, aber erstens war ich dafür von der Hitze zu erschöpft, und zweitens gehörte ich nicht zu den Menschen, die ihre Emotionen der ganzen Welt mitteilten. Innerlich freute ich mich, dass ich gewonnen hatte, klar, aber allzu viel sah man mir davon nicht an, als ich Anita irgendwas die Hand schüttelte.
„Gratuliere“, sagte sie, leise und weder ehrlich noch von Herzen kommend.
„Danke“, erwiderte ich. Da ich das Gefühl hatte, auch etwas – möglichst Positives - zu ihrer Leistung sagen zu müssen, fügte ich hinzu: „Gut gespielt.“
Was gelogen war, denn in Wahrheit hatte sie ziemlich mies gespielt. Doch das zu sagen wäre mir nie in den Sinn gekommen. Genauso wie mit Emotionen verhielt es sich bei mir auch mit der Wahrheit – sie war in mir drin, wollte aber nur selten rauskommen.
Ich war froh, als ich den Platz verlassen konnte. In der Umkleide duschte ich so kalt, dass ich Gänsehaut bekam. Nach der einstündigen Hitzepartie war das eine wahre Wohltat.
Als ich fertig war, mich angezogen und meine Sachen gepackt hatte, ging ich zurück auf den Platz. Es war das letzte Spiel an diesem ersten von zwei Turniertagen gewesen. Die Zuseher waren wie erwartet weg, auch der Schiedsrichter war schon gegangen. Von Anita irgendwas sah ich keine Spur. Entweder war sie noch unter der Dusche, oder sie hatte sich ebenfalls bereits aus dem Staub gemacht.
Die einzige Person, die auf dem Platz auf mich wartete, war mein Trainer Johnny. In seiner Jugend hatte er selbst leidenschaftlich Tennis gespielt. Heute ging er auf die fünfzig zu; all sein Kampfgeist und sein Ehrgeiz hatten damals nicht ausgereicht, um ihn an die Spitze zu bringen. Mit fünfunddreißig hatte er seine aktive Karriere beendet und war dazu übergegangen, Nachwuchsspieler zu trainieren.
„Hat ja ganz schön lange gedauert“, beschwerte er sich.
„Ich habe mich beeilt“, erwiderte ich. Johnny sah mich zweifelnd an, sagte aber nichts weiter, sondern ging schweigend neben mir zum Auto.
„Wie beurteilst du die Leistung, die du gerade erbracht hast?“, fragte er mich, nachdem wir eingestiegen waren und er den Motor gestartet hatte. Ich seufzte innerlich. Konnte er mir nicht ein kleines bisschen Erholung

gönnen? Konnte ich nicht einfach neben ihm sitzen und Musik hören, ohne die Ereignisse der letzten beiden Stunden noch einmal aufzurollen? Ich sah ein, dass eine Reflexion des eigenen Spielverhaltens notwendig für meine sportliche Entwicklung war, aber das wäre auch morgen vor dem Training möglich gewesen.

„Ich finde, es war ganz okay", sagte ich.

„Ganz okay", wiederholte Johnny. An seinem Ton konnte ich erkennen, was er von dieser Aussage hielt. Ich sah zu ihm hinüber und bemerkte, dass er seinen typisch unzufriedenen Gesichtsausdruck aufgesetzt hatte.

„Was denn?", fragte ich leicht genervt. „Ich finde, ich war sogar eher gut als okay. Sechs zu drei und sechs zu zwei, das ist doch ein klarer Sieg!"

„Du darfst aber nicht nur in Siegen und Niederlagen denken", begann Johnny seine Predigt. „Das ist immer relativ. Du musst deine Gegnerin mitberücksichtigen. Wenn du hoch gewinnst gegen jemanden, der sehr viel stärker spielt als du, kannst du mit dir zufrieden sein. Aber diese Anita, die war doch grottenschlecht! Sie hätte maximal ein Spiel pro Satz gewinnen dürfen, du hast ihr insgesamt fünf gelassen! Dieses Match hätte maximal fünfundvierzig Minuten dauern sollen. Und das meine ich mit Relation. Es gibt nicht nur Null oder Eins, Sieg oder Niederlage, es gibt auch noch die Punkteanzahl und die Stärke des Gegners."

„Niemand fragt nach der Punkteanzahl, wenn man gewonnen hat", sagte ich.

„Ich frage nach der Punkteanzahl!", widersprach Johnny scharf. „Hättest du heute eine stärkere Gegnerin gehabt, hättest du niemals gewonnen! Wenn du dich morgen in der nächsten Runde genauso anstellst, hast du keine Chance."

Super. Gerade hatte ich mich noch gut gefühlt, hatte mich über meinen Sieg gefreut, und jetzt machte Johnny alles kaputt. Das konnte er. Er war nie mit mir zufrieden, wenn ich spielte. Das Höchste der Gefühle war, dass er mir nach einem wirklich, wirklich gut gelaufenen Spiel nicht sagte, wie mies ich gewesen war, sondern kurz anmerkte, dass ich kaum Fehler gemacht hatte. Zu mehr Lob hatte es bisher noch nicht gereicht.

Johnny warf mir einen kurzen Blick zu. Er wartete wohl darauf, dass ich etwas sagte, doch da konnte er lange warten. Ich lehnte mich zurück, verschränkte die Arme vor der Brust und starrte auf die Straße. Beinahe er-

wartete ich, dass er mir jetzt trotziges und kindisches Verhalten vorwerfen würde, doch es kam nichts dergleichen. Johnny sagte nichts mehr, bis wir Wien erreicht hatten und im dichten Verkehr durch die Stadt fuhren.
„Morgen um neun?“, fragte er, als er den Wagen vor meiner Wohnung im neunzehnten Bezirk anhielt.
Ich wäre an meinen letzten beiden Ferientagen lieber etwas länger im Bett geblieben, obwohl ich kein Problem damit hatte, bald aufzustehen. Schon gar nicht wegen Tennis. Doch da er sowieso schlechte Laune hatte, wollte ich ihm keine Gelegenheit für eine weitere Predigt geben. Mein letztes Spiel in diesem Turnier war zwar erst am Nachmittag, aber Johnny legte Wert darauf, vorher noch ein paar Spielzüge durchzugehen.
„Morgen um neun“, bestätigte ich, schnappte meine Tasche und stieg aus.
Ich lief die Stufen zu der Wohnung hoch, die ich mit meinen Eltern und meiner um vier Jahre älteren Schwester bewohnte. Es war noch niemand da, also begrüßte ich zuerst unsere Katze und räumte meine Sachen weg. Nach einem raschen Blick auf mein Handy stellte ich fest, dass ich eine SMS von meiner besten – und so ziemlich einzigen – Freundin Katy bekommen hatte. Wir kannten uns seit dem Kindergarten, wo wir unzertrennlich geworden waren. Obwohl sie auf eine andere Schule ging, hatten wir regelmäßig Kontakt. Sie wollte wissen, wie das Spiel gelaufen war. Ich schrieb ihr zurück, dass ich einen Sieg mit nach Hause genommen hatte, und wenige Sekunden später kamen ihre Glückwünsche retour.
Nur fünf Minuten später kam meine Schwester Beate nach Hause. Sie sah beinahe noch müder und abgekämpfter aus als ich, was bei ihrem Sommerjob kein Wunder war. Für vier Wochen hatte sie die Hörsäle der Universität, wo sie Ernährungswissenschaften studierte, eingetauscht. Acht Stunden täglich in einer heißen, lauten Halle, wo man körperlich anstrengende Arbeit verrichtete, um sich während der Ferien ein bisschen Geld zu verdienen.
„Hi Jackie“, begrüßte sie mich, warf ihre Autoschlüssel auf den Tisch und ließ sich aufs Sofa fallen. „Nach einem Tag wie diesem weiß ich wieder, was ich auf der Uni mache.“ Sie seufzte, dann sah sie mich an. „Wie war dein Spiel?“
„Gut“, sagte ich, Johnnys Stimme in meinem Kopf ignorierend. „Ich habe gewonnen.“

„Gratuliere", sagte Beate und klopfte mir anerkennend auf die Schulter. „Ich sollte unter die Dusche."
Sie verschwand im Bad und ich verzog mich in mein Zimmer. Musik an, Lautstärke voll aufgedreht, und schon konnte ich Johnnys Kommentare zumindest für den Augenblick vergessen. Ich starrte die Poster an, die an meiner Wand hingen. Drei nebeneinander und eines obenauf. Die drei unteren zeigten die Stadien von Paris, New York und Melbourne, wo die French Open, die US Open und die Australien Open Jahr für Jahr ausgetragen werden. Über diesen dreien hing jenes Poster, das das Stadion von Wimbledon zeigte. Elf Jahre spielte ich bereits Tennis, und von Anfang an war es mein großer Traum, einmal dort auf dem Rasen zu stehen. Tausende jubelnde Zuseher, das Ambiente, die Aufmerksamkeit der Medien ... Dorthin wollte ich. Das war mein großes Ziel – die Beste meiner Liga zu werden, um danach auch internationale Turniere bestreiten zu können. Irgendwann, das hatte ich mir schon mit fünf Jahren geschworen, würde ich das Turnier in Wimbledon gewinnen.

2. Nach dem Spiel

Meine Eltern kamen zwei Stunden später von der Arbeit nach Hause. Sie führten eine Tischlerei, die im Lauf der Jahre immer weiter gewachsen war und heute recht gut lief.
„Hallo ihr beiden", begrüßten sie uns. „Wie war das Spiel?"
„Jackie hat gewonnen", rief Beate aus der Küche.
„Gratuliere", sagte mein Vater.
Meine Mutter umarmte mich. „Gut gemacht", sagte sie.
„Danke", murmelte ich. „Johnny sieht das leider nicht so."
„Hat er dich kritisiert?", fragte mein Vater.
Ich zuckte die Schultern. „Er war unzufrieden, so wie immer. Er meinte, ich hätte höher gewinnen müssen."
„Du kennst ihn doch", sagte meine Mutter. „Er denkt, er müsse streng mit dir sein, damit du dich nicht auf die faule Haut legst."

„Aber das würde ich nie tun!", widersprach ich aufgebracht. „Ein kleines bisschen Lob hin und wieder würde meinem Selbstwert nicht schaden."

„Ich weiß doch, dass du dich anstrengst", sagte meine Mutter beschwichtigend.

„Soll ich mit ihm reden?", bot mein Vater an.

„Das ist nett, aber nein", lehnte ich ab. „Es würde nichts ändern. Er bekäme höchstens eine noch schlechtere Meinung von mir, weil er denkt, ich wäre eine sechzehnjährige Heulsuse, die wegen jeder Kleinigkeit zu ihren Eltern rennt."

„Er hat doch keine schlechte Meinung von dir", sagte meine Mutter. „Das bildest du dir bestimmt ein."

„Trotzdem", sagte ich. „Es ist schon okay, ich komme an und für sich gut mit ihm aus, und er ist ein sehr guter Trainer. Da kann ich über diese Kleinigkeiten hinwegsehen."

„Ärgere dich nicht weiter", sagte meine Mutter. „Freu dich über deinen Sieg!"

Ich seufzte. „Du hast ja Recht."

„Ich habe Spaghetti gekocht!", verkündete Beate. „Wer hat Hunger?"

„Ich!", rief ich. „Ich verhungere gleich."

Ich sprang auf und setzte mich an den Tisch. Meine Eltern folgten mir, und Beate teilte die Spaghetti aus.

„Gut, dass die Uni bald wieder losgeht", sagte sie. „Noch eine Woche, dann muss ich mich nie wieder an dieses Fließband stellen."

„Dumm, dass die Ferien bald zu Ende sind", widersprach ich. „Wenn ich daran denke, dass ich in drei Tagen wieder zur Schule muss, wird mir schon ganz übel."

„Übel?", fragte meine Mutter.

„So schlimm kann es doch nicht sein, wieder zur Schule zu gehen", meinte Beate. „Immerhin war ich am selben Gymnasium wie du, und ich habe es auch überlebt. Auf die Uni freue ich mich auch schon wieder."

„Ja, weil du einen stinklangweiligen und gleichzeitig extrem anstrengenden Job machst", sagte ich. „Und du hast nur noch zwei Semester, dann hast du deinen Abschluss und kannst arbeiten gehen. Ich hingegen sitze noch zwei Jahre im Gymnasium, dann habe ich gerade mal meine Matura."

„Dann kannst du auch studieren gehen“, sagte mein Vater. „Und dann kannst du auch arbeiten, genauso wie Beate.“
„Ich will überhaupt nicht studieren“, widersprach ich. „Am liebsten würde ich die Schule gar nicht fertig machen.“
Meine Mutter zog fragend die Augenbrauen hoch. „Was würdest du denn sonst gerne tun?“
„Ich will Tennis spielen“, sagte ich.
„Aber das tust du doch“, sagte meine Mutter verständnislos.
„Ja schon, aber nicht so wie ich will. Ich will mich voll und ganz darauf konzentrieren, ich will Profi werden.“
„Du bist doch Profi“, meinte Beate. „Du bist die beste Tennisspielerin im ganzen Raum.“
„Haha“, brummte ich. „Du hast überhaupt noch nie gespielt, und Mama und Papa hatten vor gut zwanzig Jahren zum letzten Mal einen Schläger in der Hand.“
„Das ist nicht fair“, beschwerte sich meine Mutter. „So lange ist es nicht her.“
Mein Vater wiegte nachdenklich den Kopf, dann sagte er: „Doch, sie könnte Recht haben.“
Meine Mutter machte eine wegwerfende Handbewegung. „Ist doch egal. Das Wichtige daran ist, du wirst die Schule nicht abbrechen. Professionelle Tennisspielerin ist kein Beruf mit einem sicheren Einkommen.“
„Wenn ich gut bin, schon“, widersprach ich. „Und ich bin gut, das weiß ich. Ich habe nur zu wenig Zeit, um zu trainieren, wenn ich in die Schule muss! Schaut euch bloß mal an, wie sehr ich mich in den Ferien verbessert habe! Ich habe bei Turnieren doppelt so viele Spiele gewonnen wie in den Wochen davor, und das innerhalb von zwei Monaten! Überlegt, wie weit ich mich noch verbessern könnte, wenn ich ständig so viel Zeit für das Training hätte!“
„Wir wollen deine Leistungen nicht schmälern“, sagte meine Mutter besänftigend, „aber die Schule ist nun mal wichtig. Und jetzt, wo du kurz vor dem Ziel stehst, kannst du nicht aussteigen.“
Es war nicht das erste Mal, dass wir diese Diskussion führten. Schon vergangenes Jahr hatte ich in den Ferien einen großen Sprung nach vorne gemacht und mein Leben danach voll und ganz dem Tennis widmen wollen.

„Mein Gott, Jackie, mach doch einfach die Schule fertig“, rief Beate, „dann bist du achtzehn, hast deine Matura und kannst machen was du willst!“
„Aber das dauert noch so lange!“, rief ich, wobei ich mich beherrschen musste, um nicht mit der Faust auf den Tisch zu schlagen. Natürlich war eine Matura besser als ein Schulabbruch. Ich bemühte mich allerdings nach Kräften, diese Tatsache in die tiefsten Ebenen meines Bewusstseins zu verbannen, wo sie unter all meinen Plänen für die Zukunft eingeschlossen waren.
„Schön“, knurrte ich. „Dann gehe ich eben wieder zur Schule. Wenn es sein muss.“
„Du siehst sicher ein, dass es das Vernünftigste ist“, sagte mein Vater.
Vernünftig. Ich hatte keine Lust dazu, vernünftig zu sein. Ich wollte das tun, was mir Spaß machte. Vernünftig konnte ich sein, wenn ich alt war – zumindest zu alt um Tennis zu spielen.

„Alles okay?“, fragte Beate, als ich ihr nach dem Essen half, den Tisch abzuräumen.
„Ja, klar“, antwortete ich. „Es war vorhersehbar, was sie von meiner Idee halten. Letztes Jahr war es schon so, dieses Jahr ist es so, und nächstes Jahr wird es dasselbe sein.“
„Nicht dasselbe“, widersprach Beate. „Nächstes Jahr stehst du nur noch ein Jahr vor der Matura, da werden sie umso mehr Wert darauf legen, dass du die Schule fertig machst.“
„Ja“, sagte ich gedehnt, „danke für diesen Kommentar. Das hilft mir wirklich enorm.“
Beate lachte und klopfte mir auf die Schulter. „Zwei Jahre noch, Jackie. Das vergeht so schnell, dass es vorbei sein wird, ehe du es richtig mitkriegst.“
Ich konnte Beates Ansicht überhaupt nicht teilen.
Später an diesem Abend lag ich im Bett und starrte meine dunkle Zimmerdecke an. Ich dachte an die vielen Jahre, die ich noch in irgendwelchen Klassenzimmern und Seminarräumen verbringen würde. Minderjährig zu sein war echt mies.
Plötzlich überkam mich ein seltsames Gefühl, so als ob tief in meinem Inneren ein sehr großes Tier, ein Drache mit Zähnen, Klauen und riesigen Flügeln angekettet wäre; ein friedlicher, gutmütiger Drache, der nichts

wollte außer Freiheit, doch unter der Last der Ketten gefangen war. Je mehr er sich gegen die Fesseln wehrte, desto unbarmherziger wurde er von ihnen nach unten gedrückt.
Heute Abend hatte dieser Drache einen gehörigen Schlag abbekommen, der ihn wohl für längere Zeit außer Gefecht setzen würde.

3. Wer zu spät kommt ...

Am nächsten Morgen war Johnny schon da, als ich am Tennisplatz ankam. Ich warf sicherheitshalber einen Blick auf die Uhr: fünf vor neun. Er konnte mir keinen Vorwurf machen, nur weil ich nach ihm auf den Platz kam. Trotzdem beeilte ich mich, meine Schuhe zu wechseln und meinen Schläger auszupacken.
„Wo ist Elisa?“, fragte ich, da ich meine Trainingspartnerin nirgendwo entdecken konnte.
„Sie ist noch nicht da“, antwortete er. Seine Gelassenheit verwunderte mich, denn Johnny reagierte normalerweise äußerst ungehalten auf Unpünktlichkeit.
Wir begannen mit ein paar Aufwärmübungen. Wir – das bedeutete in diesem Fall ich. Johnny ließ mich etliche Runden um den Platz laufen, was mich schon nach wenigen Minuten ordentlich ins Schwitzen brachte. Jetzt war ich Johnny dafür dankbar, dass er das Training für diese frühe Uhrzeit angesetzt hatte. Die Temperaturen waren noch erträglich, ganz anders als bei meinem gestrigen Spiel, das am frühen Nachmittag stattgefunden hatte.
Nach dem Aufwärmen folgten etliche Geschicklichkeits- und Gleichgewichtsübungen, die ich mehr oder weniger graziös absolvierte. Johnny stand währenddessen im Schatten und schaute mir mit kritischem Blick zu. Ich hatte gerade die letzte Übung absolviert, als Elisa außer Atem auf den Platz gerannt kam.
„’Tschuldigung!“, rief sie und ließ ihre Tasche neben meiner auf die Bank fallen.

„Hast du dich also doch noch dazu bequemen können herzukommen“, sagte Johnny, als Elisa keuchend neben mir angekommen war. „Was war denn so wichtig, dass du eine halbe Stunde zu spät kommst?“

„Ich sagte doch, es tut mir leid“, sagte Elisa, doch man hörte deutlich, dass sie ihre Entschuldigung nicht ernst meinte, sondern nur Ruhe von Johnny haben wollte. „Jetzt bin ich ja hier.“

„Eine halbe Stunde zu spät“, beharrte Johnny.

„Ja, eine halbe Stunde zu spät“, sagte Elisa in leicht aufmüpfigem Ton. „Ich kann es auch nicht mehr ändern. Ich war gestern lange weg und habe heute verschlafen, das kann mal passieren.“

„Das kann mal passieren, so.“ Johnny nickte, und ich wusste, was jetzt folgen würde. Innerlich bereitete ich mich auf die Standpauke vor, die zwar Elisa galt, indirekt mich aber genauso ansprechen sollte.

„Das kann passieren, ja. Es darf aber nicht passieren. Nicht, wenn du es zu etwas bringen willst! Glaubst du, die Spieler der Weltspitze sind so weit gekommen, weil sie sich die Nächte um die Ohren geschlagen haben? Glaubst du, sie haben ihre Ziele mittels mangelnder Moral und drittklassigem Ehrgeiz erreicht? Glaubst du das? Denn wenn du das tust, meine Liebe, dann kannst du auch gleich deine Sachen packen und nach Hause gehen. Du weißt, wo die Tür ist.“

Johnny wies mit einer eindeutigen Geste Richtung Ausgang.

„Nein, Johnny, ich will nicht gehen“, sagte Elisa. „Und es tut mir wirklich leid, dass ich zu spät bin.“ Jetzt klangen ihre Worte, als wären sie auch so gemeint. „Aber es ist nun mal so, dass ich nicht mein ganzes Leben nur auf Tennis ausrichten kann. Ich brauche auch Zeit für mich, in der ich ausgehen oder lange schlafen kann.“

„Das ist dein gutes Recht, da stimme ich dir zu“, sagte Johnny.

Ich glaubte, meinen Ohren nicht trauen zu können. Hatte er das gerade wirklich gesagt?

„Nur solltest du langsam an den Punkt kommen, an dem du eine Entscheidung triffst“, fuhr er fort. „Es ist nicht das erste Mal, dass du zu spät bist. Wenn sich das nicht schlagartig – und das bedeutet in dieser Sekunde – ändert, dann sehe ich im Tennis keine Zukunft für dich. Zumindest keine in der Profiliga.“ Er schaute von Elisa zu mir und wieder zurück. „Das ist der große Unterschied zwischen euch: Disziplin. Jackie hat sie. Du, Elisa, hast sie nicht. Und genau das ist der Grund dafür, dass Jackie Aussicht auf Erfolg hat und du nicht."

Ich starrte ihn mit offenem Mund an. So etwas hatte ich noch nie von ihm gehört.

Johnny dürfte meinen Blick bemerkt haben, denn er fügte rasch hinzu: „Aussicht auf Erfolg, habe ich gesagt. Aussicht, nicht Garantie." Er wandte sich wieder an Elisa. „Also?"

„Also – was?" Elisa wirkte ein wenig trotzig.

„Ich warte auf deine Entscheidung", sagte Johnny. „Du kannst dein Privatleben, die Partys und die Freizeit vorziehen, aber dann verlässt du jetzt sofort diesen Platz, und wir sind miteinander fertig. Oder du bleibst hier, aber dann versprichst du damit mir und vor allem dir selbst, von jetzt an voll und ganz bei der Sache zu sein."

Ich schaute Elisa an. Einen Augenblick glaubte ich tatsächlich, sie würde gehen, doch dann schien sie es sich anders zu überlegen.

„Ich bleibe", sagte sie, doch ganz überzeugt klang sie nicht.

Johnny schien das entweder nicht aufgefallen zu sein, oder er ignorierte es. „Schön", sagte er. „Dann wärme dich auf. Für die halbe Stunde Verspätung machst du bei allen Übungen die doppelte Anzahl. Auch bei den Liegestützen, obwohl ich weiß, dass du sie hasst. Jackie, du nimmst Aufstellung."

Ich konnte Elisa ansehen, wie sehr sie sich über diese Disziplinarmaßnahme ärgerte, doch sie begann ohne jeden Kommentar. Während sie um den Platz zu joggte, stellte ich mich hinter die Grundlinie und wartete auf Johnnys ersten Aufschlag.

Er kam so wuchtig, dass ich ihn verfehlte.

„Konzentration!", rief Johnny und warf bereits den nächsten Ball auf. Mit voller Kraft knallte er ihn übers Netz, doch diesmal war ich vorbereitet. Ich spielte den Ball zurück, und Johnny drosch ihn erneut auf meine Seite des Spielfeldes, diesmal in die andere Ecke. Ich sprintete los und erwischte den Ball gerade noch. Während der folgenden Ballwechsel ließ Johnny mich hin und her hechten, Meter um Meter, sodass ich völlig außer Atem war, als er endlich eine Pause einlegte. Nicht nur die Geschwindigkeit, auch die rasch steigenden Temperaturen machten mir zu schaffen.

Johnny bedeutete Elisa, mit den Aufwärmübungen aufzuhören.

„Aufstellung!", brüllte er. Nun stand ich nicht mehr ihm, sondern Elisa

gegenüber. Sie schlug auf, und wir spielten den Ball eine Weile hin und her.
„Geht das auch, ohne dass eine von euch einschläft?“, rief Johnny nach einer Weile. „Wir sind hier im Profitennis, nicht im Kinderferienkurs!“
So ging es das gesamte Training. Elisa und ich spielten, während Johnny uns kritisierte. Wir versuchten, seinen Anweisungen Folge zu leisten, doch es war egal, was wir machten. Er hatte immer etwas auszusetzen.
Nach zwei Stunden beendete er die Einheit. Elisa packte ihre Sachen, verabschiedete sich und war kurz darauf verschwunden.
„Ich weiß nicht, was ich mit ihr machen soll“, seufzte Johnny. Irgendwie konnte ich Elisa verstehen. Sie war sechzehn, da wollte man das Leben genießen. Zumindest, wenn sie so war wie alle anderen Mädchen, die ich kannte, und nicht so wie ich.
„Sie hat doch versprochen, dass sie sich ändern wird“, sagte ich.
Johnny schnaubte. „Ich bin nicht gerade zuversichtlich.“ Er bedeutete mit einer wegwerfenden Handbewegung, dass er das Gespräch für beendet hielt. „Pack deine Sachen und bereite dich auf das Spiel am Nachmittag vor.“

Ich verlor dieses Spiel, genauso wie Johnny es gestern vorhergesagt hatte. Ich konnte keinen Rhythmus finden, machte mehr als nur einen Fehler ohne Not und war nach einem schlechten ersten Satz im zweiten übermäßig nervös.
Kurz gesagt – ich verhaute es mir selbst.
Johnny machte sich nicht die Mühe, mir eine seiner begehrten Standpauken zu halten. Er beschränkte sich darauf, mich daran zu erinnern, dass er mir meine Niederlage bereits gestern prophezeit hatte.
„Du musst härter an dir arbeiten“, schlussfolgerte er.
Das brachte mich auf einen Gedanken. Der Zeitpunkt war zwar nicht perfekt, aber ich hatte nicht mehr lange Zeit, die Sache zu klären.
„Johnny, ich wollte mit dir über etwas reden.“ Ich wusste nicht recht, wie ich es sagen sollte, denn ich wollte es auf keinen Fall vermasseln.
„Also, ich habe mit meinen Eltern geredet ...“ Ich holte Luft und fing noch einmal an. „Übermorgen geht die Schule wieder los, und ich würde am liebsten gar nicht hingehen. Ich würde lieber nur mehr Tennis spielen. Aber meine Eltern erlauben es mir nicht.“

„Und was erwartest du jetzt von mir?“, fragte Johnny.
„Vielleicht könntest du mal mit ihnen reden“, schlug ich vor.
Johnny schüttelte den Kopf. „Das geht nicht, Jackie. Sie sind deine Erziehungsberechtigten, ich bin dein Trainer. Außerdem bin ich ihrer Meinung. Die Schule ist wichtig, und du wirst sie abschließen.“
„Aber du hast doch selbst gesehen, wie sehr ich mich im Sommer verbessert habe!“, widersprach ich, wobei ich hoffte, dass er nicht auf mein eben verlorenes Spiel zurückkommen würde. „Sobald ich wieder in der Schule bin, werde ich den Großteil meiner Freizeit mit Hausaufgaben und Lernen verbringen!“
„Trotzdem“, sagte Johnny bestimmt. „Ich weiß, welche Fortschritte du gemacht hast. Aber ich werde mich ganz bestimmt nicht gegen deine Eltern stellen. Du wirst schon alles unter einen Hut bringen. Soll ich dich nach Hause fahren?“
Ich stimmte zu, obwohl ich etwas sauer auf Johnny war, weil er mir genau wie meine Eltern meine Träume verwehren wollte. Ich konnte nachvollziehen, dass er meinen Eltern gegenüber machtlos war, doch dass er nicht einmal versuchen wollte, sie mithilfe logischer Argumente umzustimmen, nahm ich ihm ein wenig übel.
Johnny schien meine Verstimmung zu spüren, denn er sagte nichts mehr dazu. Andererseits brauchte er das auch nicht. Er hatte seinen Standpunkt mehr als klar gemacht.

4. Prioritäten

An diesem Abend saß ich im Badezimmer und schaute Beate zu, wie sie sich zurechtmachte.
„Wo geht ihr hin?“, fragte ich.
„Das wissen wir noch nicht“, sagte Beate. „Die hier oder lieber die?“ Sie hielt mir zwei verschiedene Paar Ohrringe entgegen.
„Die“, sagte ich und deutete auf die linken.
Beate drehte sich wieder zum Spiegel und steckte die Ohrringe an. „Ich

treffe meine Freundinnen im ersten Bezirk, und dann werden wir sehen wohin es uns verschlägt. Willst du mitkommen?"

„Ich bin noch keine achtzehn", sagte ich. „Ich darf in die meisten Bars nicht rein."

„Dann gehen wir eben woanders hin", schlug Beate vor. „Die anderen haben bestimmt nichts dagegen."

Ich wehrte ab. „Ich will euch nicht im Weg stehen."

„Du würdest uns nicht im Weg stehen", widersprach Beate, während sie ihre Haare hochsteckte.

„Ich muss morgen um neun wieder auf dem Platz sein."

„Dann bleib nicht so lange", meinte Beate, den Blick noch immer auf den Spiegel gerichtet.

„Johnny sagt, es ist schlecht für meine Leistung, wenn ich nicht ausreichend schlafe."

„Ach, Blödsinn", rief Beate, „es interessiert dich bloß nicht!"

Ich musste grinsen. „Das natürlich auch."

„Du würdest am liebsten immer zu Hause bleiben, oder? Bei dir ist wirklich Hopfen und Malz verloren." Beate seufzte. „Du brauchst einen Freund."

War das ihr Ernst? Meinte sie wirklich, eine Beziehung wäre mir lieber als Tennis?

Laut sagte ich: „Warum? Nur weil ich gerne Tennis spiele?"

„Niemand hat etwas dagegen, dass du Tennis spielst", sagte Beate.

„Da bin ich mir nicht so sicher."

„Für ein Mädchen in deinem Alter ist es nicht normal, jeden Abend zu Hause zu sitzen und nichts mit Freunden zu unternehmen. Hast du in den Ferien mal irgendwen aus deiner Klasse getroffen?"

„Ich bin nun mal nicht normal", sagte ich bissig. „Ich bin nicht so wie die anderen, okay? Ich stehe eben lieber früher auf und spiele Tennis, und wenn das heißt, dass ich dadurch nicht jedes Wochenende in irgendwelchen Diskotheken rumhängen und mich besaufen kann, nehme ich das gerne in Kauf."

„Von Rumhängen und Besaufen spricht ja auch niemand", entgegnete Beate, leicht irritiert durch meinen scharfen Ton. „Aber Ausgehen und Spaß haben gehört doch zum Leben dazu!"

„Ich habe dabei aber keinen Spaß", erwiderte ich mürrisch. „Ich finde überhaupt nichts daran, mit anderen Mädchen shoppen zu gehen oder was auch immer die tun, wenn sie kichernd durch die Straßen staksen und sich dabei ganz wichtig fühlen! Und nein, ich habe in den Ferien niemanden aus meiner Klasse getroffen, wenn du es schon wissen musst. Die sind nämlich alle genau so."

„So sind Mädchen in dem Alter nun mal, warum versuchst du nicht damit klar zu kommen und dich ein wenig anzupassen? Akzeptiere sie doch so, wie sie sind!"

Plötzlich fühlte ich wieder den Drachen in meinem Inneren, wie er sich regte und feurigen Atem aus seinen Nüstern blies.

„Akzeptieren?", brauste ich auf. „Mich akzeptiert doch auch niemand! Sie finden es komisch, dass ich so viel Zeit auf dem Tennisplatz verbringe. Sie verstehen nicht, dass Tennis das Wichtigste der Welt für mich ist! Die einen reden hinter vorgehaltener Hand über mich, weil ich anders bin als sie, die anderen ignorieren mich komplett! Ich werde ausgeschlossen, weil ich lieber Tennis spiele anstatt mit ihnen ihre dummen Mädchensachen zu machen! Ich werde ausgeschlossen, weil ich eine Leidenschaft habe!"

Ich hatte mich so in Rage geredet, dass ich gar nicht bemerkt hatte, wie mein Puls in die Höhe geschnellt war. Mein Drache schnaubte und stemmte sich gegen die Ketten, die er ja doch nicht zerreißen konnte.

„Sachte, sachte", sagte Beate und hob abwehrend die Hände. „So war das doch nicht gemeint!"

Ich seufzte. „Ich weiß. Entschuldige. Es geht mir nur so unglaublich auf die Nerven, wenn mir jemand vorschreiben möchte, was ich mit meiner Freizeit zu machen habe."

„Ich will dir nichts vorschreiben, ich wollte dir nur die Möglichkeit bieten, mit uns auszugehen." Beate hatte das Styling beendet und schloss ihre Handtasche. „Wenn du nicht willst, musst du natürlich nicht, ich werde dich bestimmt nicht zwingen."

„Danke, das schätze ich sehr." Ich zwang ein kleines Lächeln auf meine Lippen, um Beate zu zeigen, dass ich ihr nicht böse war. „Ich wünsche euch viel Spaß." Ich umarmte sie kurz, um das Lächeln zu unterstreichen. „Stoßt auf mich an."

„Machen wir", versprach Beate. „Na dann schlaf schön, damit du morgen fit für dein Training bist."

Nachdem Beate gegangen war, war ich nicht mehr lange wach. Da ich wegen der Sache mit der Schule immer noch schlecht gelaunt war, konnte ich mich für nichts wirklich motivieren. Ich hörte noch ein wenig Musik, dann griff ich zu einem Buch. Nach ein paar Seiten wurde ich schläfrig, machte das Licht aus und war kurz darauf eingeschlafen, während meine Eltern im Wohnzimmer vor dem Fernseher saßen und Beate mit ihren Freundinnen durch die Nacht schwebte.

5. Schule und andere Katastrophen

Am darauffolgenden Montag klingelte mein Wecker um halb sieben. Murrend und schlecht gelaunt kroch ich aus dem Bett. Wenn ich wegen meines Trainings oder wegen eines Spiels bald aufstehen musste, machte mir das wenig aus, aber wenn ich in die Schule musste, konnte ich mich gar nicht dafür begeistern.
„Was machst du denn für ein Gesicht?“, fragte mein Vater, als ich in die Küche kam.
„Es ist der erste Schultag“, antwortete ich. „Außerdem bin ich noch nicht richtig wach.“
Die meisten Sechzehnjährigen aus meinem Bekanntenkreis vertrieben die morgige Müdigkeit mit einer Tasse Kaffee. Doch erstens war er mir zuwider, und zweitens gab es in meiner Familie nur am Sonntagmorgen Kaffee. So schlürfte ich meinen Tee und aß Müsli – auch so ein Ritual, das wir schon seit mehreren Jahren aufrecht hielten: Müsli und Tee unter der Woche, Brötchen und Kaffee am Sonntag.
Ohne rechten Appetit löffelte ich mein Müsli, froh darüber, dass meine Eltern nicht auf Konversation beharrten. Ich beneidete Beate, die um diese Zeit schon in der Arbeit war. Ich hätte jetzt auch lieber in einer Produktionshalle gestanden und Geld dafür bekommen, sei sie auch noch so heiß und laut.
Nach dem Frühstück nahm ich meine Schultasche, die ich schon am Vorabend widerwillig gepackt hatte, verabschiedete mich von meinen Eltern

und machte mich auf den Weg. Ich brauchte dreißig Minuten mit einem Bus und zwei Straßenbahnen, bis ich das Gymnasium erreicht hatte. In der Straßenbahn stellte ich mir das neue Schuljahr in der siebten Klasse vor, das mich erwartete. Dann dachte ich an die Tenniskarriere, die durch die Entscheidung meiner Eltern möglicherweise zum Scheitern verurteilt war. Ich stellte mir vor, wie es wäre, wenn ich nur noch Tennis spielen würde, und eine große Trauer erfüllte mich. Anstatt meinen Traum voll und ganz zu leben, würde ich noch zwei Jahre in der Schule sitzen, unter Klassenkollegen, die im selben Raum und doch so weit von mir entfernt waren.
Plötzlich spürte ich, wie Tränen in meine Augen stiegen. Ich kämpfte mit aller Macht dagegen an. Was war nur mit mir los? Ich konnte doch nicht in der Straßenbahn zu heulen anfangen!
Ich lenkte meine Gedanken schnell auf belanglose Dinge, die nichts mit meiner Situation zu tun hatten. Als die Straßenbahn vor meiner Schule hielt, fühlte ich mich schon etwas besser. Ich nahm mir vor, das Gebäude in wenigen Minuten sicheren Schrittes und erhobenen Hauptes zu betreten.
Noch während ich mir selbst etwas vorspielte, konnte ich den Drachen in meinem Inneren seufzen hören.
Egal was ich versuchte, es wurde nicht besser. Eher noch schlimmer, denn als ich aus der Straßenbahn stieg, sah ich jenen Menschen, der mir schon immer auf die Nerven gegangen war: Marie.
Marie war in meiner Klasse. Eigentlich war sie kein Mensch, eher ein Engel, der in all seiner Perfektion vom Himmel gestiegen war, um uns Sterblichen unsere eigene Unvollkommenheit vor Augen zu führen. Denn Marie war wirklich perfekt. In all den Jahren hatte ich nicht einen einzigen Makel an ihr finden können. Sie war sportlich, ernährte sich vorbildlich, machte Yoga und Tai Chi und weiß der Teufel was noch alles, sie spielte seit ihrem achten Lebensjahr Klavier und konnte hinreißend singen. Unnötig zu erwähnen, dass sie überdies blendend aussah, Haar wir reines Gold hatte und eine Haut, auf der man nicht mal unter dem Elektronenmikroskop eine winzige Unebenheit fand. Griechische Statuen erblassten vor Neid, wenn sie an ihnen vorüberging – ehrlich, ich schwöre, dass es so war.
Die Jungs standen Schlange bei ihr, doch seit vergangenem Jahr war Marie in festen Händen. Ihr Freund hatte letztes Jahr an unserer Schule seinen

Abschluss gemacht und war das männliche Abbild ihrer Vollkommenheit. Wenn man die beiden miteinander sah, konnte man gar nicht anders, als sie sich erst vor dem Altar und später mit mindestens fünf umwerfenden Kindern vorzustellen. Wenn sie im letzten Jahr Hand in Hand durch die Gänge oder über den Schulhof flaniert waren, hatte die Welt den Atem angehalten, um den Gesang der himmlischen Chöre, welcher dieses Schauspiel begleitete, nicht zu stören.

Kurz gesagt, ich fand Marie einfach zum Kotzen.

Dass sie die erste meiner Mitschüler war, die ich am ersten Schultag zu Gesicht bekam, konnte kein Zufall sein. Eher ein weiterer grausamer Hieb, den das Schicksal mir verpasste. Und so beeilte ich mich, im Gebäude zu verschwinden, ehe mich der zarte Schein ihrer Aura berühren konnte.

Die Gänge liefen beinahe über vor Schülern, unter denen ich den einen oder anderen meiner Klassenkollegen entdeckte. Ich grüßte sie kurz, sie grüßten mich emotionslos zurück. Es wunderte mich beinahe, dass sie mich überhaupt wahrnahmen. Manchmal hatte ich das Gefühl, dass ihnen nur die Menschen auffielen, die sie auch an den Wochenenden in der Disco trafen.

Ich hielt mich nicht lange damit auf, höfliche Floskeln auszutauschen, sondern ging geradewegs in meine Klasse. Ich begrüßte meine Kollegen, die bereits anwesend waren, und von einigen kam sogar ein „Hallo" zurück. Nach einem kurzen Blick in die Runde stellte ich fest, dass unsere Tische genau so angeordnet waren, wie wir sie am Ende der sechsten Klasse zurückgelassen hatten, und dass sich alle Schüler genauso hingesetzt hatten, wie sie im Vorjahr gesessen hatten. So viel zum Thema Flexibilität.

Ich setzte mich ebenfalls auf meinen alten Platz, beim Fenster am Ende der Tischreihe. Nach und nach vervollständigte sich die Zahl meiner Mitschüler, bis alle Stühle besetzt waren. Rosalie, die neben mir saß – weil es sich so ergeben hatte, nicht weil sie wollte – begrüßte mich mit einem kleinen Lächeln und fragte mich sogar, wie es mir ging.

„Gut, danke", sagte ich. „Hattest du schöne Ferien?"

„Ja, sie waren ganz okay", antwortete Rosalie, ehe sie sich ihrer anderen Sitznachbarin zuwandte. Damit war das Gespräch beendet.

Da mein Interesse an frühmorgendlichem Getratsche über Schuhe und Jungs praktisch nicht vorhanden war, hatte ich meine Ankunft in der

Schule relativ knapp geplant, sodass unser Klassenvorstand und gleichzeitig Deutschlehrerin, Frau Magister Kramer, nur fünf Minuten nach mir in die Klasse kam. Ich hörte, wie die Mädchen neben mir sofort über ihre neue Frisur zu tuscheln begannen.

Frau Magister Kramer hieß uns in der siebten Klasse willkommen und sagte ein paar allgemeine Dinge, die ich nur mit einem Ohr wahrnahm. Der Unterricht – den man nicht wirklich als solchen bezeichnen konnte – dauerte am ersten Schultag nicht lange. Dennoch warf ich ständig Blicke auf die Uhr, denn sobald ich hier raus war, wollte ich auf den Tennisplatz. In den ersten Wochen des neuen Semesters gab es noch nichts zu tun, keine Hausübungen, nichts zu lernen, deshalb wollte ich die Freizeit nutzen. Es würde nicht lange dauern, bis sich die zeitlichen Verhältnisse umkehrten.

Nach drei Stunden, die mir wie eine Ewigkeit vorkamen, beendete die Glocke den Schultag. Ich seufzte innerlich. Wenn diese drei Stunden schon so lang gewesen waren, wie sehr würde sich dann erst der Rest des Jahres in die Länge ziehen?

Gemeinsam mit mir und meinen Mitschülern strömten auch die Schüler der anderen Klassen auf den Gang. Plötzlich packte Miriam, meine Mitschülerin, ihre Freundin Sonja am Arm und zischte: „Da ist er!"

Da die beiden unmittelbar neben mir gingen, folgte ich Miriams Blick, der wie gebannt an einem Schüler aus der Klasse über uns hing. Er stand mit den anderen Achtklässlern zusammen im Schulhof, wo sie sich kurz unterhielten, ehe sie nach Hause fuhren. Sie alle sahen aus, als kämen sie sich wahnsinnig wichtig vor, weil sie jetzt die Ältesten in der Schule waren. Nächstes Jahr würde ich unter denen sein, die niemanden mehr über sich hatten, aber ich würde meine Nase bestimmt nicht so hoch tragen.

„Den ganzen Tag habe ich darauf gewartet, ihn zu sehen, und jetzt ist er endlich da!", schwärmte Miriam, die immer noch Sonjas Arm umklammert hielt. „Die ganzen Ferien habe ich darauf gewartet!"

Sonja schnaubte. „Weiß er inzwischen, wie du heißt?"

„Nein." Miriams gute Laune schien sich schlagartig zu ändern.

„Warum gehst du nicht rüber und sprichst ihn an?", schlug Sonja vor.

„Bist du irre?", rief Miriam. „Das geht doch nicht, nicht neben all seinen Mitschülern!"

Sonja zuckte die Schultern. „Dann wird er wohl nicht so schnell erfahren, wie du heißt."

„Du könntest ruhig ein wenig hilfreicher sein", maulte Miriam.

Ich musste grinsen, denn ich war sicher, dass auch Sonja heimlich in ihn verknallt war, ihn, dessen Namen ich – wie so viele andere auch – mal wieder vergessen hatte. Ich wusste, dass er einer der beliebtesten Jungs der Schule war und dass ihm die Mädchenherzen reihenweise zuflogen.

Mit Ausnahme von meinem, denn ich konnte meine Chancen realistisch einschätzen. Schon früh hatte ich festgestellt, dass die Jungs immer an meiner Schwester Beate oder meiner Freundin Katy interessiert waren. Egal mit wem ich unterwegs war, das andere Mädchen bekam mehr Aufmerksamkeit als ich. Okay, ich muss sagen, ich war nicht gerade das, was man als extrovertiert bezeichnet. Doch wenn das der alleinige Grund dafür war, dass ich von den Jungs immer übersehen wurde, hatte sich die Natur einen wirklich bösen Scherz mit mir erlaubt.

Anfangs war ich darüber furchtbar wütend gewesen. Bei Beate hatten die Jungs jahrelang Schlange gestanden. Bei Katy war es nicht so extrem gewesen, doch sie war immer umschwärmter gewesen als ich. Wobei ich überhaupt nie umschwärmt gewesen war. Auch wenn ich mich noch so sehr anstrengte, konnte ich mich an keinen Jungen erinnern, der je an mir interessiert gewesen wäre.

Dafür hatte es in der Vergangenheit jede Menge Jungs gegeben, die mir gefallen hatten. Doch mein Interesse war nie erwidert worden. Allerdings war ich auch immer zu schüchtern gewesen, um sie überhaupt auf mich aufmerksam zu machen.

Ein Beispiel für meine unglücklichen Gefühle für Jungs war Rafael aus der Achten. Beim Abschlusskonzert kurz vor den Sommerferien war er mir aufgefallen, als er den Gesang einer Kollegin auf der Gitarre begleitet hatte. Ich konnte nicht sagen, was den Ausschlag gegeben hatte – dass er genau mein Typ war oder dass er wirkte, als wäre er mit sich und der Welt im Reinen und durch nichts aus der Ruhe zu bringen – er war mir eine volle Woche nicht aus dem Kopf gegangen. Außerhalb des Unterrichts hatte ich ständig nach ihm Ausschau gehalten und jedes Mal weiche Knie bekommen, wenn ich ihn am Gang oder in der Straßenbahn gesehen hatte. Doch um ihn anzusprechen war ich mal wieder zu feige gewesen. Ich hätte mir sowieso nur eine Abfuhr eingehandelt. Ich hatte schon früh ein Ventil gefunden, mit dem ich derartige Situationen bewältigen konnte. Wann immer ich mich ungerecht behandelt fühlte, wann immer ich glaubte, dass das Schicksal alle anderen bevorzugte, ging ich auf den Tennisplatz und drosch so lange auf die Bälle ein, bis es mir wieder besser ging. Und es funktionierte jedes Mal. Es war zu so etwas wie meinem Allheilmittel geworden, bei Schmerz, Leid, Trauer und Kummer. Und gleich wie ich negative Emotionen damit abbauen konnte, funktionierte es auch mit meinen Gefühlen für Jungs. So als ob ich mit jedem Ball einen weiteren Sprung in ihren gläsernen Zauber machte, bis er schließlich zerbrach.

Ich ließ nie zu, dass solche Gefühle in einem Match auftauchten. Denn sobald ich emotionsgeladen spielte, verlor ich die Kontrolle über mich und über das Spiel. Und das war katastrophal, denn die Kontrolle war-

„Hey!"

Ich machte einen erschrockenen Sprung, als mich jemand anrempelte.

„Tut mir leid, ich habe dich nicht gesehen", sagte ein Junge aus der Fünften oder Sechsten. Ohne meine Reaktion abzuwarten war er auch schon wieder weg.

„Keine Ursache", murmelte ich, „ich bin es gewohnt, übersehen zu werden."

Miriam und Sonja hatten sich mittlerweile so weit von mir entfernt, dass ich sie nicht mehr hören konnte. Es störte mich nicht, ganz im Gegenteil.

Am Ende dieses deprimierenden ersten Schultages hatte ich ausnahmsweise Glück, meine Straßenbahn ließ nicht lange auf sich warten. Vor mir drängelten sich etliche andere Schüler, die es furchtbar eilig hatten, nach Hause zu kommen. Ich wartete ungeduldig, bis sie eingestiegen waren, dann quetschte auch ich mich in den vollgesteckten Wagen. Direkt neben mir stand jemand mit einem ziemlich sperrigen Ding auf dem Rücken.

„Entschuldigung", sagte er, „Musikstunde."

Ich reagierte nicht, bis ich bemerkte, dass ich gemeint war. Ich schaute ihn an – und erstarrte. Rafael. Gerade noch hatte ich an ihn gedacht, und jetzt stand er plötzlich in derselben Straßenbahn!

Ich spürte, wie ich bis über beide Ohren rot anlief und meine Knie zu zit-

tern begannen. Alles, was ich über den Sommer verdrängt hatte, war mit einem Schlag wieder da.
„Was?", fragte ich. War meine Stimme so krächzend, wie sie in meinen Ohren klang?
„Die Gitarre", sagte er und deutete auf das Ding an seinem Rücken.
„Ach so. Das, ja, macht nichts."
Ich kam mir vor wie der letzte Dummkopf. Konnte mir nichts Originelleres einfallen?
„Nur gut, dass ich nicht Schlagzeug spiele, was?", fragte er grinsend.
Ich lächelte gequält, wusste nicht, was ich sagen sollte. Mir war knallheiß. Er wartete darauf, dass ich etwas sagte, doch mir fiel beim besten Willen nichts ein. Am liebsten wäre ich aus der Straßenbahn gesprungen. Wie konnte man nur so unbeholfen sein?
Doch einer seiner Mitschüler rettete mich, ohne es zu wissen.
„Hey, Rafael", sagte er, „sieh dir das mal an!" Er streckte seinen Arm über mehrere Fahrgäste und hielt Rafael sein Smartphone entgegen.
Ich beeilte mich, woanders hinzuschauen. Nur nicht auffallen. Das sollte mir nicht schwer fallen. Immerhin war Unauffälligkeit mein größtes Talent.

6. Diskussionen

Den Nachmittag verbrachte ich zum Großteil auf dem Tennisplatz. Ich spielte erst gegen Elisa, dann gegen einige andere Mädchen meiner Altersklasse. Zwischendurch saßen wir im Schatten, erfrischten uns mit gekühlten Getränken und unterhielten uns, hauptsächlich über Tennis. Ich genoss es, mit jemandem zusammenzusitzen, der meine Interessen teilte. Endlich wurde mal nicht über Schminke oder Handtaschen geredet.
Gegen vier tauchte Johnny auf und kritisierte uns eine Weile in gewohnter Manier, ehe er uns mit unzufriedener Miene entließ.
Völlig erschöpft vom stundenlangen Training kehrte ich gegen sechs nach Hause zurück und stieg unter die Dusche.

„Wie war´s in der Schule?", fragte Beate, die mit einem Buch auf der Couch saß. Ich rubbelte meine Haare trocken und warf das Handtuch achtlos über einen Stuhl.

„Wie jedes Jahr", sagte ich. „Viel Geschnatter, eine kurze Begrüßungsrede unseres Klassenvorstandes Du kennst das ja."

Beate nickte. „Ein erster Schultag noch, dann hast du es geschafft."

Ich setzte mich neben sie. „Zwei Jahre sind eine lange Zeit."

„Sie wird noch länger, wenn du dich ständig darüber beschwerst. Wie wär´s, wenn du es akzeptieren würdest? Du kannst es sowieso nicht ändern."

„Nein, ändern kann ich es nicht", antwortete ich. „Aber akzeptieren kann ich es auch nicht!"

Beate zuckte die Schultern. „Dann hast du ein Problem."

Ich schnaubte. „Ach was!"

Beate setzte dazu an, etwas zu sagen, doch in diesem Moment kamen unsere Eltern herein.

„Ist das dein Handtuch, Jackie?", fragte meine Mutter.

„Ja, ist es", sagte ich. „Ich räume es gleich weg."

Der Abend verlief in durchwegs ausgelassener Stimmung. Die einzige, die sich der Heiterkeit nicht anschließen konnte, war ich. Auch der Appetit schien mich verlassen zu haben, obwohl ich nach dem Training einen Bärenhunger hatte.

„Ist etwas nicht in Ordnung, Jackie?", fragte meine Mutter, nachdem ich während des gesamten Essens kein einziges Wort gesprochen hatte.

„Die Sache mit der Schule mal wieder", antwortete Beate an meiner Stelle. „Sie ist noch immer sauer, weil ihr sie nicht abbrechen lasst."

„Das hätte ich auch selber sagen können, danke", sagte ich giftig.

„Wirklich, Jackie?", seufzte meine Mutter. „Das ist der Grund dafür, dass du uns allen die Laune verdirbst?"

„Ich verderbe überhaupt niemandem die Laune", wehrte ich ab. „Warum fragt ihr überhaupt, wenn es euch nicht interessiert?"

Ich wartete keine Antwort ab, sondern schnappte meinen Teller, stellte ihn in die Spüle und verzog mich auf mein Zimmer. Im Hinausgehen hörte ich, wie Beate zu meinen Eltern sagte: „Sie wird sich schon wieder beruhigen."

Ich schnaubte. Wieder beruhigen, klar. Ich griff zum Handy und rief Katy an, um ihr mein Leid zu klagen.
„Dann musst du eben noch zwei Jahre lang die Schulbank drücken, na und", sagte sie. „Das muss ich genauso, und ich beschwere mich auch nicht darüber."
„Aber du willst nicht schon etwas ganz anderes machen", widersprach ich. Verstand mich überhaupt irgendjemand?
„Du musst aber zugeben, dass du als Tennisspielerin nicht gerade ein gesichertes Einkommen haben wirst", sagte Katy.
Das schon wieder. „Wenn ich gut bin, dann habe ich das. Dann werde ich sogar steinreich damit! Kannst du nicht nachvollziehen, dass es das ist, was ich will? Das zu tun, was ich liebe, und davon leben zu können?"
„Ja, natürlich kann ich das", sagte Katy beschwichtigend. „Aber es gibt nun mal keine Garantie, dass es auch so kommen wird!"
„Nein, es gibt nie eine Garantie", seufzte ich. Ich wollte Katy nicht widersprechen, da ich bemerkte, dass sie mich nicht verstand. Ich wusste für mich, dass es eine Garantie gab. Ich wusste, dass ich als Tennisspielerin erfolgreich sein würde, doch wenn mir Hindernisse wie die Schule dabei im Weg standen, war diese Vision meiner Zukunft stark gefährdet.
Ich unterhielt mich mit Katy noch eine Weile über Belangloses, dann legte ich auf.
Katy hatte, genau wie meine Familie, keine Ahnung. Sie hatten ja auch keine Träume, keine großen Ziele, auf die es sich hinzuarbeiten lohnte. Meine Eltern hatten ihren Betrieb, der mittlerweile fast von selbst lief und den sie bis zu ihrem Ruhestand betreiben würden, und meine Schwester würde ihr Studium beenden und danach irgendeinen langweiligen Job annehmen. Genauso wie Katy und so viele andere Mädchen meines Alters, die eine ähnliche Laufbahn verfolgten. Sie würden heiraten, Kinder bekommen, alt werden und irgendwann bereuen, dass sie nie ihre Träume verwirklicht hatten. Keiner von ihnen konnte sich die Zukunft vorstellen, die ich mir ausmalte.
Ich starrte auf das Poster des Wimbledon-Stadions. Eines Tages, das schwor ich mir, würde ich dort stehen, und ich würde dieses Turnier gewinnen. Das sollte nur einer von vielen Höhepunkten meiner Karriere werden, denn ich wusste, dass auf meinen Sieg in Wimbledon noch viele andere folgen würden.

In diesem Moment gab ich mir selbst ein Versprechen: Wenn meine Eltern wollten, dass ich die Schule abschloss, dann würde ich das tun und mich nicht weiter darüber beklagen. Aber ich würde meine Tenniskarriere nicht hinten anstellen, sondern jede freie Minute auf dem Platz verbringen. Ich würde Schule und Tennis vereinbaren, koste es, was es wolle, um schlussendlich auf Wimbledons heiligem Rasen zu stehen.

7. Nächtlicher Ausflug

In dieser Nacht träumte ich von Rafael.
Es war ein seltsamer Traum. Anhand der Absurdität der Geschehnisse hätte ich erkennen müssen, dass es ein Traum war, und hätte ich das getan, hätte ich wahrscheinlich über mich selbst gelacht. Doch gleichzeitig fühlten sich die Ereignisse so real an, dass ich glaubte, all das würde gerade wirklich passieren.
Ich hatte mich dazu entschlossen, doch mit Beate und ihren Freundinnen auszugehen. Normalerweise hätten wir lange gebraucht, um eine Bar oder Diskothek zu finden, die ich mit sechzehn betreten durfte, doch da es ein Traum war, spielte das Alter keine Rolle. Die Türsteher sagten kein Wort, als ich an ihnen vorbei ging.
Im Inneren des Clubs war es laut und stickig. Der Rauch zahlloser Zigaretten hing als dunstige Wolke in der Luft, und ich konnte ihn auch im Traum so deutlich riechen, als würde er mir wirklich in die Nase steigen. Die Menschen standen dicht an dicht, drängelten sich um die Bar oder bewegten sich auf kleinstem Raum auf der Tanzfläche. Ich fühlte mich fremd, was mir in der Realität genauso ergangen wäre, denn das hier war nicht die Umgebung, in der ich mich besonders gerne aufhielt. Dennoch kehrte ich nicht um, sondern beschloss, noch eine Weile zu bleiben.
Ich sah ein paar meiner Mitschüler, doch sie sprachen mich nicht an, und ich sprach sie nicht an. Wir schienen in diesem Moment nebeneinander zu existieren, ohne das Bedürfnis, in irgendeine Art der Interaktion zu treten, wie ein Tier im Zoo, das den Menschen vor den Gittern ansieht, und der Mensch, der das Tier ansieht, doch keiner von beiden macht den nächsten Schritt in Richtung Begegnung. Ich fragte mich kurz, wer von uns wohl das Tier und wer der Mensch war, doch dieser Gedanke wurde bald von der lauten Musik und den anderen Gästen verdrängt.
Plötzlich sah ich Rafael. Er stand an der Bar und unterhielt sich mit ein paar Leuten. Er sah unglaublich gut aus.
Ich ließ Beate und ihre Freundinnen stehen und bewegte mich Richtung Bar. Wie zufällig stellte ich mich neben ihn und winkte dem Barkeeper. Doch plötzlich waren seine Freunde weg, und ich spürte seine Hand auf meiner Schulter.

„Willst du tanzen?", fragte er mich, dicht an meinem Ohr, um die laute Musik zu übertönen.
„Klar", sagte ich. Da es ein Traum war, machte ich mir keine Gedanken darüber, warum er mich gefragt hatte. Ein Junge in einer Bar voll hübscher Mädchen forderte gerade mich zum Tanzen auf. Das konnte mir auch nur passieren, wenn ich schlief.
Rafael nahm mich an der Hand und führte mich auf die Tanzfläche. Im Nachhinein konnte ich mich an das Lied, zu dem wir tanzten, nicht mehr erinnern, doch das war auch nicht wichtig. Deutlich wahrnehmen konnte ich Rafaels Nähe, seine Augen, die mich ansahen, seine Hände, die mich berührten.
Doch schon nach kurzer Zeit machte mein Traum einen Sprung, wie es in Träumen vorkommt, und Rafael war weg. Statt mit ihm auf der Tanzfläche stand ich wieder bei Beate und ihren Freundinnen, die bester Laune waren. Keine von ihnen verlor ein Wort darüber, dass ich gerade weg gewesen war, und es schien ihnen auch nicht aufzufallen, als ich mich erneut aus dem Staub machte.
Ich verbrachte den Rest meines Traumes damit, Rafael zu suchen. Ich wollte weiter mit ihm tanzen, wollte diese Nähe zwischen uns noch einmal erleben, doch egal wie lange ich suchte, ich konnte ihn nirgends finden.
Nach einer Weile kam Beate zu mir und sagte, dass sie jetzt gehen würden, und ich antwortete ihr, ich könne nicht mitkommen, weil ich zuvor jemanden finden müsse. Auch das schien Beate nicht zu stören. Sie nickte und verschwand in der Menge Richtung Ausgang.
Ich wollte mich wieder auf die Suche nach Rafael machen, doch bevor ich auch nur ein einziges Gesicht unter den Tanzenden ausmachen konnte, änderte sich die Musik. Musik, die jetzt aus dem Radio kam, die real war und mich geweckt hatte.
Mist, warum ausgerechnet jetzt?
Hätte ich noch ein kleines bisschen weiterschlafen, noch ein paar Minuten weiterträumen können, hätte ich Rafael vielleicht gefunden und für die Dauer eines Songs mit ihm tanzen können. Hätte ich nicht in die Schule gemusst...
Doch das ging zu weit. Die Schule für meinen vorzeitig abgebrochenen Traum verantwortlich zu machen schaffte nicht einmal ich. Es war nur

ein Traum gewesen, nichts weiter. Und es war nicht so, dass ich in diesem Traum in Wimbledon kurz vor dem Sieg gestanden hätte. Dann hätte ich sauer sein können, wenn ich diesen Vorgeschmack meines Triumphes verpasst hätte, und sei er noch so unreal gewesen.
Dennoch stand ich mit einem äußerst merkwürdigen Gefühl auf. Es war schön gewesen, mit Rafael zu tanzen. Im Nachhinein empfand ich den Traum als so real, dass ich mich deutlich an die Berührung seiner Hände erinnern konnte, so als ob wir wirklich miteinander getanzt hätten. Die Erinnerung ließ ein warmes, schönes Gefühl in mir aufsteigen. Ich fühlte mich einzigartig dadurch, dass ich mit Rafael getanzt hatte. Dass er mit mir hatte tanzen wollen, und mit keiner anderen. Das war etwas, das ich noch nie zuvor empfunden hatte.

8. Das Ereignis des Jahres

Der nächste Tag in der Schule verlief so wie der erste, nur dass wir heute außer unserem Klassenvorstand auch von anderen Lehrern unterrichtet wurden. Sie teilten Bücher aus und gaben einen Überblick über den Stoff des Semesters. Es war stinklangweilig.
Ich hätte mir gerne unter dem Tisch Videos angesehen, die wir gestern während des Trainings aufgenommen hatten. Wir taten das immer wieder, um unsere Fehler zu analysieren. Doch es wäre bestimmt aufgefallen, und so unterließ ich es und verschob die Analyse meines Spiels auf die nächste Pause.
Doch auch in den fünf Minuten, die wir zwischen zwei Unterrichtseinheiten hatten, konnte ich mich nicht auf den Film auf meinem Handydisplay konzentrieren. Die anderen Mädchen schnatterten dafür viel zu laut.
„Geht ihr auf den Maturaball übernächsten Samstag?“, fragte Rosalie.
„Natürlich, das ist doch das Ereignis des Jahres! Ich habe vorhin mit Daniela aus der 8A gesprochen, sie sind bei den letzten Vorbereitungen.“
„Das wird wunderbar!“

„Oh, das erinnert mich – ich muss unbedingt einen Termin beim Friseur vereinbaren!"
Ich verdrehte die Augen, was niemand bemerkte, und stoppte das Video. So hatte das keinen Sinn.
Als ich den Gesprächen der anderen über den Ball zuhörte, kamen mir plötzlich seltsame Gedanken. Rafael würde auf dem Ball sein. Natürlich würde er das, schließlich war er in der achten Klasse.
„Wer tanzt bei der Eröffnung mit Julian?", fragte Miriam. Julian, genau. Das war der Name des Jungen, in den alle verknallt waren.
„Sabrina", antwortete Rosalie. „Das war zu erwarten, oder?"
Miriam verzog das Gesicht. „Die passen doch überhaupt nicht zusammen! Optisch, meine ich. Er ist groß und schlank, und sie ist klein und…"
„Dick", fügte Sonja hinzu. „Sie ist dick."
„Ich würde nicht sagen, dass sie dick ist", widersprach Rosalie. „Mollig trifft es eher. Und du musst bedenken, dass man schneller rundlich wirkt, wenn man kleiner ist."
„Trotzdem", beharrte Miriam. „Sie passen nicht zusammen. Warum eröffnet er den Ball gerade mit ihr?"
„Weil sie gute Freunde sind", sagte Rosalie genervt. „Warum muss sich bei dir immer alles ums Aussehen drehen?"
„Weil sich nun mal alles ums Aussehen dreht, deshalb", antwortete Miriam. „Ich würde viel besser zu ihm passen, findest du nicht?"
Rosalie schaute sie skeptisch an. „Du kannst ihn auf dem Ball ja bitten, mit dir zu tanzen", schlug sie vor.
„Vielleicht werde ich das", erwiderte Miriam gereizt.
„Ach, du bist doch viel zu feige dafür." Rosalie öffnete ihre Schultasche und begann etwas zu suchen. „Du würdest doch nicht mal mit ihm tanzen, wenn er dich dazu auffordert!"
Ich fühlte, wie ich neben den beiden erstarrte. Den ganzen Morgen war mir mein Traum nicht aus dem Kopf gegangen, und jetzt hatten Rosalies Worte plötzlich erneut dieses seltsame, wunderbare Gefühl in mir aufsteigen lassen.
Die beiden hatten mein Zögern nicht bemerkt, sondern führten ihre Diskussion munter weiter, bis Miriam ins Schwärmen geriet.
„Stell dir vor, wie es wäre, mit Julian zu tanzen…"

„Jetzt halt doch mal die Klappe", fuhr Rosalie sie an. „Ich kann es langsam nicht mehr hören!"
„Was ist denn mit dir los?", fragte Sonja, die gerade dazu gekommen war.
„Miriam faselt schon wieder von Julian", beschwerte sich Rosalie lauthals. „Sie kann es einfach nicht lassen!"
„Ach, das", sagte Sonja. „Das kennen wir doch schon alle."
In diesem Moment wurden sie vom Läuten der Schulglocke und der Ankunft des Lehrers unterbrochen.
Durch die Schwärmereien meiner Kolleginnen begannen nun auch meine Gedanken um den Ball zu kreisen. Was, wenn mein Traum wahr werden könnte? Was, wenn ich wirklich mit Rafael tanzen könnte?
Rafael. Der Name hatte etwas an sich, das ich schwer in Worte fassen konnte. Es war der schönste Name, den ich je gehört hatte.
Meine Kolleginnen plapperten munter weiter. Ich hatte sie schon öfter von Julian schwärmen hören, doch es hatte mich noch nie gestört. Ich hatte eher den Kopf über sie geschüttelt und mich wieder meinen eigenen Angelegenheiten gewidmet. Doch heute war es anders. Heute ärgerte ich mich über ihr mädchenhaftes Gehabe, und der Grund dafür war einfach: Ich fühlte genau wie sie. Und die Schuld daran trug einzig und allein dieser Traum. War es möglich, sich im Schlaf in jemanden zu verlieben, den man nur ganz flüchtig kannte?
Er war mir gegen Ende des letzten Schuljahres aufgefallen, und ich hatte ihn erfolgreich verdrängt. Dann hatte er mich in der Straßenbahn angesprochen, etwas, das überhaupt noch nie vorgekommen war. Hatte ich nur deshalb von ihm geträumt? Weil ich ihm aufgefallen war? Einfach, weil er mich nicht wie alle anderen übersehen hatte?
Wieder einmal konnte ich es kaum erwarten, aus der Schule und auf den Tennisplatz zu kommen. Das würde mich hoffentlich auf andere Gedanken bringen.

9. Ein schneller Entschluss

Nach dem Training hatte ich mich mit Katy verabredet. Wir trafen uns in einem Café an der Donau, wo wir auf der Terrasse sitzen und die spätsommerliche Wärme genießen konnten.

„Wie war dein zweiter Schultag?", fragte Katy, nachdem die Bedienung zwei Tassen Tee vor uns abgestellt hatte.

„So wie der erste", sagte ich. „Mies."

Ich hatte Katy heute aus einem bestimmten Grund angerufen und sie nach einem Treffen gefragt. Der Traum von Rafael verfolgte mich noch immer. Noch jetzt konnte ich seine Nähe beinahe körperlich spüren, wenn ich daran zurückdachte. Ich hatte nicht vor, Katy von Rafael und dem Traum zu erzählen. Ich befürchtete, dieses schöne Gefühl dadurch zu zerstören. Ich wusste, es war absurd zu hoffen, auf dem Ball mit ihm zu tanzen. Wir hatten keine fünf Worte gewechselt, wahrscheinlich hatte er mich längst vergessen. Dennoch ließ mich der Gedanke nicht mehr los.

„Ich wollte dich etwas fragen", begann ich zögernd. „Samstag in einer Woche findet der Maturaball der achten Klassen meiner Schule statt, und ich dachte, vielleicht hättest du Lust, mit mir hinzugehen. Du weißt ja, dass ich mich mit meinen Kollegen nicht allzu gut verstehe. Ich will nicht alleine gehen."

„Klar", sagte Katy, „ich komme gern mit. Aber hast du überhaupt ein Kleid?"

Ich schüttelte den Kopf. „Ich hab mir vor drei Jahren eins für Beates Maturaball gekauft." Damals war ich gerade vierzehn geworden. Normalerweise hätten meine Eltern mir nicht erlaubt, in diesem Alter auf einen Ball zu gehen, doch da sie ebenfalls dort gewesen waren, hatten sie mich mitgenommen.

Ich hatte den ganzen Abend brav an ihrem Tisch gesessen und um eins in meinem Bett gelegen.

„Ich habe es genau einmal getragen. Es war ganz billig, mittlerweile bin ich rausgewachsen."

„Nicht nur in die Länge, sondern auch in die Breite", sagte Katy grinsend. „Dein Training hat Spuren hinterlassen."

Sie hatte Recht, ich war in den vergangenen Jahren kräftiger und muskulöser geworden. Es war für ein sechzehnjähriges Mädchen vielleicht nicht unbedingt erstrebenswert, eine eher jungenhafte Figur zu haben, doch die brachte das Tennis nun mal mit sich.

„Wir sollten ein Kleid für dich kaufen", schlug Katy vor.

Plötzlich beschlichen mich Zweifel. „Vielleicht war es eine blöde Idee", meinte ich. „Das ziehe ich einmal an, dann hängt es im Schrank. Und der Ball wird sowieso eine Enttäuschung."

„Warum?", fragte Katy verwirrt. „Erstens kannst du das Kleid auf deinem eigenen Maturaball nochmal anziehen, zweitens wird es sicher keine Enttäuschung, dafür werden wir schon sorgen. Komm schon, Jackie, das wird lustig! Wenn der Ball wirklich öde ist, dann machen wir uns den Spaß eben selbst."

Ich wusste, dass ich jetzt nicht mehr zurück konnte. Die Chance, mit Rafael zu tanzen, war gleich null, doch damit sie überhaupt bestand, musste ich auf den Ball gehen.

„Na schön, gehen wir ein Kleid kaufen."

Wir bezahlten und verabredeten uns für den nächsten Tag, da mittlerweile alle Geschäfte geschlossen hatten. Ich verabschiedete mich von Katy, die ziemlich aufgeregt wirkte. Anscheinend freute sie sich darauf, mich in einem Kleid zu sehen, ein Anblick, der ihr bisher verwehrt geblieben war. Wenn ich keine Sportklamotten trug, lief ich am liebsten in Jeans herum. Ich hatte mich noch nie so gekleidet wie andere Mädchen es gerne tun, immer nach den neuesten Trends und mit Accessoires überhäuft, dazu am ganzen Kopf voller Makeup und Haarspray. Ich mochte das nicht. Es gefiel mir bei anderen zwar recht gut, wenn sie sich hübsch gemacht hatten, doch mir selbst war das viel zu mühsam. Hin und wieder hatte ich versucht, eine ordentliche Frisur auf meinem Kopf zustande zu bringen, doch das hatte nie funktioniert. Nach etlichen gescheiterten Versuchen hatte ich es aufgegeben und mich damit abgefunden, dass ich wohl nicht dazu geboren war, schön zu sein. Aber das fand ich nicht schlimm. Solange ich auf dem Tennisplatz eine gute Figur machte, war mir nicht wichtig, wie ich abseits davon aussah.

Zumindest bis heute. Bis ich aus diesem Traum aufgewacht war und den Wunsch verspürt hatte, ihn Realität werden zu lassen.

Zu Hause sprach ich meine Eltern auf den Ball an.

„Ich habe vor, dieses Jahr auf den Maturaball zu gehen“, begann ich, als wir beim Essen saßen.
Meine Schwester schaute mich an, als ob ich erklärt hätte, dass ich auf die Bahamas auswandern wollte.
„Du?“, fragte sie entgeistert. „Auf einem Ball? Freiwillig?“
„Ja, ich auf einem Ball“, sagte ich genervt. „Darf ich etwa nicht?“
„Natürlich darfst du“, beeilte sich Beate zu sagen. „Ich hatte nur gedacht, bevor das passiert, schmelzen die Pole und wir alle müssen auf schwimmenden Inseln leben.“
„Jetzt mach kein Drama draus“, sagte ich.
„Ich finde es gut, dass du dorthin gehst“, schaltete sich meine Mutter ein. „Du machst ja sonst nie etwas mit deinen Kollegen.“
„Ich gehe auch nicht wegen meiner Kollegen hin“, sagte ich, „ich gehe mit Katy.“
„Auch gut“, meinte Beate, „Hauptsache, du kommst mal raus. Hast du schon einen Termin beim Friseur gemacht?“
Ich schüttelte den Kopf. „Werde ich nicht. Ich hab mir gedacht, du könntest mir die Haare vielleicht hochstecken...“
„Oh nein, das kommt überhaupt nicht in Frage“, wehrte Beate ab.
„Das würde ich auch sagen“, sagte meine Mutter. „Zu einem ordentlichen Ball gehört eine ordentliche Frisur. Mach einen Termin aus, wir laden dich ein.“
„Da ist noch etwas, worüber ich mit euch reden wollte“, sagte ich zögerlich. „Also, ich...“ Es fiel mir schwer, meine Eltern um Geld zu bitten. Ich tat es normalerweise nur, wenn ich etwas fürs Tennis brauchte.
„Ich werde morgen mit Katy ein Kleid kaufen gehen. Und ich kann es mir nicht leisten.“
„Man geht nicht jeden Tag auf einen Ball“, sagte mein Vater und zückte seine Geldbörse. Ich starrte die dreihundert Euro an, die er mir hinhielt. „Reicht das?“
Ich nahm das Geld nicht ganz ohne schlechtes Gewissen. Ich beruhigte mich damit, dass ich sonst so gut wie nie etwas verlangte, ganz im Gegensatz zu anderen Mädchen meines Alters. „Danke“, sagte ich. „Das reicht ganz sicher.“
„Hey, warum kriegt Jackie dreihundert Euro und ich nicht?“, beschwerte

sich Beate.
„Du hast dein erstes Ballkleid auch von uns bekommen“, entgegnete mein Vater.
„Und soweit ich mich erinnere, war es nicht gerade billig“, fügte meine Mutter hinzu. Beate senkte den Blick auf ihren Teller und sagte nichts mehr.

Später am Abend saß ich mit Beate vor dem Fernseher.
„Ich kann noch immer nicht glauben, dass du auf den Ball gehst“, sagte sie plötzlich.
Ich verdrehte die Augen. „Musst du schon wieder damit anfangen?“
„Entschuldigung, es kommt mir nur so absurd vor. Du auf einem Ball.“
„Ich war schon mal auf einem, erinnerst du dich? Auf deinem Maturaball.“
„Ja, ich erinnere mich“, sagte Beate. „Ich musste dich beinahe hinter mir her schleifen, damit du kommst.“
„Übertreib nicht“, sagte ich. „Ich interessiere mich nun mal nicht dafür.“
„Warum gehst du dann dieses Jahr?“, fragte Beate. „Versteh mich nicht falsch, ich freue mich, dass du es machst. Aber der Grund dafür ist mir nicht klar.“
„Muss es einen Grund geben?“ Ich griff nach der Fernbedienung. „Stört es dich, wenn ich umschalte?“
„Es gibt immer einen Grund“, sagte Beate. Sie schaute auf den Fernseher, wo die kitschigste Schnulze lief, die ich seit langem gesehen hatte. Dann starrte sie wieder mich an.
„Es geht um einen Jungen, oder?“ Ihre Augen leuchteten bei der Erkenntnis auf. „Geht es um einen Jungen?“
„Nein, geht es nicht“, versuchte ich es abzustreiten, doch ich war schon immer eine schlechte Lügnerin gewesen.
Beate lachte triumphierend auf. „Du bist verliebt, oder? Deshalb willst du auf den Ball!“
„So ein Quatsch“, widersprach ich. „Ich bin nicht verliebt.“
„Wer ist er?“ Beate ignorierte meinen Einwand gekonnt. „Ist er aus deiner Klasse?“
„Nein, ist er nicht, ich würde niemals – außerdem bin ich nicht verliebt, kannst du es bitte sein lassen?“

„Kann ich nicht."
Ich seufzte. Beate war hartnäckig, wenn sie etwas haben oder wissen wollte. Da ich ahnte, dass ich auf meine vorangegangene Frage keine Antwort bekommen würde, wechselte ich das Programm. „Ich halte diesen Kitsch nicht aus", brummte ich.
„Weil du keinen Freund hast", sagte Beate. „Ist doch klar, dass du deprimiert bist."
„Ich bin nicht deprimiert!", widersprach ich.
„Doch, natürlich bist du das. Überleg mal, wie oft du in letzter Zeit schlechte Laune hast."
„Das ist wegen der Schule."
„Das glaube ich nicht." Beate schüttelte den Kopf. „Du bist einsam. Du solltest dir einen Freund suchen."
„Ach, ehrlich?", rief ich wütend. „Als ob das so einfach wäre! Du hast leicht reden, du steckst ja nicht in meiner Haut!"
„Wie meinst du das?" Beate schien nicht zu verstehen.
„Hast du jemals mitbekommen, dass einer an mir interessiert wäre?"
Beate zuckte die Schultern. „Keine Ahnung. Ich weiß ja nicht von allem, was du tust."
„Zu deiner Information, es war noch nie einer an mir interessiert."
„Weil du nie nach draußen gehst", sagte Beate. „Weil du deine ganze Freizeit auf dem Tennisplatz verbringst."
„Das ist es nicht", sagte ich, während ich ein Programm nach dem anderen durchschaltete. Es lief mal wieder nur Schrott. „Ich könnte ausgehen so viel ich wollte, es würde nichts ändern. Und genau deshalb gehe ich nicht auf den Ball, weil ich verliebt bin. Das bin ich nämlich nicht." Ich warf die Fernbedienung auf die Couch, nachdem ich wieder beim selben kitschigen Liebesfilm gelandet war. „Das habe ich mir abgewöhnt, weil ich für die Jungs, in die ich mich verliebe, sowieso nur Luft bin."
„In welche Jungs warst du denn bitte schon verliebt?", fragte Beate erstaunt.
„Ach komm", sagte ich, „Andreas aus der damaligen Sechsten, vor drei Jahren? Von ihm habe ich dir erzählt. Das kannst du doch nicht schon wieder vergessen haben!"
„Ja, okay, das weiß ich noch", gab Beate zu. „Aber du hast von mehreren gesprochen."

„Was?“
„Du hast gesagt, weil du für Jungs nur Luft bist. Jungs, verstanden? Plural.“
„Ach bitte, können wir uns einfach diesen Müll ansehen und nicht mehr darüber sprechen?“
„Nein, können wir nicht. Ich will es wissen und du wirst es mir erzählen.“
„Na schön“, seufzte ich. „Es gab noch einen anderen, er war damals auch in der Sechsten. Das war kurz vor Andreas.“
„Du hast dich nacheinander in zwei Klassenkollegen verliebt?“ Beate tat so, als wäre das ein Ding der Unmöglichkeit.
„Parallelklasse“, sagte ich gereizt. „Sein Name war Lukas, vielleicht kennst du ihn. Er war damals ein Jahr unter dir.“
„Ähm ... ja ...“ Beate hatte es plötzlich sehr eilig, nach der Fernbedienung zu greifen und den Ton zu regulieren.
„Was?“, fragte ich, Böses ahnend.
„Den kenne ich.“ Das Grinsen in Beates Gesicht verriet mir, dass gleich nichts Gutes folgen würde. „Ich hatte mal was mit ihm auf einer Party.“
Ich glaubte, mich verhört zu haben. „Du und Lukas?“ Das konnte doch nicht wahr sein! Von all den Jungs, die mir bisher gefallen hatten, gab es genau zwei, in die ich ernsthaft verknallt gewesen war, und meine Schwester hatte sich volle fünfzig Prozent davon gekrallt! „Der ist ein Jahr jünger als du!“
„Na und?“, fragte Beate achselzuckend. „Das macht doch nichts.“
„Aha.“ Das hatte ich nicht erwartet. Plötzlich wurde ich wütend. Das war mal wieder typisch für mein Leben! Meine Schwester bekam ständig, was ich haben wollte! Ich wusste nicht, worauf ich wütender war – Beate oder mein Leben, in dem überhaupt nichts so lief, wie ich es mir vorstellte.
Ich stand auf.
„Wo gehst du hin?“, fragte Beate.
„Ins Bett“, sagte ich.
„Ach komm, sei nicht sauer“, sagte Beate, so als ob nichts gewesen wäre. „Bist du jetzt wirklich wegen Lukas beleidigt? Das war vor drei Jahren!“
„Ich bin nicht sauer“, log ich. „Ich bin nur müde und will mir diesen bescheuerten Film nicht fertig ansehen.“
„Jackie, warte doch mal!“, rief Beate mir hinterher, doch ich ignorierte sie. Ich verließ das Wohnzimmer im Laufschritt, stürmte an der Küche vorbei,

in der meine Eltern saßen und nichts von meiner schlechten Laune mitbekamen, ging ins Badezimmer und warf die Tür hinter mir zu. Vielleicht ein bisschen zu heftig, doch niemand beschwerte sich.

Während ich Zahnpasta auf meine Zahnbürste schmierte, bemerkte ich, dass meine Hände vor Wut zitterten. Ich putzte meine Zähne mit viel zu viel Druck und starrte dabei mein Gesicht im Spiegel an. Mein Gesicht, das mir angespannt und mit schmalen Augen entgegen blickte. Ich schob es auf Beate, versuchte mir einzureden, dass ich ihretwegen wütend war, doch ich musste mir eingestehen, dass ich allein der Grund dafür war. Ich, die nichts auf die Reihe bekam, die es nicht schaffe, wie alle anderen ein normales Leben zu führen. Das konnte doch nicht so schwierig sein, oder? Für alle anderen nicht, klar. Für mich schon. Wie oft hatte ich mich schon gefragt, warum ich nicht so sein konnte wie andere Mädchen. Ich hatte es früher ein paar Mal versucht, war mit Klassenkolleginnen in der Stadt unterwegs gewesen, in einer Zeit, als sie mich noch nicht für völlig durchgeknallt gehalten hatten. Doch immer wenn ich sie auf ihren Shoppingtouren oder ins Café begleitet hatte, hatte ich mich auf den Moment gefreut, wenn ich mich wieder von ihnen trennen würde. Mir waren diese gemeinsamen Nachmittage vorgekommen wie lästige Pflichtveranstaltungen, an denen ich nur teilnahm, um irgendwie dazu zu gehören. Mit der Zeit war mir das zu mühsam geworden, und ich war dazu übergegangen, von den anderen lieber ignoriert zu werden als mir das ständig antun zu müssen.

Ich spuckte die Zahnpasta aus, räumte meine Zahnbürste weg und knallte die Lade wuchtig zu. Alles, was ich tat, tat ich mit weit mehr Kraft als nötig gewesen wäre. Ich hatte das Bedürfnis, meine Wut irgendwo hineinzuprügeln. Am liebsten wäre ich auf den Tennisplatz gegangen und hätte eine Stunde lang auf Bälle eingeschlagen, doch um diese Zeit war der Platz erstens abgesperrt, und zweitens hätten meine Eltern das niemals erlaubt. Immerhin musste ich morgen in die Schule, wo ich all die Leute wieder sehen würde, die mich so sehr nervten.

Gerade als ich das Badezimmer verlassen wollte, kam Beate herein.

„Jackie, ist alles okay bei dir?“, fragte sie. „Du hast vorher so verstört gewirkt.“

„Ich bin nicht verstört“, sagte ich patzig. „Lässt du mich bitte vorbei? Ich möchte ins Bett.“

„Ist es wegen Lukas?“

„Hör doch auf damit!“, fuhr ich sie an. „Ich habe dir schon gesagt, ich bin müde und will den Film nicht zu Ende sehen! Und das wegen Lukas – pfeif drauf! Es war nicht das erste Mal! Es ist doch immer so, dass du alle Typen kriegst die ich haben will! Und wenn du sie nicht kriegst, dann kriegt sie eben Katy oder eine der Ziegen aus meiner Klasse!“

Ich drängelte mich an ihr vorbei zur Tür.

„Jackie, warte mal!“, rief Beate mir hinterher. Ich hörte, dass sie mir folgte.

„Lass es gut sein, Beate“, sagte ich, wobei ich mich bemühte, so zu klingen, als sei mir das alles egal. Es misslang kläglich, unter anderem deshalb, weil ich meine Worte aussprach, während ein dicker Kloß in meinem Hals saß und Tränen in meine Augen stiegen.

„Es ist doch nichts, ich will jetzt nicht mehr darüber reden. Ich will ins Bett, gute Nacht.“

Ich wartete Beates Antwort nicht ab, sondern verschwand in meinem Zimmer und schloss die Tür hinter mir. Ich löschte das Licht und warf mich aufs Bett. Ein paar Sekunden versuchte ich, die Tränen zurückzuhalten, dann gab ich nach und ließ sie fließen. Ich vergrub mein Gesicht im Kopfpolster und bemühte mich, möglichst lautlos zu weinen, damit Beate oder meine Eltern mich nicht hörten. Immer, wenn ich Schritte vor meiner Zimmertür hörte, hielt ich erschrocken den Atem an und lauschte, ob mein Schluchzen bemerkt worden war. Das Letzte, was ich jetzt gebrauchen konnte, war, meine Traurigkeit und meine Wut erklären zu müssen. Zum Teil deshalb, weil ich sie nicht erklären konnte. Wie kann man schon beschreiben, wie man sich fühlt, wenn das Leben eine einzige Katastrophe ist?

Ich hatte Glück, niemand hörte mich. Ich vergoss ein paar letzte Tränen, dann zog ich mir die Decke über den Kopf und versuchte weder an Beate, noch an Lukas, die Mädchen aus meiner Klasse oder gar an Rafael zu denken.

Ich scheiterte kläglich.

10. Vorbereitungen

Am nächsten Tag traf ich mich nach der Schule mit Katy, um ein Kleid für den Ball auszusuchen. Insgeheim bereute ich meinen Entschluss bereits wieder, doch jetzt konnte ich keinen Rückzieher mehr machen. Meine Eltern, Beate, Katy – sie alle wussten bereits von meinem Vorhaben, und vor allem meine Schwester und meine Freundin waren ganz versessen darauf, mich dort zu sehen. Was ich nicht nachvollziehen konnte, aber es war nun mal so.

„Ich habe nicht viel Zeit", sagte ich zu Katy, nachdem wir uns begrüßt hatten.

„Dein Training, schon klar", seufzte sie. „Kannst du es nicht mal einen Tag ausfallen lassen?"

Ich verkniff es mir, ihr zu sagen, dass ich mein Training ganz bestimmt nicht wegen eines dummen Kleides absagen würde.

„Ich möchte das nicht einreißen lassen", antwortete ich stattdessen. „Wenn ich heute aus diesem Grund nicht gehe, finde ich morgen vielleicht einen anderen, warum es nicht geht. Außerdem muss ich jeden Tag auf den Platz gehen, wenn ich besser werden will." Besser, das hieß in meinem Fall so weit, dass ich in der Weltspitze mitspielen konnte. Ich wollte nicht länger in den unteren Rängen aufgelistet sein, ich wollte endlich vorwärts kommen. Jeder Schritt, den ich nach vorne machte, war ein Schritt in Richtung Wimbledon.

„Na schön", seufzte Katy. „Ich bewundere deine Disziplin und deinen Ehrgeiz. Mich brächten keine zehn Pferde dazu, mich jeden Tag dermaßen abzuquälen."

„Bei mir braucht es gar keine zehn Pferde", sagte ich. „Ich tue das gern."

„Musst du wohl auch", meinte Katy. „Lass uns zusehen, dass wir ein Kleid für dich finden."

Sie packte mich an der Hand und zerrte mich ins erstbeste Geschäft. „Schauen wir hier gleich mal rein."

Katy steuerte schnurstracks die Abteilung für Abendmode an. Voller Elan begann sie, ein Kleid nach dem anderen durchzusehen. Manche nahm sie von der Stange, betrachtete sie kurz, befühlte den Stoff und hängte sie mit kritischem Blick wieder zurück. Ich ging mit weit weniger Motivation durch die Reihen.

„Wir gehen besser weiter, hier haben sie nur Mist", sagte Katy schon nach wenigen Minuten. Mein Mut sank. Ich hatte gehofft, gleich zu Beginn ein passendes Kleid zu finden, doch momentan sah es so aus, als würde es länger dauern.
Wir betraten das nächste Geschäft. „Hier, probier das mal an", schlug Katy vor und hielt mir ein blassgelbes, bodenlanges Kleid mit Rüschen hin.
„Ist das dein Ernst?", fragte ich skeptisch.
„Wieso, was passt dir denn nicht?"
„Die Farbe, der Stil… Katy, das Kleid ist schrecklich."
„Na schön", sagte Katy und hängte das Kleid zurück. „Und was ist ..." Sie sah sich rasch um, dann nahm sie ein anderes Kleid vom Haken. Beige diesmal. „... damit?"
Ich musste nichts dazu sagen, mein Gesichtsausdruck genügte, um meine Meinung kundzutun.
„Mach es mir nicht so schwer", seufzte Katy.
„Tut mir leid, ich mag nun mal kein Gelb und kein Beige."
„Okay", sagte Katy, „dann such du eines aus, das du anprobieren möchtest."
Ich ging erst etwas unschlüssig herum, dann steuerte ich auf eine Reihe Kleider zu, die alle eher dunkel waren.
„Oh nein, du wirst ganz bestimmt kein schwarzes nehmen", rief Katy. „Du gehst auf einen Ball, nicht auf eine Beerdigung!"
Ich sah sie vorwurfsvoll an. „Ich habe noch gar keines genommen", verteidigte ich mich. „Außerdem sehe ich hier überhaupt kein schwarzes Kleid hängen."
„Doch", widersprach Katy. „Das hier." Sie zeigte auf eines, das tatsächlich schwarz war. Es war knielang und wurde von jeder Menge Tüll völlig verschandelt. „Und das hier, und das, und das da auch."
Katy bedachte mich mit ihrem „siehst-du-ich-hatte-Recht"-Blick, dann sagte sie: „Jetzt such schon eines aus. Aber bitte kein schwarzes."
„Wenn du meinst", murmelte ich, ehe ich mich wieder dem umfangreichen Angebot zuwandte. Auch wenn Katy mir Schwarz verboten hatte, wollte ich trotzdem bei dunklen Farben bleiben. Hell stand mir einfach nicht.
„Was ist mit dem hier?", fragte ich und hielt ein violettes, bodenlanges Kleid in die Höhe.
Katy nickte bestätigend. „Sieht nicht übel aus. Probier es mal an."

Ich verschwand in der Kabine und schlüpfte aus meinen Sachen. Ich streifte das Kleid über und zog den Reißverschluss hoch, so weit es mir möglich war. Ganz schließen konnte ich es nicht, doch bereits jetzt sah ich, dass es mir nicht stand.
„Soll ich dir mit dem Reißverschluss helfen?“, fragte Katy durch den Vorhang.
„Nein“, antwortete ich. „Ich werde es nicht nehmen, es passt mir überhaupt nicht.“
„Was genau passt denn nicht?“ Katy steckte ihren Kopf in die Kabine. „Du musst es ganz zumachen, um das beurteilen zu können. Jetzt hängt alles an dir runter, ist ja klar, dass es nach nichts aussieht.“
Ohne meine Reaktion abzuwarten trat sie in die Kabine und machte sich am Reißverschluss zu schaffen.
„Bist du sicher, dass das deine Größe ist?“, fragte sie, während sie sich abmühte.
„Keine Ahnung“, antwortete ich. „Lass es gut sein, ich nehme es sowieso nicht.“
„Warum nicht? Die Farbe ist wunderschön.“
„Ja, die Farbe ist in Ordnung“, sagte ich, „aber diese Puffärmel sind einfach schrecklich.“ Ich zupfte ein wenig daran herum, um sie ein bisschen in Form zu bringen, aber es war aussichtslos. „Die sind mir vorhin gar nicht aufgefallen.“
„Vielleicht kannst du das ändern lassen“, meinte Katy, die mittlerweile den Reißverschluss geschlossen hatte. „Ich finde, es sieht hübsch aus.“
Ich betrachtete mich kritisch im Spiegel. „Ich finde nicht. Mach wieder auf, ich probiere ein anderes.“
Katy öffnete den Reißverschluss, ich zog das Kleid aus und meine eigenen Sachen an.
„Gib her“, sagte Katy und streckte die Hand nach dem Kleid aus. „Ich bringe es zurück, und du suchst dir ein anderes aus. Oder gleich zwei oder drei, dann musst du dich nicht jedes Mal aus- und wieder anziehen.“
Ich seufzte. Langsam wurde die Sache anstrengend.
Ich fand drei weitere Kleider, die in Frage kamen. Eines war blau und eines grün, und beide gefielen mir nicht mehr, sobald ich sie anhatte. Als ich gerade das grüne ausgezogen hatte, schob sich Katy in die Kabine.

„Hier, was ist mit dem?“
Sie hielt ein purpurfarbenes Kleid hoch, das ein sehr enges Mieder und einen weiten Rock hatte. Der Überrock war aus gerafftem Tüll gefertigt, und es waren jede Menge Perlen in den Stoff eingearbeitet.
„Das?“, fragte ich erschrocken. „Das ist viel zu auffällig!“ Ich warf einen Blick auf das Preisschild. „Außerdem kostet es fast doppelt so viel wie mir meine Eltern gegeben haben!“
„Oh, darauf habe ich gar nicht geachtet“, sagte Katy und verschwand. Zum Glück ohne Diskussion, denn ich hätte dieses Kleid sowieso nie angezogen. Es war viel zu pompös. Was würden die Mädchen aus meiner Klasse und alle anderen meiner Mitschüler denken, wenn ich in diesem Kleid daher käme? Und noch viel wichtiger – was würde Rafael denken? Bestimmt würde er mich für eine eingebildete, überhebliche Ziege halten. Es würde wirken, als legte ich es darauf an, Homecoming Queen zu werden – würde es so etwas bei uns geben. Manch andere Mädchen mochten durchaus darauf Wert legen, aus der Masse zu stechen, doch ich gehörte garantiert nicht zu ihnen.
Am liebsten wäre es mir, überhaupt keine Beachtung zu bekommen. Von niemandem, außer von Rafael. Doch wollte ich wirklich, dass er auf mich aufmerksam wurde? Was, wenn er mich bemerkte und mich ansprach? Wäre ich nicht sowieso viel zu feige, um mich von ihm an die Bar einladen zu lassen? Um mit ihm – was, tanzen zu gehen? Ich konnte überhaupt nicht tanzen. Alle anderen Mädchen und auch die meisten der Jungs aus meiner Klasse hatten bereits einen oder mehrere Tanzkurze absolviert und beherrschten die Standardtänze mehr oder weniger. Ich hatte mich nie dafür interessiert. Wozu sollte ich tanzen lernen, wenn ich nie ausging?
Wie ich es auch drehte und wendete, die Tatsachen blieben dieselben: Rafael würde mich nicht bemerken. Und falls doch, wäre ich so unsicher, dass ich es vermasseln würde. So oder so, ich konnte nur verlieren.
Wieder einmal kam mir der Gedanke, dass es eine blöde Idee war, auf diesen Ball zu gehen. Dumm gelaufen – ursprünglich hatte ich gehofft, Rafael in der veränderten Umgebung und unter diesen besonderen Umständen aufzufallen, und gerade war mir bewusst geworden, wie idiotisch diese Vorstellung war. Glaubte ich wirklich, er würde mich noch einmal ansprechen? Mich wiedererkennen? Mich? Diejenige, die es darauf anlegte, keine

Aufmerksamkeit zu erregen? Die zu unsicher war, um in seiner Gegenwart auch nur ein Wort herauszubringen?
Warum hatte ich nur diesen dummen Traum gehabt?
Ich probierte das dritte Kleid an, das ich mitgenommen hatte. Es war dunkelrot und kam von allen noch am ehesten in Frage.
„Das werde ich nehmen", sagte ich nach einem Blick auf meine Uhr. Der Schnitt und die Farbe waren nicht zu auffällig, und der Preis entsprach ebenfalls meinen Vorstellungen. Obwohl es mir albern vorkam, hundertfünfzig Euro für ein Kleid auszugeben, das ich in meinem ganzen Leben vielleicht zweimal anziehen würde.
„Das, ehrlich?", fragte Katy. „Ist das nicht zu... einfach?"
„Genauso wollte ich es", sagte ich. „Keine Rüschen, keine Spitze, kein überflüssiger Schnickschnack."
Ohne Katy eine Gelegenheit zum Widerspruch zu geben, schnappte ich das Kleid und steuerte auf die Kasse zu. Katy widersprach nicht, als ich bezahlte und wir das Geschäft verließen. Man konnte auch nicht wirklich etwas gegen das Kleid einwenden, es war weder hässlich noch unangemessen, nur war es eben sehr durchschnittlich. Genauso wie ich.
„Na dann", sagte ich, als wir wieder auf der Straße standen. „Danke für deine Hilfe. Ich sollte mich jetzt auf den Weg zum Training machen."
„Warte mal", hielt Katy mich zurück. „Willst du nicht gleich einen Friseurtermin ausmachen?"
„Ich rufe nachher an", sagte ich ausweichend.
„Warum?", fragte Katy. „Dein Friseur ist doch nur zwei Straßen weiter. Wenn wir jetzt gleich hingehen, ist die Sache erledigt." Sie griff nach meinem Arm und zog mich mit sich. „Außerdem kann es sein, dass kein Termin mehr frei ist, wenn du zu lange wartest. Die Samstage im Herbst sind sehr schnell ausgebucht."
„Okay, dann gehen wir eben hin", stimmte ich widerwillig zu. „Aber danach muss ich wirklich los."
Wie sich herausstellte, war der Terminkalender meines Friseurs für besagten Samstag tatsächlich schon ziemlich voll. Ich wurde allerdings vor dem zusätzlichen Aufwand, mir einen anderen Friseur suchen zu müssen, bewahrt, denn am späten Nachmittag hatten sie noch genau einen Termin frei. Ich würde mein Training an diesem Tag vorverlegen müssen, denn ich

konnte unmöglich mit einer Ballfrisur auf den Tennisplatz gehen. Wäre der Termin am Vormittag gewesen, hätte ich ein ernstes Problem gehabt.
„Jetzt kannst du gehen", sagte Katy, die sichtlich zufrieden wirkte. Sie umarmte mich kurz. „Wir sehen uns."
„Bis bald", sagte ich. „Danke nochmal."
Mein Gefühl den Ball betreffend war noch immer kein gutes, doch darüber wollte ich jetzt nicht mehr nachdenken. Zu Hause hängte ich das Kleid auf, schnappte meine Tennistasche und sah zu, dass ich weiterkam. Mit etwas Glück würde ich es noch pünktlich schaffen.

11. Erwartungen

Als ich nach meinem Training nach Hause kam, schlug mir das geballte Interesse meiner Familie entgegen.
„Hast du ein Kleid gefunden?", fragte meine Mutter, kaum dass ich die Tür hinter mir geschlossen hatte.
„Ja, habe ich."
„Zeig her, zeig her, zeig her!", rief Beate und klatschte vor Freude in die Hände.
„Okay, ich hole es."
Ich wollte schon in mein Zimmer gehen, als Beate mich zurückhielt.
„Du wirst es doch nicht nur holen, oder? Du musst es schon auch anziehen!"
Ich verdrehte die Augen. „Na schön, ich werde es anziehen."
„Klasse", freute sich Beate. „Brauchst du Hilfe mit dem Reißverschluss?"
„Ich rufe, wenn ich dich brauche."
Ich ging in mein Zimmer und nahm das Kleid vom Haken an der Tür. Ein paar Sekunden hielt ich es in der Hand und betrachtete es. Eigentlich war es gar nicht so übel. Die Farbe war schön, stach aber nicht aus der Menge. Der Rock war nicht anliegend, aber auch nicht zu weit, der Ausschnitt war nicht zu tief, aber auch nicht hochgeschlossen. Wahrscheinlich war es die beste Wahl, die ich hatte treffen können.

„Jackie, was ist denn?“, rief Beate aus dem Wohnzimmer.
„Ja, gleich“, antwortete ich. Ich schlüpfte aus meinem Jogginganzug und streifte das Kleid über. Mit einigen Verrenkungen schaffte ich es, den Reißverschluss bis oben hochzuziehen. Ich stellte mich vor den Spiegel an meinem Kleiderschrank und betrachtete mich von allen Seiten. Der Anblick war ungewohnt, überraschte mich aber positiv. Ich drehte mich hin und her, und der Rock bewegte sich sacht.
„Jackie, wo bleibst du?“
Seufzend löste ich meinen Blick vom Spiegel und ging ins Wohnzimmer. Der lange Rock strich bei jedem Schritt um meine Beine, was ziemlich ungewohnt für mich war. Ich hatte ständig das Gefühl zu stolpern.
Meine Eltern und Beate machten große Augen, als ich durch die Tür kam.
„Jackie, du siehst umwerfend aus!“, rief Beate. „Du solltest öfter Kleider tragen!“
„Klar“, brummte ich.
„Beate hat Recht“, pflichtete meine Mutter ihr bei. „Es steht dir wirklich ausgezeichnet.“
„Es schleift ein bisschen auf dem Boden“, meinte mein Vater.
„Das tut es nur, weil sie keine Schuhe trägt“, sagte meine Mutter.
„Welche Schuhe ziehst du an?“, fragte Beate.
Ich zuckte die Schultern. „Ich habe noch keine Schuhe.“
Ich hätte mir gerne von Beate oder meiner Mutter welche ausgeborgt, denn ich brauchte sie nur für diesen einen Abend. Doch da meine Füße um zwei Nummern größer waren als ihre, konnte ich mir das aus dem Kopf schlagen.
„Ich werde mir wohl welche kaufen müssen. Aber dafür ist noch Zeit.“
„Noch Zeit?“ Beate zog fragend die Augenbrauen hoch. „Wann ist dieser Ball nochmal?“
„In eineinhalb Wochen“, antwortete ich.
Beate schnaubte. „Und du denkst, du hast noch Zeit. Am besten erledigst du das gleich morgen.“
„Aber ich kann Katy nicht schon wieder bitten, mit mir einkaufen zu gehen“, meinte ich. „Und alleine will ich nicht.“
„Dann mach ich das“, bot Beate sich an. „Ich habe morgen die Frühschicht, also bin ich um zwei fertig.“ Bei diesen Worten leuchteten ihre Augen vor

Freude, denn Beates Sommerjob dauerte nur noch zwei Tage.
„Na schön", gab ich nach. „Aber du weißt, dass ich-"
„Dass du um fünf beim Training sein musst", beendete Beate meinen Satz. „Ja klar, habe verstanden."
Ich nickte und ging zurück in mein Zimmer. Ich warf noch einen Blick in den Spiegel, dann rief ich mich in Gedanken zur Ordnung. Auch wenn ich mir erstaunlicherweise gut in dem Kleid gefiel, bedeutete das noch lange nicht, dass ich Rafael darin auffallen würde. Die anderen Mädchen würden viel hübscher sein als ich. So wie es jeden Tag in der Schule war. Auch wenn ich ein Ballkleid trug, sah ich noch immer sehr durchschnittlich aus. Eher unterer Durchschnitt, wenn ich es recht bedachte. Aber hatte ich das Kleid nicht genau nach diesem Kriterium ausgesucht?

12. Alleine im Team

Während der nächsten beiden Tage stieg meine Motivation, auf den Ball zu gehen, nicht unbedingt. Ich verbrachte mit meinen Mitschülern einen Großteil der Woche, da musste es nicht auch der Samstagabend sein. Wenigstens war ich jetzt gut ausgestattet. Beate war bei meinem gestrigen Shoppingtrip eine große Hilfe gewesen. Wider Erwarten hatte es nicht lange gedauert, bis ich passende Schuhe gefunden hatte. Jetzt blieb mir noch gut eine Woche, um zu lernen, wie man in solchen Dingern lief.
Immer wenn ich Rafael am Schulgang begegnete, schaute ich rasch weg und bemühte mich, möglichst unauffällig zu wirken. Nur keine Peinlichkeit vor ihm, das war das Letzte, was ich gebrauchen konnte. Dann wieder ärgerte ich mich beinahe über mein dummes Verhalten. Glaubte ich tatsächlich, dass er mich bemerken oder mich noch einmal ansprechen würde? In der Straßenbahn hatte er mich bestimmt für eine komplette Idiotin gehalten, weil ich kaum ein Wort hervorgebracht hatte.
Am Freitag erreichte meine Stimmung den absoluten Tiefpunkt, als in der Schule mal wieder eine Situation auftauchte, die zwar immer wieder vorkam, mir aber trotzdem den letzten Nerv raubte. In der dritten Stunde

hatten wir Geschichte. Frau Magister Brasser kündigte uns an, dass wir heute in Kleingruppen die verschiedenen Gesichtspunkte der politischen Lage in Österreich zwischen den beiden Weltkriegen ausarbeiten würden. „Ich habe den EDV-Raum reserviert", sagte sie. „Wir werden jetzt nach oben gehen, dann könnt ihr eure Themen ausarbeiten. Nächsten Dienstag werdet ihr sie der Klasse präsentieren."

Widerwillig stand ich auf, nahm einen Kugelschreiber und meinen Notizblock und schlurfte hinter den anderen her. Meine Mitschüler teilten sich in Gruppen von drei oder vier Personen auf, und die ersten PCs erwachten summend und piepsend zum Leben, während ich noch vorne stand und etwas unschlüssig überlegte, zu welcher Gruppe ich mich gesellen sollte. Dass mich im Vorhinein keiner gefragt hatte, war klar gewesen.

„Braucht ihr noch jemanden?", fragte ich schließlich Thomas und Silke, die in der ersten Reihe saßen. Normalerweise bildeten sie gemeinsam mit Sophie ein Dreiergespann, aber die war heute krank.

„Klar", sagte Silke. „Unser Thema ist der Schutzbund."

Darunter konnte ich mir nichts vorstellen, da ich den Begriff noch nie gehört hatte, aber das war mir egal. Hauptsache, ich hatte eine akzeptable Gruppe, denn Thomas und Silke zählten zu jenen Mitschülern, mit denen ich noch am ehesten klar kam. Was nichts an der Tatsache änderte, dass sie mich kaum in ihre Arbeit einbanden. Wir teilten uns die Fragen zu unserem Thema auf. Eigentlich sollte jeder von uns ein Drittel davon ausarbeiten, doch es endete wieder einmal damit, dass die beiden ihre Fragen gemeinsam bearbeiteten und ich mit meinen – den weitaus komplizierteren, wie ich fand –allein dastand.

Es kam, wie es kommen musste. Ich wurde in den vierzig Minuten, die wir für die Ausarbeitung der Fragen zur Verfügung hatten, nicht fertig. Somit hatte ich am Wochenende noch etwas mehr zu tun.

„Schickst du mir deine Ausarbeitung per Email, sobald du sie fertig hast?", fragte Silke. Es war das erste, was sie seit einer halben Stunde zu mir sagte.

„Mach ich", sagte ich. „Kannst du mir deine Adresse aufschreiben?"

Silke notierte mir ihre Emailadresse, dann schalteten wir die PCs aus und verließen den Raum. Wenigstens hatten wir nach der Pause Mathematik, da mussten wir ganz bestimmt keine Gruppenarbeiten machen.

Der restliche Schultag verging ausgesprochen langsam. Ich hatte meine

Trainingssachen in die Schule mitgenommen, weil ich gleich nach Unterrichtsende auf den Platz wollte. Johnny würde zwar erst um halb fünf da sein, doch ich hatte mich vorab mit Elisa verabredet. Wie üblich tauchte sie mit leichter Verspätung auf. Sie wirkte ziemlich abgehetzt, und an ihrem Rucksack konnte ich erkennen, dass sie ebenfalls von der Schule kam.
„Alles okay?", fragte ich sie, während sie ihre Sachen auspackte.
„Ja, klar", antwortete sie. „Bitte entschuldige die Verspätung, der Bus hat mich stehen lassen. Ich bin gleich wieder da."
Elisa verschwand in der Kabine und kam kurz darauf in ihrem Trainingsoutfit wieder. Sie griff nach ihrem Schläger und schnappte sich ein paar Bälle.
„Ich kann heute nur bis fünf, dann muss ich weg", sagte sie. „Ich habe einem guten Freund versprochen, ihm bei den Vorbereitungen für seine Geburtstagsparty zu helfen."
Das bedeutete, dass ich die meiste Zeit des regulären Trainings mit Johnny allein sein würde. Doch ich beschwerte mich nicht. Konnte ich Elisa vorwerfen, noch etwas anderes als Tennis im Kopf zu haben?
Wir spielten zwei Stunden lang, in denen wir etwas mehr und etwas längere Pausen machten als Johnny uns erlaubt hätte. Es war zur Abwechslung nett, ohne Aufsicht und ganz entspannt zu spielen. Nicht, dass wir lasch oder verhalten spielten, wir forderten uns ordentlich, doch es war niemand da, der uns alle paar Sekunden unterbrach, um uns zu kritisieren oder seine Kommentare über den Platz zu schreien.
Als Johnny schließlich auftauchte, war Elisa schon dabei, ihre Sachen zu packen.
„Entschuldige", murmelte sie. „Ich muss weg. Ich würde ja bleiben, wenn ich könnte, aber..."
„Ist schon okay", sagte ich. Eigentlich fand ich es überhaupt nicht okay, aber ich wollte Elisa keinen Vorwurf dafür machen, dass sie am Wochenende feierte.
„Wo willst du denn hin?", fragte Johnny verdattert.
„Ich muss früher weg", antwortete Elisa. Ich sah ihr an, dass sie sich nicht wohl in ihrer Haut fühlte. Sie hatte wohl gehofft, bereits über alle Berge zu sein, wenn Johnny ankam, und ihm erst morgen erklären zu müssen, warum sie ihr Training vorverlegt hatte.

„Ach, und warum?“ Johnny hatte die Arme vor der Brust verschränkt. Das war bei ihm nie ein gutes Zeichen.
„Eine Geburtstagsfeier“, sagte Elisa. „Das ist wirklich wichtig für mich. Ich habe ja schon zwei Stunden mit Jackie trainiert.“
„Na schön. Aber nur ausnahmsweise.“
Elisa war mindestens genauso überrascht wie ich. Doch sie ließ es sich nicht anmerken, sondern machte sich auf die Socken, bevor Johnny es sich anders überlegen konnte.
Ich allerdings war zu verwundert, um ihn nicht danach fragen zu können. Nicht, dass ich Elisa ihm gegenüber schlecht machen wollte, doch meine Neugierde ließ mich nicht los.
„Seit wann fährst du denn ein so lockeres Programm?“, fragte ich.
„Wie meinst du das?“ Johnny zog seine Trainingsjacke aus und warf sie auf die Bank.
„Naja, sonst lässt du uns das Training nicht so einfach spritzen.“
„Dich lasse ich es auch nicht spritzen“, meinte Johnny. „Was Elisa macht, ist mir egal. Wir haben uns schon mal darüber unterhalten, dass sie nicht den nötigen Biss hat, um es ganz nach oben zu schaffen. Wenn sie lieber feiert, soll sie das tun. Solange du hier bleibst und trainierst.“
„Ähm... okay.“ Ich hatte zwar gewusst, dass Johnny in mich die größeren Hoffnungen setzte, aber dass er Elisa lediglich nebenher mitlaufen ließ, überraschte mich doch sehr.
Johnny griff nach seinem Schläger und machte eine Kopfbewegung auf die andere Seite des Netzes. „Aufstellung, bitte.“

13. Familienzuwachs

Am Samstag schlief ich für meine Verhältnisse relativ lange. Um neun stand ich mit dem Gedanken auf: Noch sieben Tage bis zum Ball.
Ich zog mich an und schlüpfte in die Schuhe, die ich gemeinsam mit Beate ausgesucht hatte. Sie waren nicht hoch, aber trotzdem hatte ich etwas Übung bitter nötig. Ich ging ein paar Mal in meinem Zimmer auf und ab,

wobei ich die Tatsache außer Acht ließ, dass Bleistiftabsätze für den Boden Gift waren.
Ich kam mir ziemlich belämmert dabei vor, wie ich durch den Raum stakste, ständig bemüht, nicht zu stolpern. Doch schon nach ein paar Minuten begann ich mich sicherer zu fühlen. Ich stellte mich vor den Spiegel, richtete mich bewusst auf und versuchte noch ein paar Schritte. Es klappte gar nicht mal so schlecht. Wenn ich mich konzentrierte, fiel gar nicht auf, dass ich sonst nie hohe Absätze trug.
In der Küche saßen meine Eltern bereits beim Frühstück. Ich setzte mich zu ihnen und deutete auf den vierten leeren Teller.
„Ganz schön zuversichtlich", sagte ich. Beate stand an freien Tagen nie vor elf Uhr auf.
Doch als ob sie meinen Worten spotten wollte, hörten wir in diesem Moment Beates Zimmertür. Nur Augenblicke später stand sie in der Küche.
„Sieh an", sagte mein Vater erstaunt, „was verschafft uns die Ehre?"
Beate zuckte die Schultern. „Ich konnte nicht mehr schlafen."
Mir war klar, dass das nicht stimmte. Wenn Beate sich um diese Zeit aus dem Bett quälte, hatte sie ihre Gründe dafür.
Und ich hatte Recht. Als Beate mit dem Frühstück fertig war, legte sie in einer übertrieben bedächtigen Geste das Besteck auf ihren Teller.
„Sagt mal", begann sie zögerlich, „haben wir heute Abend irgendwas vor?"
„Ich wüsste nichts", sagte meiner Mutter. „Warum?"
„Also", fuhr Beate fort, wobei sich ein Grinsen auf ihr Gesicht stahl, „ich habe jemanden kennen gelernt."
„Wie, kennen gelernt?", fragte meine Mutter.
„Von der Uni. Er ist nicht in meinem Jahrgang, er studiert gar nicht dasselbe wie ich, er studiert Wirtschaftswissenschaften. Er ist zwei Jahre älter als ich."
„Wie lange geht das denn schon?", fragte meine Mutter erstaunt. „Du warst in den letzten Monaten doch nie auf der Uni!"
„Wir haben uns zu Semesterende auf einer Studentenparty getroffen, uns ganz gut unterhalten und Telefonnummern ausgetauscht. Während der Ferien haben wir SMS geschrieben und hin und wieder telefoniert. Letzte Woche war ich mit meinen Mädels unterwegs, und er war auch dort, und dann hat es ... naja ..." Beate sagte nichts mehr, doch ihr Grinsen verriet alles.

„Ihr seid jetzt also zusammen", sagte ich sachlich und ohne mein Frühstück zu unterbrechen, während meine Eltern große Augen machten.
„Ja, das kann man so sagen. Ich würde ihn euch gerne vorstellen."
„Heute Abend?" Meine Mutter warf meinem Vater einen Blick zu. Dieser zuckte mit den Schultern.
„Warum nicht?"
„Okay", stimmte meine Mutter zu. „Du kannst ihn zum Essen einladen, wenn du willst."
„Danke!", rief Beate glücklich und stand auf. „Ich werde ihn gleich anrufen."
„Wie heißt er eigentlich?", rief meine Mutter ihr hinterher.
Beate stoppte an der Tür. „Philip", sagte sie, und ihr ganzes Gesicht schien zu leuchten, als sie seinen Namen sagte.
„Schön für sie", sagte meine Mutter, als Beate schon in ihrem Zimmer am Handy hing.
„Dann dürfen wir gespannt sein", fügte mein Vater hinzu. Ich schwieg. Natürlich freute ich mich für Beate, da sie allem Anschein nach sehr glücklich war, doch irgendwie ärgerte es mich gleichzeitig. Ich hatte absolut keinen Bock drauf, diesen Philip kennen zu lernen.
Ich verzog mich in mein Zimmer und setzte mich an die Fragen aus dem Geschichtsunterricht. Die Aufgabe war denkbar langweilig, und ich musste mich zwingen, sie durchzuziehen. Immer wieder erinnerte ich mich selbst daran, dass ich morgen nicht mehr darüber nachzudenken brauchte, wenn ich jetzt die nötige Disziplin aufbrachte.
Nach eineinhalb Stunden war ich endlich fertig. Ich schickte meine ausgearbeiteten Fragen an Silke, wie wir es ausgemacht hatten. Danach fühlte ich mich vom langen Sitzen so verspannt, dass ich erst mal etwas Bewegung brauchte.
Gleich nach dem Mittagessen fuhr ich auf den Tennisplatz. Ich hoffte, das bevorstehende Treffen mit Beates Neuem dabei vergessen zu können.
Eine Weile funktionierte das ganz gut. Elisa verabschiedete sich mal wieder frühzeitig, deshalb spielte ich die letzten zwanzig Minuten mit Johnny allein. Zu meiner Überraschung hatte er heute gar nicht so viel an meinem Spiel auszusetzen – das bedeutete, er kritisierte nur jeden zweiten meiner Schläge.

Nach dem Training zog ich mich um, fuhr nach Hause und duschte. Beate rannte wie ein aufgekratztes Huhn kreuz und quer durch die Wohnung, stets bemüht, sich ihre Aufregung nicht anmerken zu lassen. Meinen Eltern fiel das vielleicht nicht auf, doch vor mir konnte sie ihre Nervosität nicht verheimlichen. Ich konnte das beinahe nachvollziehen – wenn sie diesen Philip unseren Eltern vorstellte, dann musste es etwas Ernstes sein. Und wenn sie wollte, dass unsere Eltern ihn mochten, hatte sie vor, länger mit ihm zusammen zu sein.

Igitt. Unsere Wohnung würde überquellen vor Romantik. Ich überlegte, ob ich noch schnell eine Ausrede erfinden sollte, um nicht dabei sein zu müssen. Ich könnte sagen, dass Katy mit Blinddarmentzündung im Krankenhaus lag. Oder besser noch mit Blinddarmdurchbruch.

Aber das würde nicht funktionieren. Erstens war ich eine miserable Lügnerin, zweitens kannten meine Eltern Katy gut und hätten ihre Genesung bestimmt verfolgen wollen. Da mir nichts Besseres einfiel, würde ich den Abend wohl oder übel durchstehen müssen.

Pünktlich um sieben klingelte es an der Tür. Beate sprang auf und öffnete. Meine Eltern standen hinter ihr Habt Acht, als Philip die Treppen herauf kam. Der Arme musste sich bei diesem Empfangskomitee bestimmt beherrschen, um nicht gleich wieder umzudrehen und sein Heil in der Flucht zu suchen.

Doch da er einen guten ersten Eindruck hinterlassen wollte, tat er das nicht, sondern kam mit einem dienstfreudigen Lächeln die Stufen herauf. Mir fielen als erstes sein gepflegtes Äußeres und sein schicker Kleidungsstil auf. Der übrigens auch sehr teuer wirkte. Überhaupt sah Philip aus wie jemand, der mehr Feuchtigkeitscreme verwendete als seine Freundin und morgens länger als sie vor dem Spiegel stand. Seine Frisur wirkte, als bräuchte es die geballte Kraft von drei Atombomben, um sie auch nur ein bisschen durcheinander zu bringen.

In der einen Hand hielt er einen Blumenstrauß, in der anderen eine Flasche Wein. Beides überreichte er meinen Eltern mit einer höflichen Begrüßung und diesem gewinnenden Lächeln, von dem ich jetzt schon wusste, dass er damit meine ganze Familie um den Finger wickeln würde.

„Wie nett, dich kennen zu lernen“, sagte meine Mutter. Ich konnte förmlich spüren, wie ihr warm ums Herz wurde. Kein Wunder, stand doch gerade der perfekte Schwiegersohn vor ihr.

„Die Freude ist ganz meinerseits", sagte Philip, noch immer mit diesem vereinnahmenden Lächeln.

„Bitte, komm doch rein." Meine Mutter betrachtete ihn glücklich, als er über die Schwelle trat. Mein Vater war zurückhaltender, doch auch er wirkte positiv überrascht. Gut, im Vergleich zu Beates letztem Freund konnte der Neue ja nur gewinnen. Ihr Verflossener, der meinen Eltern gar nicht gepasst hatte, war öfter als nur einmal Streitthema zwischen ihnen und Beate gewesen, und öfter als einmal hatte ich deshalb die Wohnung verlassen. Das ständig mit anhören zu müssen war mir bald zu dumm geworden.

Philip trat ein, zog brav seine Schuhe an der Tür aus und ließ sich von Beate ins Esszimmer geleiten. Mein Vater öffnete eine Flasche Wein. Ich winkte ab, als er mir einschenken wollte. Wein machte mich schon nach kurzer Zeit schläfrig.

„Also, Philip", begann meine Mutter, als wir alle Platz genommen hatten, „erzähle uns doch etwas von dir. Beate hat bereits gesagt, dass du Wirtschaftswissenschaften studierst."

„Das ist richtig", bestätigte Philip. „Ich bin im fünften Semester."

„Wohnst du hier in Wien?", fragte mein Vater.

„Eigentlich komme ich aus Baden. Meine Eltern…"

Was nun folgte, war eine lange Darstellung von Philips Familie, seinen Eltern, die Unternehmer waren, seinen Großeltern, die natürlich auch Unternehmer gewesen waren, seinen Geschwistern und entfernten Verwandten, allesamt sehr erfolgreich. In seiner Familie gab es anscheinend niemanden, der nicht zumindest einen Nobelpreis verdient hätte. Meine Eltern lauschten ihm voll Verzückung, nickten hin und wieder und machten bestätigende Laute. Ich bereute meine Entscheidung, den Wein abzulehnen. Hätte ich getrunken, während Philip geredet hatte, wäre ich jetzt schon längst in befreienden Tiefschlaf gefallen.

„Aber ich rede zu viel von mir", sagte Philip nach gefühlten drei Stunden. Das Hauptgericht des dreigängigen Menüs, das meine Mutter vorbereitet hatte, war abserviert, und wir standen kurz vor dem Nachtisch.

„Sie haben doch auch einen Betrieb, oder? Beate hat eine Tischlerei erwähnt?"

Das war das Zeichen für meine Eltern, ihrerseits die Geschichte des Unternehmens zu erzählen, was mindestens genauso viel Zeit in Anspruch nahm. Falls Philip gelangweilt war, ließ er es sich aber in keinster Weise anmerken. Er gab sich genauso interessiert, wie meine Eltern es zuvor gewesen waren, gab an den passenden Stellen Kommentare ab und stellte Zwischenfragen, die bewiesen, dass er aufmerksam zuhörte.

Je mehr Zeit verging, desto weniger bemühte ich mich, so zu tun als würde ich dem Gespräch folgen. Hin und wieder verschwand ich kurz in meinem Zimmer, um auf mein Handy zu schauen, obwohl mich ja doch niemand anrief oder mir schrieb. Ich nutzte jede Gelegenheit, ein paar Sekunden ungestört zu sein, indem ich in die Küche ging und den Wasserkrug nachfüllte oder neue Knabbereien holte.

Um sieben hatte das Theater angefangen, um halb elf endete es schließlich. Philip verabschiedete sich höflich von meinen Eltern und mir, dann begleitete Beate ihn zur Tür. Meine Eltern brachten genug Diskretion auf, den beiden nicht zu folgen. Ich blieb noch kurz im Wohnzimmer sitzen, da ich mir den Anblick eines knutschenden Pärchens ersparen wollte.

Erst als Beate wieder ins Zimmer kam und den Tisch abräumte, stand ich von der Couch auf und half ihr.

„Und?“, fragte sie neugierig. „Wie findest du ihn?“

„Ähm ...“ Was wollte sie von mir hören? „Ja, er ist ganz nett.“

„Ganz nett?“ Beate schaute mich vorwurfsvoll an. „Du weißt schon, was ganz nett bedeutet?“

„Ach, na gut“, stöhnte ich, „er ist höflich, wohlerzogen, gebildet, kultiviert ... Reicht das, oder soll ich ihn noch weiter loben?“

Beate schaute mich überrascht an. „Was ist denn mit dir los?“

Ich hätte mir die Zunge abbeißen können. Warum konnte ich mich nicht beherrschen und das, was ich dachte, für mich behalten?

„Schau mal“, sagte ich in versöhnlichem Ton, „ich sehe, dass du mit ihm glücklich bist. Und Mama und Papa scheinen ihn geradezu zu vergöttern. Also freue ich mich für dich. Wirklich.“

Das schien sie zu überzeugen, denn sie fiel mir stürmisch um den Hals. „Danke, Jackie! Es bedeutet mir wirklich viel, dass du ihn magst.“

Ich konnte mich zwar nicht erinnern, gesagt zu haben, dass ich ihn mochte, aber ich klärte Beate darüber nicht auf. Sie freute sich, das allein zählte.

Nach diesem für mich langweiligen Abend sah ich zu, dass ich bald ins Bett kam. Als ich in meinem dunklen Zimmer lag und an die Decke starrte, tauchte plötzlich ein Bild in meinem Kopf auf: Rafael, der die Stufen zu unserer Wohnung hinaufstieg, mit seinem umwerfenden Lächeln meine Eltern begrüßte, Beate, die abwechselnd mich und ihn mit großen Augen anstarrte ...
Ich drehte mich zur Seite und zog die Decke über meinen Kopf. Besser, ich ließ solche Gedanken gar nicht erst zu.

14. Ankündigungen und Absagen

In der darauffolgenden Woche besserte sich meine Laune nicht, im Gegenteil – sie sank eher noch tiefer. Je näher der Ball rückte, desto weniger Ahnung hatte ich, was ich dort eigentlich sollte. Welche Dämonen hatten mich geritten, als ich mich dazu entschieden hatte?
Und als ob das nicht genug wäre, kam am Dienstag auch noch Frau Magister Kneiß, unsere Französischlehrerin, mit äußerst schlechten Nachrichten zu uns. Zumindest für mich.
„Wir werden im Sommersemester eine Klassenfahrt machen", verkündete sie.
Unter meinen Mitschülern brach aufgeregtes Gemurmel aus. Ich musste mich beherrschen, um nicht laut aufzustöhnen. Eine Klassenfahrt, das war das Letzte, worauf ich Lust hatte. Es reichte mir, meine Mitschüler unter der Woche mehrere Stunden täglich zu sehen, da musste ich nicht eine komplette Woche mit ihnen verbringen! Eine ganze Woche, in der ich das tun musste, was ich hasste, und das nicht tun konnte, was ich liebte. Denn eine Klassenfahrt bedeutete, das Training zu streichen.
Natürlich hätte ich zu Hause bleiben können. Doch ich wusste, dass meine Eltern das niemals erlauben würden. Ich hatte schon oft versucht, mich vor solchen Dingen zu drücken, aber das hatten sie mir nie durchgehen lassen. Die Schule kam bei ihnen an erster Stelle.
„Paris!", hörte ich Frau Magister Kneiß plötzlich sagen. Ich hatte ihr gar

nicht mehr zugehört; das Wort „Klassenfahrt" löste bei mir stets mit Abneigung gepaartes Desinteresse aus.
„Wir fahren nach Paris!", rief Rosalie neben mir überflüssigerweise.
Musste das wirklich sein? Mussten wir diese Klassenfahrt unternehmen? Gab es kein einziges Schuljahr, in dem mir diese Qual erspart blieb?
„Wir fahren im März", sagte Frau Magister Kneiß, wobei sie etwas lauter sprechen musste, um den allgemeinen Lärmpegel zu übertönen. „Ich habe hier Informationsblätter für eure Eltern. Nehmt sie bitte bis nächste Woche unterschrieben wieder mit."
Sie teilte die Zettel aus. Ich las meinen nicht durch, aber mir fiel trotzdem auf, dass das Schreiben mit den Worten endete: „Ich erlaube meinem Sohn/meiner Tochter, an der Schulwoche in Paris teilzunehmen."
Was für eine dumme Frage. Natürlich würden meine Eltern mir die Fahrt nach Paris erlauben. Und sie würden sie nicht nur erlauben, sie würden sie mir sogar befehlen.
Doch es gab einen Lichtblick. Wenn ich schon nach Paris fahren und dort eine Woche mit meinen Kollegen verbringen musste, konnte ich wenigstens einen möglichst großen persönlichen Nutzen herausschlagen.
Ungeduldig wartete ich das Ende der Stunde ab. Meine Mitschüler hatten alle möglichen Fragen zur Klassenfahrt, die Frau Magister Kneiß ausführlich beantwortete. Erst nach eine halben Stunde begannen wir mit dem regulären Unterricht. Allzu viel Stoff brachten wir in den noch verbleibenden zwanzig Minuten nicht durch, und beim Läuten der Glocke sprangen die meisten meiner Kollegen auf und verließen im Eiltempo die Klasse.
Ich erhob mich ebenfalls, ging aber nicht hinaus, sondern nach vorne zum Lehrerpult.
„Ich habe noch eine Frage", sagte ich, während Frau Magister Kneiß ihre Sachen zusammenpackte.
„Ja?", fragte sie und schaute mich über den Rand ihrer dicken Brille hinweg an.
„Wenn wir in Paris sind", begann ich, „könnten wir uns dann das Roland Garros Stadion ansehen?"
Frau Magister Kneiß zog die Augenbrauen hoch. „Das was?"
„Das Roland Garros Stadion", wiederholte ich.
„Was ist das?"

„Das Tennisstadion, in dem jedes Jahr im Juni die French Open gespielt werden."
„Ach so." Meine Lehrerin wirkte nicht sonderlich beeindruckt. „Wo ist das?"
„Es ist direkt an den Jardins des Serres d´Auteuil", antwortete ich. „Beziehungsweise an der Avenue de la Porte d´Auteuil. Im sechzehnten Bezirk, wenn mich nicht alles täuscht." Das wusste ich deshalb so genau, weil ich vor wenigen Minuten auf meinem Handy nachgesehen hatte.
„Hm." Frau Magister Kneiß verzog das Gesicht. „Das ist nicht gerade zentral. Dabei geht mindestens ein halber Tag auf. Ich fürchte, dafür haben wir keine Zeit."
Ich fühlte, wie meine Schultern nach unten sackten. „Sicher nicht? Es wäre für mich nämlich sehr interessant. Ich kann auch alleine hinfahren, wenn das Programm zu eng ist. Dann lasse ich eben etwas anderes aus."
„Das geht nicht", widersprach meine Lehrerin. „Ich kann dich nicht allein durch die Stadt laufen lassen. Nachdem du minderjährig bist, wäre das dir und deinen Eltern gegenüber unverantwortlich."
„Und wenn meine Eltern mir eine schriftliche Einverständniserklärung ausstellen?" Ich wollte die Hoffnung nicht so einfach aufgeben.
Doch sie wurde sogleich zerschlagen, als Frau Magister Kneiß energisch den Kopf schüttelte. „Nein, das ist unmöglich. Wenn dir irgendetwas passiert, sind wir dran. Es tut mir wirklich leid, aber du wirst dir dieses Stadion im Rahmen eines privaten Aufenthaltes ansehen müssen."
Damit drehte sie sich um und ließ mich stehen. Ich hätte schreien können vor Wut. Wie lange es dauern würde, bis ich ein zweites Mal nach Paris kam, wollte ich mir gar nicht ausmalen.
Mein Herz klopfte schnell, und im selben Takt spürte ich das Herz des Drachen in mir schlagen, dessen Puls sich vor Wut ebenfalls beschleunigt hatte.
Ich stapfte zu meinem Platz zurück und ließ mich wütend auf meinen Sessel fallen. Das war so gemein. Es gab genau einen Grund, aus dem ich nach Paris fahren wollte, und meine Lehrerin erlaubte es nicht. Konnte es noch schlimmer werden?

15. Ablenkung

Wie sich herausstellte, kam es noch schlimmer. Mit dem Nahen des Balls stieg mein Unwille hinzugehen. Meine Gedanken wanderten immer wieder zum bevorstehenden Samstag, wodurch ich nicht nur in der Schule, sondern auch im Training abgelenkt war. Die Lehrer nahmen mir das nicht übel, denn in der Schule fiel es nicht auf. Viel schlimmer war es auf dem Tennisplatz. Johnny bemerkte beim Training am Mittwoch sofort, dass etwas nicht stimmte.

„Stop!", rief er und fing einen von mir schlecht platzierten Ball ab. Es war ungefähr der tausendste, den ich heute versemmelte.

Johnny ließ den Ball hinter die Grundlinie rollen und kam ans Netz. „Bevor wir weitermachen, erzählst du mir, was los ist."

Ich scharrte mit meinem Fuß im Sand. „Gar nichts", sagte ich ausweichend. Ich wollte mit Johnny nicht darüber reden. Ich wollte ihm nicht erzählen, was mich bedrückte. Ich wollte mit ihm nicht über die Schule sprechen, nicht über den Ball und schon gar nicht über Rafael.

„Irgendetwas ist doch mit dir", widersprach Johnny. „Du schlägst einen Ball nach dem anderen ins Aus, bist nicht konzentriert und bewegst dich, als hättest du keine Ahnung von dem was du tust!"

„Es tut mir leid", sagte ich geknickt. „Ich habe im Moment eine Menge im Kopf."

„Was kannst du denn großartig im Kopf haben?", fragte Johnny. „Deine Ferien sind gerade zu Ende gegangen, sie können euch in der Schule doch noch nicht so viel Arbeit aufgehalst haben!"

Sein harscher Ton schien ihm im selben Moment leid zu tun, denn er legte mir versöhnlich die Hand auf die Schulter, und sein Ton wurde ruhiger. „Was es auch immer ist, du kannst es mir erzählen. Vielleicht geht es dir dann besser und du kannst dich wieder auf dein Spiel konzentrieren."

Ich schüttelte leicht den Kopf. Johnny war wirklich nicht der Richtige, um meine Sorgen zu teilen. „Es ist schon okay", sagte ich. „Nicht so schlimm. Ich werde mich zusammenreißen."

„Was auch immer dich beschäftigt, du findest besser einen Weg, damit klarzukommen", sagte Johnny. „Du weißt schon, dass du am Freitag ein Spiel hast?"

Ich nickte. Dieses Spiel musste ich mir immer wieder ins Gedächtnis rufen, denn der Ball vereinnahmte meine Gedanken dermaßen, dass in meinem Kopf für fast nichts anderes mehr Platz war. Ich seufzte innerlich. War es wirklich so weit gekommen, dass ich unwichtige Dinge wie diesen Ball gedanklich dem Tennis vorzog?
„Machen wir weiter", sagte ich. Johnny gab keinen Kommentar dazu ab, sondern hob wortlos den Ball auf, den er zuvor fallen gelassen hatte.
Ich ging ebenfalls zurück an die Grundlinie. Der Sand unter meinen Füßen schien dabei nicht zu knirschen, sondern drei einzelne Silben zu flüstern: Ra-fa-el, Ra-fa-el, mit jedem Schritt zwei Buchstaben. Ra-fa-el.
Ich hatte die Grundlinie kaum erreicht, als auch schon Johnnys nächster Aufschlag kam. Ich machte einen erschrockenen Satz zur Seite, streckte den Schläger vor und verpasste den Ball. Ich konnte deutlich sehen, wie Johnny die Augen verdrehte. Ich seufzte erneut, diesmal hörbar. Wenn das so weiterging, standen meine Chancen für Freitag schlechter als schlecht.

Sehr zu meinem Nachteil schaffte ich es bis Freitag nicht, meine Gedanken auf Tennis zu konzentrieren. In der Schule konnte ich meine Augen kaum von Rafael wenden, wann immer ich ihn auch sah. Was nicht allzu oft der Fall war, da ich das Klassenzimmer in den Pausen nur verließ, um auf die Toilette zu gehen. Meistens beobachtete ich ihn heimlich, wenn wir alle nach dem Unterricht auf den Bus oder die Straßenbahn warteten. Ich hätte vieles darum gegeben, ihn aus meinem Kopf zu bekommen und mich wieder voll und ganz auf Tennis und vor allem auf das Spiel am Freitag konzentrieren zu können. Aber es schien, dass mir das umso schwerer fiel, je mehr ich es versuchte. Ohne dass ich es wollte, war Rafael ständig in meinen Gedanken, und wenn ich es schaffte, ihn einmal aus meinem Kopf zu verbannen, war er nach spätestens drei Minuten wieder da. Wenn wir zufällig ein paar Stationen in derselben Straßenbahn fuhren, suchte ich mir einen Platz in seiner Nähe und hoffte, dass er mich noch einmal ansprach. Doch er tat es nicht.
Natürlich bemerkte auch meine Familie, dass etwas mit mir nicht stimmte. Meine Eltern ließen sich mit der Ausrede abspeisen, dass ich aufgrund des Spiels nervös war, doch Beate tat mir diesen Gefallen nicht.
„Sag schon, was los ist", verlangte sie wieder und wieder. „Du kannst mir

nicht erzählen, dass alles normal ist. Du hast den Kopf ständig in den Wolken, ich muss deinen Namen dreimal sagen, bevor ich deine Aufmerksamkeit kriege!"
„Das ist-", begann ich, doch Beate ließ mich nicht ausreden.
„Wenn ich es nicht besser wüsste, würde ich sagen, du bist doch verknallt, auch wenn du es noch so sehr leugnest." Als ich nichts erwiderte, starrte sie mich mit großen Augen an. „Oder weiß ich es vielleicht doch nicht besser?" Sie lachte triumphierend. „Das war doch klar! Du würdest niemals auf diesen Ball gehen, wenn du keinen triftigen Grund dafür hättest! Und welcher Grund könnte besser sein als ein Junge?"
Ich verdrehte die Augen. „Können wir das Thema wechseln?"
„Du widersprichst mir nicht mal!", rief Beate freudestrahlend.
„Ist doch ganz klar", sagte ich. „Egal was ich sage, du würdest mir sowieso nicht glauben."
„Warum sollte ich dir nicht glauben?"
„Weil du so davon überzeugt bist, dass du überhaupt nichts anderes hören willst!"
„Wenn du meinst." Beate wirkte beleidigt.
Es war mir egal.

So sehr ich auch versuchte, meine Gedanken auf Tennis anstatt auf Rafael zu konzentrieren, es wollte mir nicht gelingen. Dementsprechend mulmig war mein Gefühl, als ich am Freitag auf den Platz ging. Ich konnte Johnnys Blicke regelrecht in meinem Rücken spüren und vermied es, ihn anzusehen. Sollte ich aufgrund meiner Unaufmerksamkeit in den letzten Tagen dieses Spiel verlieren, wäre die Hölle los.
Doch schon im ersten Satz zeigte sich, dass ich diesmal ausnahmsweise Glück hatte. Meine Gegnerin war sehr viel schwächer als ich, und ich konnte den ersten Satz relativ schnell für mich entscheiden. Im zweiten Satz schien sie plötzlich ihre Motivation wiederzufinden, doch ich konnte den Tiebreak gerade noch verhindern und gewann das Match mit sechs zu zwei und sieben zu fünf.
Unendlich erleichtert verließ ich den Platz. Mit einem so klaren Sieg hatte ich nicht gerechnet.
Meine Erleichterung löste sich allerdings bereits kurz nach meinem Sieg in

Rauch auf; genau dann nämlich, als ich Johnny gegenüber trat.
„Kannst du mir bitte mal erklären, was du da draußen abgezogen hast?"
„Was denn?", fragte ich verblüfft – was ich eigentlich nicht hätte sein dürfen. Überraschte mich Johnnys Unzufriedenheit etwa?
„Die Fehler, die du im zweiten Satz gemacht hast, konnte kein Mensch mehr zählen!"
Er übertrieb maßlos. Erstens hatte ich gewonnen, und zweitens hätte die Fehler meiner Gegnerin dann auch keine Maschine mehr zählen können, nachdem ich mehr Punkte als sie gemacht hatte. Doch ich sagte nichts dergleichen, denn ich wusste, dass ich nicht in Bestform gespielt hatte. Bestform – die war in letzter Zeit Mangelware. Und solange ich nicht alles geben konnte und Johnny das bemerkte, brauchte ich erst gar nicht versuchen zu widersprechen.
„Ich weiß, dass ich nicht sonderlich gut war", sagte ich, bemüht, Johnny durch meinen versöhnlichen Tonfall milde zu stimmen. „Aber zum Glück war die andere noch schlechter."
„Zum Glück?" Johnnys Augenbrauen waren ein Stück in die Höhe gerutscht. „Jackie, du kannst dich beim Tennis nicht auf dein Glück verlassen! Was denkst du denn, wie weit du damit kommst?"
Ich hätte schreien können. Mussten wir diese Diskussion jetzt führen? Die Anspannung, die ich vor dem Spiel und während der letzten Tage verspürt hatte, war durch meinen Sieg gerade von mir abgefallen. Damit hätte der Ball meine einzige Sorge sein sollen, doch Johnny hatte wohl etwas dagegen.
„Nicht weit", gab ich kleinlaut zu. In diesem Moment war ich bereit, alles zu sagen, nur damit er mich in Ruhe ließ und ich nach Hause fahren konnte.
„Eben. Wie hast du das also in Zukunft vor?"
„Ich werde mich mehr bemühen", sagte ich. Was erwartete er von mir?
„Sag es nochmal, vielleicht schaffst du es mit noch weniger Motivation", giftete Johnny.
Ich holte verzweifelt Luft. Warum machte er es mir so schwer?
„Hör zu, ich weiß, dass ich in letzter Zeit nicht das gegeben habe, was du von mir gewohnt bist", sagte ich in fast flehendem Ton. „Aber ich habe momentan wirklich viel im Kopf, auch wenn du mir das nicht glauben

kannst. Ich verspreche dir hoch und heilig, mir in Zukunft wieder mehr Mühe zu geben."
Johnnys ausgestreckter Zeigefinger schoss auf mich zu. „Ab morgen", sagte er, seine Augen zu schmalen Schlitzen verengt.
Ich wusste, dass das schwierig werden würde, da ich morgen Nachmittag den Ball ja noch vor mir haben würde. Trotzdem nickte ich.
„Ab morgen", versprach ich.
Johnny nickte ebenfalls. „Komm, ich fahre dich nach Hause."
Ich war zu müde, um sein Angebot abzulehnen und stattdessen den Bus zu nehmen. Wobei es eigentlich kein Angebot, sondern ein Befehl gewesen war. Und ich wusste, dass ich ihm besser nachkam, denn Johnny war schon sauer genug.
Und so saßen wir nur wenige Minuten später in seinem Auto, ich frisch geduscht, er augenscheinlich auf die Straße konzentriert. Ich war froh, dass er während der Fahrt kein Wort sagte, denn ich wollte im Moment nicht reden. Ich hatte über seine Worte nachgedacht und war zu dem Schluss gekommen, dass es wirklich unfassbar dämlich von mir gewesen war, so schlecht vorbereitet in dieses Spiel zu gehen. Wäre meine Gegnerin nur ein kleines bisschen besser gewesen, hätte sie mich locker geschlagen. Johnny hatte Recht, ich konnte mich nicht auf mein Glück verlassen. Nicht, wenn ich gewinnen wollte.
Doch um diese Variable aus der Gleichung zu nehmen, musste ich zusehen, dass ich im Training konzentrierter wurde. Um konzentrierter zu werden, musste ich Rafael aus meinen Gedanken bekommen. Und um das zu bewerkstelligen, musste ich – ja, was? Ich hatte keine Ahnung.

16. Warten

Als ich nach Hause kam, war noch niemand da. Das war mir recht, denn meine Stimmung war gerade nicht die beste, und so schlecht gelaunt wollte ich niemanden sehen und schon gar nicht mit jemandem reden.
Doch es dauerte nicht lange, bis mein Handy klingelte. Ich warf einen

kurzen Blick auf das Display, schon entschlossen, nicht ranzugehen, doch dann sah ich, dass es Katy war.

„Wie war dein Spiel?“, fragte sie anstelle einer Begrüßung.

„Naja, es war nicht so toll“, sagte ich. „Ich habe gewonnen, aber meine Leistung war nicht die beste.“

„Na und?“, fragte Katy. „Solange du gewinnst, ist das doch egal!“

„Ja schon, aber egal.“ Ich ersparte es mir, ihr zu erklären, was Johnny mir gerade bewusst gemacht hatte.

„Ist alles in Ordnung?“, fragte Katy. „Du klingst irgendwie niedergeschlagen.“

„Ich weiß auch nicht“, sagte ich. „Es ist im Moment alles etwas komisch.“

„Komisch? Was meinst du mit komisch?“

Ich seufzte kaum hörbar. So sehr ich es auch wollte, ich konnte Katy nicht von Rafael erzählen. Sie hätte es nicht verstanden. Niemand hätte es verstanden.

„Es ist gerade alles ein bisschen viel“, benutzte ich eine meiner beliebtesten Ausreden für Situationen, in denen ich den Grund für meine schlechte Laune nicht verraten wollte.

„Wenigstens gehen wir morgen auf den Ball“, sagte Katy. Es hätte mich aufmuntern sollen, doch das genaue Gegenteil war der Fall. Die bloße Erwähnung des Balles rief mir sofort wieder Rafaels Gesicht ins Gedächtnis, und genau das war es, was ich unbedingt vermeiden wollte. Doch ich ersparte es mir, Katy zu erklären, dass ausgerechnet der Ball einen großen Teil zum Problem beitrug. Denn auch das hätte sie nicht verstanden. Wie denn auch?

„Freust du dich auf morgen?“, fragte Katy, die mein Zögern bemerkt hatte.

„Klar“, log ich, doch es klang nicht überzeugend. Wie so oft beneidete ich auch jetzt jene Menschen, denen Lügen leicht und glaubhaft über die Lippen gingen. Doch wenn Katy das bemerkt hatte, zeigte sie es nicht.

„Wann treffen wir uns morgen?“, fragte sie. „Soll ich dich abholen?“

„Das wäre toll“, sagte ich ohne rechte Begeisterung. „Der Ball wird um halb neun eröffnet “

„Dann bin ich um dreiviertel acht bei dir? Das sollte sich ausgehen.“

„Das reicht bestimmt“, pflichtete ich ihr bei. Etwas später wäre mir noch lieber gewesen, doch auf die paar Minuten kam es auch nicht mehr an.

„Okay, dann bis morgen“, sagte Katy.
„Bis morgen“, sagte auch ich und legte auf.
Meine Familie unterließ es heute Abend, mich auf meine Laune oder auf den Ball anzusprechen. Nicht mal Beate legte es drauf an, mich auszufragen. Vielleicht wurde sie auch von meiner miesen Stimmung abgeschreckt. Ich ging an diesem Abend bald ins Bett, konnte aber lange nicht einschlafen. Ich lag wach und starrte an die dunkle Zimmerdecke, während die Gedanken in meinem Kopf im Kreis liefen. Morgen war der Ball, und ich ging nur wegen Rafael hin. Doch Rafael hatte nur einmal kurz mit mir gesprochen und mich dann wieder vergessen.
Wenigstens ging Katy mit. Der Gedanke gab mir neue Zuversicht, denn auch wenn Rafael mich weder ansprechen noch mit mir tanzen würde, konnte ich mir wenigstens einen netten Abend mit meiner besten Freundin machen. Das hätte ich zwar auch ohne meine Mitschüler, das festliche Ambiente, mein Kleid und den ganzen Aufwand gekonnt, doch jetzt gab es kein Zurück mehr.
Es kam mir vor wie eine Ewigkeit, bis ich endlich einschlief. Doch kaum hatte ich meine Augen geschlossen, fand ich mich in einer Vielzahl wirrer Träume wieder.

Am Morgen konnte ich mich an keinen einzigen erinnern, doch ich kam mir vor, als wäre ich in den letzten Stunden von einer ganzen Armada von Dampfwalzen bearbeitet worden.
„Was machst du denn schon auf?“, fragte meine Mutter, als ich um sieben Uhr in die Küche kam.
„Ich stehe immer um diese Zeit auf“, antwortete ich und goss mir eine Tasse Tee ein.
„Aber heute Abend wird es spät werden, willst du nicht noch ein wenig schlafen?“
„Ich kann nicht mehr schlafen“, meinte ich und setzte mich an den Tisch, wo mein Vater gerade die Morgenzeitung las.
„Du kannst ja am Nachmittag noch etwas schlafen, damit du am Abend fit bist“, schlug meine Mutter vor.
Ich schüttelte den Kopf. „Zuerst muss ich ins Training, dann zum Friseur.“
„Vielleicht kannst du das Training heute mal ausfallen lassen.“ Meine Mut-

ter nahm sich ebenfalls Tee und setzte sich zu uns.
„Nein, das kann ich nicht", sagte ich barsch. Im nächsten Moment tat mir mein schroffer Ton schon wieder leid. Meine Eltern konnten schließlich nicht wissen, wie ich mich fühlte. Sie glaubten noch immer, dass ich mich auf den Ball freute.
Während des Frühstücks vertiefte sich meine Mutter ebenfalls in die Zeitung. Ich nutzte die gedankliche Beschäftigung meiner Eltern mit dem Rest der Welt, um mich gleich nach dem Frühstück zu verdrücken.
In meinem Zimmer wollte ich ein paar Dinge für die Schule erledigen, doch ich gab nach kurzer Zeit wieder auf. Meine Gedanken waren zu weit von dem Stoff entfernt, um mich auch nur ansatzweise darauf konzentrieren zu können.
Der Vormittag verging schleppend. Auch als ich mich auf den Weg zum Training machte, konnte ich die kreisenden Gedanken nicht abstellen.
Natürlich konnte ich das Versprechen, das ich Johnny gestern gegeben hatte, nicht einhalten. Schon bei den ersten Ballwechseln bemerkte ich, dass ich übermäßig nervös war. Meine Bewegungen waren fahrig und unkoordiniert. Ich schlug viele Bälle ins Aus oder erwischte sie nicht, obwohl sie von Johnny nicht unmöglich gespielt waren. Ich versuchte, mich zusammenzureißen, doch je mehr ich mich bemühte, desto verkrampfter wurde ich, und umso schlechter wurde mein Spiel.
Die ganze Zeit über wunderte ich mich, dass Johnny nichts dazu sagte. Ihm musste doch auffallen, wie mies ich war. Doch er hielt sich zurück, bis wir nach dem Training in seinem Auto saßen.
„Wenn sich nicht bald etwas ändert, Jackie, dann sehe ich nicht mehr viel Sinn in deinem Training", sagte er. Mir wurde gleichzeitig heiß und kalt. Das hatte kommen müssen. Hatte ich ernsthaft gedacht, er würde mir die Predigt ersparen?
„Wenn du so weitermachst, brauchst du an die Profiliga gar nicht zu denken. Dann kannst du in deiner Freizeit hobbymäßig spielen, aber Trainer brauchst du dafür keinen. Ich möchte meine Zeit nutzen, sie nicht verschwenden."
Ich starrte geradeaus auf die Straße. Vielleicht war es gar nicht so schlecht, wenn Johnny mich nicht mehr trainieren würde. Vielleicht war ich mit einem anderen Trainer besser dran. Mit einem, der mich nicht nur kriti-

sierte, sondern mich hin und wieder auch mal lobte. Vielleicht sollte ich Johnny hier und jetzt mitteilen, dass ich in Zukunft ohne ihn auskommen würde – doch ich wusste, dass das keine Option war. Er war schon so lange mein Trainer, so viele Jahre arbeiteten wir bereits zusammen, das konnte ich nicht wegen einer kleinen Auseinandersetzung hinschmeißen! So viele professionelle Spieler hatten immer wieder mal Streit mit ihren Trainern, ich war da keine Ausnahme. Noch dazu war dieser Zwist aufgrund meiner Fehler während der letzten Tage entstanden. Er konnte eigentlich überhaupt nichts dafür.

„Ja, ich weiß", hörte ich mich sagen. „Mir ist bewusst, dass ich in letzter Zeit sehr stark nachgelassen habe. Aber ich werde das ändern, Johnny, das verspreche ich dir!"

Johnny schnaubte. „Das hast du gestern auch gesagt. Und was war heute beim Training? Eine einzige Katastrophe!"

„Das ist mir bewusst", sagte ich, wobei mich ein leichter Anflug von Verzweiflung überkam. Schon wieder hatte ich es vermasselt. Schon wieder war ich in der dummen Situation, Johnny milde stimmen und von meinem Ehrgeiz überzeugen zu müssen.

„Es genügt nicht, wenn es dir nur bewusst ist", brummte Johnny.

„Ich weiß." Ich hatte keine Ahnung, was ich noch dazu sagen konnte. Zu meinem Glück erreichten wir in diesem Moment mein Haus.

„Ab morgen", sagte Johnny, den Zeigefinger drohend erhoben, so als würde er mit einem Kind schimpfen. „Letzte Chance."

Ich nickte, froh darüber, die Diskussion beenden zu können. Ich würde ihm beweisen, dass ich in der richtigen Form war, um gutes Tennis zu spielen.

„Verstanden", sagte ich. Dann nahm ich meine Tasche und stieg aus. Ich schaute dem Wagen nicht hinterher, als Johnny ihn aus der Parklücke und um die nächste Ecke fuhr. Ich war froh, wenigstens bis morgen Ruhe zu haben.

Jetzt musste ich nur noch den Ball überstehen.

17. Noch mehr Vorbereitungen

Schon der Friseurtermin wurde zur absoluten Katastrophe – zumindest für mich. Rafaela, die mich bediente, machte alle möglichen Vorschläge, wie sie meine Haare hochstecken konnte. Ich deutete es als Grausamkeit des Schicksals, dass sie ausgerechnet diesen Vornamen trug.
„Nicht zu kompliziert", sagte ich.
„Für den Schulball darf es schon etwas Ausgefalleneres sein", entgegnete Rafaela. „Was hältst du davon, wenn ich dir die Haare locke und sie dann so", sie werkte mit beiden Händen an meinem Hinterkopf herum, „und so und so, und hier noch ein bisschen – aufstecke. Das sieht bestimmt toll aus."
„Könntest du nicht etwas anderes machen?", fragte ich. Ich befürchtete schon mordsmäßige Verspannungen in meinen Schultern und meinem Nacken, wenn das ganze Gewicht meiner Haare für eine lange Nacht an meinem Hinterkopf aufgetürmt wäre.
Rafaela ließ meine Haare los und setzte sich neben mich. „Wie hättest du es denn gern?"
„Naja", meinte ich, „du könntest sie hinten zu einem Pferdeschwanz binden oder zu einem Zopf flechten, vorne könntest du ein paar Strähnen eindrehen …"
Rafaela verzog das Gesicht. „So trägst du deine Haare doch jeden Tag. Für einen Ball ist das zu gewöhnlich."
„Na schön", gab ich nach, „dann steck sie hoch."
Mein Nacken und meine Schultern werden dich dafür hassen, fügte ich in Gedanken hinzu.
Was folgte, waren eineinhalb Stunden, in denen Rafaela an meinen Haaren zog, zupfte und mich mit tausenden Haarnadeln pikste, von denen sie eine nach der anderen direkt in meinen Kopf schob. Zumindest fühlte es sich so an.
Am Ende dieser Prozedur fühlte sich mein Kopf an wie ein Nadelkissen. Ich wagte kaum, mich zu bewegen, aus Angst, die Frisur kaputt zu machen.
„Schüttel deinen Kopf", bat mich Rafaela. „Nur um zu sehen, ob alles hält."
Ich befolgte ihre Aufforderung vorsichtig. Die zahlreichen Nadeln und Spangen taten ihre Arbeit, die Frisur hielt bombenfest. Ich betrachtete

Rafaelas Werk im Spiegel und musste zugeben, dass ich mit dem Ergebnis sehr zufrieden war. In Kombination mit meinem Kleid würde ich bestimmt – was, gut aussehen? Vielleicht, aber verglichen mit den anderen Mädchen war ich gerade mal durchschnittlich. Dermaßen aufgebrezelt schaffte ich es auf ein Attraktivitätslevel, auf dem sich andere Mädchen ungeschminkt und in Alltagsklamotten befanden.

„Viel Spaß“, sagte Rafaela, nachdem ich bezahlt hatte. „Bring mir die Haarnadeln nächste Woche bitte zurück.“

„Das werde ich“, versprach ich. Beim Verlassen des Salons bewegte ich mich sehr vorsichtig. Bei jedem kleinen Lüftchen fürchtete ich, meine Frisur würde kaputt gehen. Doch nichts dergleichen passierte, und ich und der Turm auf meinem Kopf kamen heil zuhause an.

„Wow!“, rief Beate, kaum dass ich durch die Tür war.

„Zeig her!“, tönte die Stimme meiner Mutter aus der Küche, und keine zwei Sekunden später stand sie vor mir. „Wahnsinn“, sagte sie, „Jackie, du siehst super aus!“

„So toll ist es auch wieder nicht“, entgegnete ich.

Meine Mutter verschränkte die Arme, und auch Beate schaute mich finster an. „Glaub uns einfach, wenn wir dir sagen, dass du hübsch bist!“

„Das bist du sowieso, auch wenn deine Frisur nicht so aufwendig ist“, fügte meine Mutter rasch hinzu. „Lass dich bei Papa anschauen.“

Ich ging ins Wohnzimmer, wo mein Vater auf der Couch vor dem Fernseher saß.

„Hallo“, sagte ich und setzte mich zu ihm. „Na, wie sieht es aus?“

„Meinst du das Spiel oder deine Frisur?“, fragte mein Vater mit einem leichten Grinsen. Ich schaute auf den Fernseher, wo gerade ein Fußballspiel lief. Weder die eine noch die andere Mannschaft kam mir bekannt vor.

„Meine Frisur“, antwortete ich überflüssigerweise und drehte meinen Kopf hin und her.

„Hübsch“, sagte mein Vater. „Sieht sehr gut aus.“

„Das finde ich auch“, meinte meine Mutter von der Tür her. „Sie ist wirklich hübsch.“

Ein bisschen übertrieben kam mir ihre Reaktion schon vor. Die anderen Mädchen würden bestimmt noch viel hübscher aussehen als ich.

„Du brauchst noch Makeup“, sagte Beate.

Ich seufzte. „Muss das sein? Ich wollte eigentlich so gehen, wie ich bin."
„Nein, Jackie, etwas Schminke gehört dazu", pflichtete meine Mutter ihr bei.
Beate packte mich am Arm. „Komm mit."
Mit einer Bewegung, die keinerlei Widerspruch zuließ, zerrte sie mich ins Bad. Mehr oder weniger sanft platzierte sie mich auf dem Rand der Badewanne, dann holte sie ihr Schminktäschchen hervor. Wobei das Wort „Täschchen" deutlich untertrieben war. Es handelte sich eher um einen Koffer.
„Zuerst trage ich eine Grundierung auf ..." Beate holte einen Tiegel aus dem Koffer, öffnete ihn und verteilte ungefähr die Hälfte des Inhalts in meinem Gesicht.
„Ist das nicht etwas zu viel?", fragte ich.
„Ach Quatsch. Das kommt dir nur so vor, weil du dich sonst nie schminkst. Nimm deine Hand da weg."
„Entschuldige, ich habe mich nur gekratzt."
„Wenn du zu viel kratzt, ruinierst du deine Frisur."
Ich ließ meine Hand geräuschvoll in meinen Schoß fallen. Beate beachtete diese Geste allerdings nicht, sondern öffnete eine Tube.
„Jetzt kommt das Makeup. Leg deinen Kopf zurück, ich sehe nichts, wenn du nach unten schaust."
Ich tat wie mir geheißen, als Beate eine zweite Schicht auf mein Gesicht auftrug. Ich fragte mich, wie meine Haut unter all dem Zeug noch atmen sollte. Wenn das so weiterging, würde ich morgen früh um zehn Jahre älter aussehen.
„Okay", sagte Beate gedehnt, während sie mit ihren Fingern ein paar letzte Kreise über meine Wangen zog, „das hätten wir."
„Bist du fertig?" Ich schickte mich an aufzustehen, doch Beate hielt mich zurück.
„Noch lange nicht", antwortete sie. „Jetzt das Puder…"
Als sie mein Gesicht einstaubte, fühlte es sich an, als würde ich kopfüber in eine Dose Kakaopulver fallen.
„Mach die Augen zu, ich trage den Lidschatten auf."
„Meine Augen sind schon lange zu", brummte ich. „Ansonsten würde ich jetzt alles durch den braunen Schleier sehen, der sich über meine

Pupillen gelegt hätte."
„Sehr witzig", sagte Beate. „Halt still."
Ich fühlte, wie sie mit dem kleinen Pinsel über meine Lider strich.
„Mach bloß nicht zu viel", sagte ich. „Nicht, dass ich am Ende aussehe wie ein Clown."
„Also bitte!" Beate klang sichtlich beleidigt. „Du hast ja sehr viel Vertrauen in mich. Denkst du, ich würde dich als Clown auf den Ball gehen lassen?"
Ich war mir nicht sicher, aber ich sagte nichts.
„Mach die Augen auf, jetzt kommt die Wimperntusche."
Ich tat wie geheißen und zuckte im nächsten Moment zurück, als Beates Hand mit der Bürste sich meinem Auge näherte.
„Was machst du da? Du steckst mir das Ding ins Auge!"
„Nicht, wenn du stillhältst!"
„Ich halte doch still!", widersprach ich, bemühte mich aber gleichzeitig, möglichst ruhig zu sitzen. Ich wusste, dass ich Beate und der Bürste nicht entkommen würde, und so war es wohl das Beste, zu kooperieren.
„Na siehst du, geht doch", sagte Beate, während sie meine Wimpern tuschte.
„Das fühlt sich komisch an", sagte ich. „Es ist irgendwie klebrig. Alles, was du mir gerade ins Gesicht gepappt hast, fühlt sich klebrig an."
„Das kommt dir nur so vor." Beate trat einen Schritt zurück und betrachtete ihr Werk, erst mit kritischem Blick, dann nickte sie zufrieden.
„Du darfst auf keinen Fall deine Augen reiben. Ich werde dir jetzt noch Lippenstift auftragen. Nimm ihn am besten mit, dann kannst du ihn erneuern, wenn du was getrunken hast." Sie schaute mich an, dann grinste sie breit. „Oder geknutscht hast."
„Ach, mach dich nicht lächerlich." So etwas wollte ich nun wirklich nicht hören. „Ich werde ganz sicher nicht knutschen."
Beate brachte mich zum Verstummen, indem sie meine Lippen bemalte. Noch etwas, das sich klebrig anfühlte.
„Das weißt du nicht", flötete sie. „Du gehst immerhin auf einen Ball, und auf einem Ball gibt es Jungs. Du kannst nie vorhersagen, was passiert."
„Ich kann es vorhersagen", brummte ich.
„Jetzt hör mal auf, immer so negativ zu sein!"
„Jetzt hör mal auf, mir das immer zu sagen!" Langsam nervten mich alle mit ihrer verfluchten positiven Denkweise.

„Wie du meinst. Schau in den Spiegel, ob du dir so gefällst."
Ich stand auf und betrachtete mein Gesicht. „Sieht gut aus", sagte ich. Ich fand mich zwar auch geschminkt nicht hübsch, aber ich wollte Beates Werk nicht kritisieren. Sie hatte sich wirklich Mühe gegeben. Sie hatte es auch gut gemacht, aber bei meinem Gesicht war wohl Hopfen und Malz verloren.
„Danke", sagte ich.
„Gerne", erwiderte Beate. „Soll ich dir beim Anziehen helfen?"
Ich schaute auf die Uhr und stellte fest, dass Katy in wenigen Minuten hier sein sollte.
„Das wäre toll", sagte ich. Beate folgte mir in mein Zimmer und half mir in mein Kleid. Sie zog den Reißverschluss hoch, während ich in meine Schuhe schlüpfte. Mittlerweile konnte ich damit laufen, ohne wie eine betrunkene Giraffe zu wirken, aber ich wusste nicht, wie lange ich die Dinger an meinen Füßen ertragen würde, ohne bei jedem Schritt vor Schmerzen zu stöhnen. Immer, wenn ich die Schuhe zu Hause getragen hatte, hatte ich nach spätestens einer halben Stunde diesen Druck in meinen Beinen, vor allem auf meinen Zehenballen, gespürt und sie wieder ausgezogen. Ich hatte keine Ahnung, wie ich einen ganzen Abend darin überstehen sollte.

18. Eine Nacht voll Lärm und Unwohlsein

Katy holte mich pünktlich ab, und mein Vater bot an, uns zu fahren. Das war mir recht, denn ich wollte mich nicht mit meinem Ballkleid und der aufwendigen Frisur in die U-Bahn setzen.
„Na, freust du dich schon?", fragte Katy, als wir im Auto saßen. Irgendwie ärgerte ich mich ein bisschen über ihre Worte, denn sie klangen als würde eine Mutter ihr Dreijähriges fragen, ob es sich schon auf den Besuch im Zoo freute.
„Sicher", sagte ich trotzdem und versuchte, mir nichts von meiner schlechten Laune anmerken zu lassen.
Wir fuhren nicht lange. Kaum waren wir angekommen, sank meine Stim-

mung weiter, als ich das hell erleuchtete Gebäude sah, die vielen Menschen, die sich davor tummelten, ein paar meiner Mitschüler, die sich lachend unterhielten, jeder ein Glas Sekt in der Hand.
„Viel Spaß“, sagte mein Vater. Ich hatte ein mulmiges Gefühl, als Katy und ich ausstiegen und die Stufen zum Eingang hoch stiegen. Ein paar meiner Mitschüler bemerkten mich, manche grüßten mich. Falls es Katy auffiel, dass einige von ihnen mich bewusst ignorierten, ließ sie es sich nicht anmerken.
Vor uns schwebte Marie in einer himmelblauen Robe wie auf Wolken, an ihrer Seite ihr Freund im schwarzen Anzug. Die beiden sahen aus wie aus dem Bilderbuch, als sie voller Anmut und Grazie an der Abendkassa vorbei in das Gebäude gingen.
Spätestens jetzt war der Abend ruiniert.
Wir zeigten unsere Eintrittskarten, die ich in der vergangenen Woche von den Achtklässlern besorgt hatte. Dafür war ich nicht in Rafaels Klasse gegangen; hätte ich ihn dort getroffen, wäre mir vor Nervosität bestimmt irgendetwas furchtbar Peinliches passiert.
Wir bekamen gegen die Abgabe unserer Karten einen Stempel auf die Hand gedrückt. Somit waren wir offiziell Teil des Irrsinns, der sich vor uns auftat, als wir den Ballsaal betraten. Und ein Irrsinn war es allemal, zumindest für mich. Ich konnte nach wie vor nicht verstehen, warum man sich dermaßen aufdonnerte, nur um sich mit den immer gleichen Leuten zu treffen, um sich zu betrinken und so zu tun, als könnte man tanzen. Um so zu tun, als wäre man jemand, als hätte man Stil. Und wieder einmal fragte ich mich, wie zur Hölle ich auf die verrückte Idee gekommen war, mir das hier anzutun.
„Willst du was trinken?“, fragte Katy.
Nach einem Blick in die Runde stellte ich fest, dass es anscheinend angebracht war, mit einem Getränk in der Hand herumzulaufen, also nickte ich.
Wir holten zwei völlig überteuerte Gläser Sekt von der Bar. Ich fragte mich, warum ich eigentlich Sekt trank, wenn er mir gar nicht wirklich schmeckte. Genauso wie Wein oder Kaffee. All die Getränke, die man in meinem Alter normalerweise konsumierte, hatte ich bisher immer ausgelassen. Aber die einzige Alternative zu Sekt schienen diese zuckersüßen

Mixgetränke oder Energydrinks zu sein, und beides fand ich geschmacklich noch viel schlimmer als Sekt.

„Wie lange wollen wir eigentlich bleiben?", fragte ich Katy.

Sie zuckte die Schultern. „Keine Ahnung, je nachdem wie lange es uns Spaß macht!"

„Okay, klar", sagte ich. In meinem Hinterkopf überlegte ich bereits, wie lange es wohl angemessen war, auf dem Ball zu bleiben. Vor Mitternacht zu verschwinden war ziemlich sicher unhöflich. Auch Katy würde es seltsam vorkommen, schon so bald zu gehen, und so verwarf ich diese Idee wieder. Bis zur Mitternachtseinlage musste ich auf jeden Fall bleiben, danach konnte ich jederzeit gehen. Zur Not konnte ich mich noch immer auf mein Training hinausreden.

Bei dem Gedanken daran wurde mir noch unwohler. Um wie viel lieber wäre ich jetzt auf dem Tennisplatz gewesen um das zu tun, was ich gut konnte, anstatt hier zu stehen, zwischen all den steifen Gestalten voll aufgesetzter Fröhlichkeit! Doch ich hatte es mir selbst eingebrockt, und nun musste ich es ausbaden.

Da standen wir, am Rande des Ballsaals, und ich fühlte mich völlig fehl am Platz. Katy und ich machten Smalltalk, redeten über verschiedene Dinge, über die wir auch sonst sprachen, wenn wir uns trafen. Ich fragte mich, warum ich dafür hier sein musste. Warum hatte ich den Ball vorgeschlagen? Ich hätte mich deutlich wohler gefühlt, wenn wir bei mir oder bei Katy zu Hause gewesen wären, allein anstatt umringt von Hunderten Menschen.

Katy warf einen Blick auf ihre Uhr. „Sie sollten den Ball gleich eröffnen. Wollen wir uns etwas weiter nach vorne stellen?"

Wir gesellten uns zu den anderen Gästen, die sich unter leichtem Drängeln rund um die Tanzfläche platziert hatten. Wir schafften es nicht ganz nach vorne und hatten deshalb eine etwas schlechte Sicht, was mich ein kleines bisschen ärgerte, denn ich hatte gehofft, Rafael zusehen zu können. Ich hatte ihn bisher noch nicht entdeckt, obwohl ich ständig nach ihm Ausschau gehalten hatte. Ich bemerkte, dass mein Herz schneller schlug, je näher die Eröffnung rückte. Ich reckte meinen Hals wie die anderen Gäste, um besser sehen zu können. Am Ende der Tanzfläche hatten die Paare bereits hintereinander Aufstellung genommen, und wenige Augenblicke später ertönte die Musik. Ein Paar nach dem anderen schritt mit hoch erhobenem Kopf und verhaltenem Lächeln langsam und grazil über die Tanzfläche.

„Das sind ganz schön viele“, sagte Katy neben mir.

„Es soll ja auch nach etwas aussehen“, antwortete ich, wobei ich die Augen nicht von der Tanzfläche nahm. „Wäre etwas trist, wenn nur-“

Ich hielt den Atem an. Da war er, ziemlich am Ende der Reihe. Er sah verdammt gut aus im Anzug. Ich musterte seine Tanzpartnerin und bemerkte mit Erleichterung, dass sie nicht superhübsch wie viele andere Mädchen hier war. In der nächsten Sekunde ärgerte ich mich über mich selbst. Rechnete ich mir etwa bessere Chancen bei Rafael aus, weil er mit einem durchschnittlichen Mädchen tanzte? Was, bitteschön, war denn ich?

„Wenn nur…?“

„Was?“ Ich bemerkte erst jetzt, dass Katy mich schon zum wiederholten Mal ansprach.

„Du hast deinen Satz nicht beendet“, sagte sie.

„Entschuldigung, ich… ich habe vergessen, was ich sagen wollte. War bestimmt nicht so wichtig.“

Meine Augen hingen wie gebannt an Rafael. Ich hoffte, dass es Katy nicht auffiel, aber auch wenn ich gewollt hätte, hätte ich nicht wegsehen können. Ich betrachtete die sich im Walzer drehenden Paare und konnte nicht anders, als mir vorzustellen, dass ich es war, die Rafael jetzt in seinen Armen hielt.

„Sollen wir uns die Bars ansehen?“

Katys Stimme drang wie durch Watte an mein Bewusstsein.

„Was?“ Meine Antwort kam deutlich verspätet.

„Ob wir uns die Bars ansehen sollen“, wiederholte Katy. Dann deutete sie auf die Tanzpaare. „Nachdem das hier gleich vorbei ist.“

Ich schaute auf die Tänzer, die sich gerade im Dreivierteltakt nach draußen bewegten.

„Ist vielleicht besser, gleich an die Bar zu gehen, bevor alle anderen dorthin wollen“, sagte ich und löste mich von meinem Platz. Ich folgte Katy in die Cocktailbar, wo wir zwei Getränke bestellten, die so viel Zucker enthielten, dass der Strohhalm beinahe senkrecht im Glas stand.

Das nächste, was ich bemerkte, war, dass der Alkohol seine Wirkung zeigte. Nachdem ich im Gegensatz zu anderen Gleichaltrigen wegen meines

Trainings nie Alkohol trank, hatte ich bereits nach dem ersten Glas Sekt einen leichten Schwindel verspürt, der sich durch das Gemisch aus Zucker und Alkohol verstärkte.

„Ich spüre das hier schon gewaltig", sagte ich und hielt das leere Glas hoch.

„Willst du kurz an die frische Luft?"

Ich nickte, und wir drängelten uns hintereinander durch die Menschenmenge. Auf dem Weg begegnete ich einigen Schülern aus meiner Klasse. Die meisten von ihnen ignorierten mich, und ich ignorierte sie ebenfalls. Ich verspürte keinerlei Bedürfnis, mich mit ihnen zu unterhalten oder höflich zu sein, indem ich sie grüßte.

Die kühle Nachtluft war angenehm im Vergleich zum stickigen Inneren des Ballsaals. Hier konnte ich freier atmen, nicht mehr umgeben von den vielen Menschen.

„Sollen wir wieder rein gehen?", fragte Katy nach einer Weile.

Ich zuckte die Schultern. „Eigentlich finde ich es hier ganz angenehm."

Katy wirkte zwar gelangweilt, aber sie widersprach nicht. „Okay, dann bleiben wir noch ein bisschen hier."

Ich setzte mich neben sie. Ganz kurz überlegte ich, ihr von Rafael zu erzählen, aber gerade als ich dazu ansetzte, sagte sie: „Mir ist ein bisschen kalt, gehen wir wieder rein?"

Ich seufzte innerlich. Nach einem schnellen Blick auf meine Armbanduhr stellte ich fest, dass seit der Balleröffnung gerade mal eine halbe Stunde vergangen war.

„Ist gut", sagte ich und schwor mir, heute keinen Alkohol mehr zu trinken.

Während wir an der Bar standen oder am Rand der Tanzfläche saßen und den mehr oder weniger graziös über das Parkett schwebenden Paaren zusahen, hielt ich immer wieder Ausschau nach Rafael. Hin und wieder sah ich ihn in der Menge stehen oder in einer der Bars mithelfen. Mein Blick hing dann immer wie gebannt an ihm, und ich hörte Katy nur noch mit einem Ohr zu.

Den ganzen Abend über unterhielt ich mich ausschließlich mit Katy; weder ich noch einer meiner Mitschüler war auf die Idee gekommen, ein Gespräch anzufangen, und so waren wir unter uns geblieben. Aber

das störte mich nicht. Mit Katy wurde mir nie langweilig, und zu lachen hatten wir auch immer genug – sogar auf meinem eigenen Schulball.
Im Nachhinein wusste ich nicht, wie die Zeit vergangen war, doch plötzlich war es Mitternacht, und die Gäste drängelten sich erneut um die Tanzfläche.
„Komm, sehen wir uns die Mitternachtseinlage an!", sagte Katy.
Ich war froh, dass es endlich soweit war. Sobald dieses Schauspiel vorbei war, würde ich mich auf den Weg machen.
Wir sahen um einiges schlechter als bei der Eröffnung des Balls, da wir ziemlich weit hinten standen. Ich verrenkte mir fast den Hals, um Rafael zu entdecken, doch er war nicht unter den Teilnehmern.
„Das ist irgendwie billig", meinte Katy, als die Schülerinnen der achten Klasse in knappen Outfits einen ziemlich lächerlichen Tanz aufführten, der wohl optisch als auch tänzerisch ansprechend sein sollte.
„Sieht wirklich dumm aus", pflichtete ich ihr bei. „Die denken wohl, sie sind verkannte Künstler."
Nach einer Ewigkeit, wie es mir vorkam, räumten die Mädels das Feld und machten Platz für ein paar ihrer Mitschüler, die so etwas wie ein Kabarett aufführten, das wohl lustig sein sollte. Ich fand es überhaupt nicht witzig. Die anderen Gäste anscheinend schon, denn sie lachten und applaudierten, so als würde ihnen gerade etwas ganz Tolles geboten. Katy warf mir öfter als einmal einen fragenden Blick zu, den ich nur mit einem Schulterzucken erwidern konnte.
„Das war nicht gerade das Highlight des Abends", sagte sie, als das Ganze vorüber war.
„Stimmt." Es war keine reife Leistung gewesen, die unsere Maturanten hier geboten hatten, doch das war mir ziemlich egal. Ich war froh, dass es vorüber war.
Ich gähnte demonstrativ. „Ich denke, ich werde mich auf den Weg nach Hause machen", sagte ich. „Ich muss morgen fit für mein Training sein. Johnny hat mich in letzter Zeit völlig fertig gemacht, weil ich nicht bei der Sache war."
„Okay, fahren wir nach Hause", sagte Katy.
Ich hatte es eilig, nach draußen zu kommen. Kaum hatten wir den Lärm und die stickige Luft hinter uns gelassen, fühlte ich mich besser.

Ich rief meinen Vater an, der sich angeboten hatte, uns abzuholen.
„Warum warst du in letzter Zeit bei deinem Training abgelenkt?“, fragte Katy, während wir warteten.
Ich zögerte. Erneut überlegte ich, ihr von Rafael zu erzählen, aber schließlich tat ich es doch nicht. Weil es nichts zu erzählen gab. Wenn Katy in jemanden verliebt war, dauerte es meistens nicht lange, bis sie denjenigen zumindest näher kennen gelernt hatte und somit einiges von ihm berichten konnte. Und ich? Was konnte ich schon an interessanten Erzählungen bieten? Außerdem hätte Katy bestimmt irgendwelche Tipps parat und würde mir am Ende vielleicht vorwerfen, dass ich ihr Rafael auf dem Ball nicht gezeigt hatte. Und sie würde mich in nächster Zeit öfter fragen, ob ich mich schon mit ihm unterhalten hatte, ob wir uns schon besser kannten oder uns bereits außerhalb der Schule getroffen hatten. Ich würde jedes Mal verneinen, und sie würde sich wundern, warum ich nichts unternahm, um das zu ändern. Ich würde mich rechtfertigen müssen, und darauf hatte ich nun wirklich keine Lust. Nein, es war besser, ich erzählte ihr nichts davon.
„Keine Ahnung“, sagte ich. „Das kommt hin und wieder vor.“
„Ach so.“ Katy schien damit zufrieden zu sein, und ich war froh darüber, dass sie nicht weiter nachfragte.
Mein Vater ließ nicht lange auf sich warten. Er fragte gleich, wie es uns gefallen hatte, und wir beide erklärten, dass wir einen ausgesprochen netten und amüsanten Abend gehabt hatten. Auf Katy mochte das ja durchaus zutreffen; für mich war es eine Notlüge, um weitere Unannehmlichkeiten und Erklärungen zu verhindern.
Nachdem wir Katy abgesetzt hatten, wurde es abgesehen von der leisen Musik aus dem Radio still im Auto. Es störte mich nicht. Ich hatte heute Abend so viel geredet, dass mir das Schweigen jetzt höchst willkommen war.
Während wir durch die nächtlichen Straßen von Wien fuhren, spürte ich, wie der Drache in meinem Inneren erleichtert aufatmete und sich langsam unter seinen Ketten entspannte.

19. Zurück zur Normalität

In dieser Nacht schlief ich schlecht. Ich träumte vom Ball, von Rafael und meinen Mitschülern. Ihre Gesichter waren verzerrt wie die von Dämonen, die mit langen Klauen nach mir griffen. Sie grinsten mich mit hässlichen Fratzen an, zeigten auf mich und lachten mich aus. Doch nicht nur meine Mitschüler waren es, die um mich herum standen und mich verspotteten, da waren noch mehr von diesen Dämonen. Meine eigene Unsicherheit war einer davon, das Gefühl, wegen meiner anderen Lebenseinstellung nicht akzeptiert zu werden ein anderer. Und schließlich meine verdammte Überzeugung, für andere nichts wert zu sein und deshalb ständig missachtet zu werden. Sie standen im Kreis, lachten aus vollem Halse, und einer von ihnen rief mir zu, dass ich es in tausend Jahren nicht geschafft hätte, Rafael anzusprechen, ganz egal wie sehr ich es auch wollte.

Als ich am Morgen erwachte, fühlte ich mich matt und abgeschlagen und wollte erst gar nicht aufstehen. Doch da ich meine Eltern und Beate schon in der Küche hörte, quälte ich mich schließlich doch aus dem Bett, um am gemeinsamen Sonntagsfrühstück teilzunehmen.

Ich zog meine Pyjamahose und ein Paar Socken an, dann schlurfte ich mit noch halb geschlossenen Augen ins Badezimmer – und wurde prompt hellwach, als ich es nicht leer, sondern besetzt vorfand. Von jemandem, den ich nicht erwartet hätte.

„Äh hallo“, sagte ich.

„Guten Morgen“, sagte Philip, der gerade seine Zahnbürste weggelegt hatte. Gott sei Dank hatte ich die Hose angezogen. Es wäre furchtbar peinlich gewesen, vor Beates Neuem nur in T-Shirt und Unterhosen zu erscheinen. Ich wusste nicht, ob ich wieder gehen sollte oder ob es in Ordnung war, neben Philip meine Morgentoilette zu erledigen. Eigentlich wollte ich das nicht. Am liebsten wäre ich sofort wieder verschwunden, aber er sah mich so erwartungsvoll an, dass ich das Gefühl hatte, irgendetwas sagen zu müssen.

„Du... hast also hier geschlafen?“

„Ja, habe ich“, sagte Philip und trocknete seine Hände ab. Das Handtuch, das er dafür benutzte, war meines. Ich sagte es ihm nicht.

„Und hast du gut geschlafen?“ In dem Moment, in dem ich die Frage aus-

sprach, kam ich mir furchtbar dämlich vor. „Also, weil man öfter den Zug hört, meine ich." Ich ging nun doch zum Waschbecken und nahm meine Zahnbürste aus der Lade. „Wenn man es nicht gewohnt ist, kann es einem den Schlaf rauben."
„Das war kein Problem", antwortete Philip, der sich an meiner Frage nicht zu stoßen schien. „Ich bin Straßenlärm gewohnt."
„Ach so, ja klar." Worauf wartete er? Er war mit seiner Morgentoilette schon lange fertig. Wollte er mir jetzt etwa beim Zähneputzen zusehen? Als hätte er meine Gedanken gelesen, nahm Philip in diesem Moment seine Sachen.
„Ich werde mal nach Beate sehen."
Ich wunderte mich, dass meine Eltern noch kein Fach im Badezimmerschrank für ihn freigemacht hatten. Wo er doch ein so toller Mann war.
„Guten Morgen", begrüßte mich Beate, kaum dass ich einen Fuß in die Küche gesetzt hatte. „Wie war der Ball?"
„Welcher Ball?", fragte Philip.
„Jackie war gestern am Maturaball ihrer Schule", antwortete Beate. „Wir sind deshalb so neugierig, weil sie sonst nie ausgeht."
„Es war ganz okay", sagte ich.
„Ganz okay? Das klingt ja wahnsinnig begeistert."
„Ich bin eben noch müde", verteidigte ich mich.
„Willst du Kaffee?", fragte meine Mutter.
Ich schüttelte den Kopf. „Ich trinke doch nie Kaffee."
„Ich dachte, du machst heute vielleicht eine Ausnahme. Jetzt erzähl schon, wie es gestern war."
Ich setzte mich an den Tisch. „Es war okay", wiederholte ich. Doch wie vermutet waren das für meine Familie noch nicht genügend Einzelheiten, und so erzählte ich von der Balleröffnung, von der etwas misslungenen Mitternachtseinlage, von meinen Gesprächen mit Katy und wie die Bars dekoriert gewesen waren.
„Hat es sich also ausgezahlt?", fragte meine Mutter, nachdem ich geendet hatte.
„Ja, sicher", log ich. Auch im Nachhinein hielt ich es für eine dumme Idee, auf diesen Ball gegangen zu sein. Doch das behielt ich für mich.
Sobald ich an die vergangene Nacht zurückdachte, spürte ich einen Anflug

von Wut in mir aufsteigen. Wut auf meine Mitschüler, denen es so leicht fiel, sich zu einer Gruppe zusammenzuschließen und an gemeinsamen Abenden Spaß zu haben, während ich daneben stand und nur darauf wartete, dass die Zeit verging. Wut auf Rafael, weil er mich so sehr verwirrte und mich doch nicht beachtete. Und schließlich Wut auf mich selbst, weil ich dieses ganze dumme Spiel auch noch mitspielte, anstatt endlich auszusteigen.

Umso mehr freute ich mich auf das Training am Nachmittag. Als ich den Tennisplatz betrat, hatte ich das Gefühl, endlich wieder in meiner natürlichen Umgebung zu sein. Hier kannte ich mich aus, hier waren mir die Regeln vertraut, hier gehörte ich hin. Nicht einmal die Tatsache, dass Elisa krank und ich mit Johnny allein war, konnte meine Motivation senken.

Als Johnny auftauchte, hatte ich meine Aufwärmübungen bereits beendet und stand mit dem Schläger in der Hand am Netz. Heute schwieg der Sand. Kein Ra-fa-el, Ra-fa-el war unter meinen Schuhen zu hören.

„Du wirkst motiviert“, sagte Johnny.

„Bin ich auch“, antwortete ich. Jetzt, da der Ball vorbei war und ich keinen Grund mehr hatte nervös zu sein, konnte ich mich wieder voll und ganz auf Tennis konzentrieren.

„Dann fangen wir an. Aufstellung.“

Johnny gab mir gleich zu Beginn zu verstehen, dass er mich nicht schonen würde. Im Gegenteil hatte es eher den Anschein, als würde er meine ineffizienten Trainingseinheiten der letzten Tage in den nächsten Stunden nachholen wollen.

Eine Weile lief es ganz gut. Ich verschlug keinen der Bälle und ließ mich von Johnny nicht in die Enge treiben. Meine Schläge waren gut platziert, und Johnny musste mehrere Meter im Laufschritt zurücklegen, um alle zu erwischen.

Dann allerdings kam der Moment, in dem ich etwas tat, das ich besser unterlassen hätte. Johnny spielte den Ball von der Grundlinie aus in mein Aufschlagfeld. Ich spurtete darauf zu und schlug ihn nicht mit voller Wucht, sondern spielte ihn nur leicht an. Etwas zu leicht, wie sich Sekundenbruchteile später herausstellte, denn der Ball prallte am Netz ab und fiel auf meiner Seite auf den Boden.

„Was wird das, wenn es fertig ist?“, rief Johnny.

Ich bückte mich und hob den Ball auf. „Ich habe einen Stoppball versucht."
„Du hast einen – was?"
„Einen Stoppball versucht", wiederholte ich.
„Aha", machte Johnny. „Und wer hat dich auf die famose Idee gebracht, plötzlich Stoppbälle zu spielen? Ich sicher nicht."
„Ich dachte, es wäre eine gute Strategie", versuchte ich mich zu verteidigen.
„Du hast hinter der Grundlinie gestanden."
Innerlich wusste ich längst, dass ich keine Chance hatte, diese Diskussion zu gewinnen.
„Du dachtest." Johnny rieb sich mit einer Hand über die Augen. Die Geste wirkte, als würde er gerade den Himmel fragen, wie um alles in der Welt er diese Strapazen verdient hatte.
„Jetzt pass mal auf", sagte er. „Du spielst dann einen Stoppball, wenn ich dir sage, dass du einen spielen sollst. Und ich kann mich nicht daran erinnern, dass ich das getan hätte, also spielst du auch keinen Stoppball. Ich bin dein Trainer, und du machst genau das, was ich dir sage – es sei denn, du willst im Tennis nicht erfolgreich sein, dann sag es gleich, denn dann ist es besser, du packst deine Sachen und verschwindest, anstatt meine Zeit zu vergeuden."
„Tut mir leid", sagte ich, doch so richtig ehrlich meinte ich es nicht. Was hatte er dagegen, dass ich mein Spiel etwas abwechslungsreicher gestaltete? Doch auch wenn ich dafür keine Erklärung hatte, wusste ich, dass Widerworte zwecklos waren. Ich war noch nie dazu in der Lage gewesen, mein Verhalten vor Johnny zu rechtfertigen, und ich war es auch jetzt nicht. Also war es wieder mal das Beste, sich seinem Willen und seinen Worten zu beugen und das zu tun, was er von mir verlangte. Wieder einmal galt es, die aufkommende Disharmonie zu mildern.
„Es tut mir leid", sagte ich noch einmal. „Ich werde es nicht mehr machen. Es war eine dumme Idee von mir. Können wir das Training fortsetzen?"
„Ich weiß es nicht, können wir das?", fragte Johnny. „Das liegt an dir. Hast du noch mehr von diesen dummen Ideen auf Lager, oder können wir wieder produktiv sein?"
Ich biss auf meine Unterlippe. „Ja, wir können wieder produktiv sein", sagte ich zerknirscht.
„Gut", meinte Johnny, wirkte aber nicht ganz überzeugt. „Aufstellung."

Nicht gerade erbaut von dieser Zurechtweisung ging ich zurück an die Grundlinie. Doch von Johnny hier eine Rüge erteilt zu bekommen war immer noch besser, als auf einen Ball zu gehen, der mich nicht interessierte. Johnnys Lehren kannte ich. Das Gefühl, das gerade in mir aufgestiegen war, war mir vertraut, das konnte ich wegstecken. Das war viel einfacher, als mich in einer Menge fremder Bekannter zurechtzufinden.
Ich begab mich an der Grundlinie in Position, angespannt und aufmerksam, um keinen weiteren Fehler zu machen, um Johnny nicht noch weiter zu verärgern.
In diesem Moment wusste ich, dass mich der Alltag wiederhatte.

20. Sie oder ich?

Ich saß gelangweilt auf meinem Platz im Klassenzimmer und starrte aus dem Fenster, während meine Mitschüler geschäftig hin und her liefen, sich unterhielten oder mit ihren Smartphones spielten. Fast wunderte ich mich, dass die Menschen überhaupt noch miteinander redeten, so praktisch und anonym diese kleinen Dinger doch waren.
„Hast du Julian heute schon gesehen?"
Miriam schon wieder. Natürlich, es war immer Miriam, wenn es um Julian ging. Ich wollte schon weghören, als Sonja plötzlich sagte: „Er war vorhin mit Rafael unterwegs."
Ich erstarrte förmlich. Sprachen sie von dem Rafael aus meinem Traum? Natürlich, er und Julian waren in derselben Klasse.
„Welcher Rafael?"
Ich hätte sie ohrfeigen können. Es brachte mich beinahe um, diesen Namen zu hören! Warum musste sie ihn immer wieder sagen?
Ich schaute möglichst unauffällig zu den beiden hinüber. Miriam feilte ihre Fingernägel und Sonja flocht ihre Haare zu kleinen Zöpfen, während sie munter weiter quasselten.
„Groß, dunkle Haare du weißt schon, er hat mit Lisa beim Abschlusskonzert gespielt."

Konnten sie aufhören, über ihn zu reden?
„Ach ja, ich erinnere mich." Miriam nickte wissend. „Wohin sind sie gegangen?"
Meine Bitte wurde erhört, denn ab sofort redeten die beiden über Julian. Ich verfolgte ihr Gespräch, während ich sinnlose Muster auf meinen Block kritzelte. In einem unbeobachteten Moment schrieb ich Rafaels Namen winzig klein in eine Ecke, um ihn gleich darauf wieder durchzustreichen. Auch wenn sich keiner dafür interessierte, sollte niemand über meine Gefühle Bescheid wissen.
Pünktlich mit dem Läuten der Schulglocke betrat Frau Magister Kramer die Klasse. Wie immer hatte sie diesen positiven Blick aufgesetzt, der gemeinsam mit einem leichten Lächeln um ihre Lippen reine Vorfreude auf die kommende Unterrichtseinheit ausdrückte. Ich beneidete sie ein wenig um diese Einstellung – sich stets auf das zu freuen, was kam, und an jeder Situation die positive Seite zu sehen.
„Ich möchte heute etwas mit euch ausprobieren", verkündete sie, nachdem sie ihre Unterlagen am Lehrerpult abgelegt und sich gesetzt hatte. „Nehmt eure Bücher und schlagt sie auf Seite dreiundsiebzig auf. Wer möchte die Geschichte lesen?"
Ein paar Schüler hoben die Hände. Es waren immer dieselben – entweder die, die sich selbst wahnsinnig gerne reden hörten, oder jene, die hofften, ihre Note am Ende des Jahres durch ihre Mitarbeit aufbessern zu können.
„Sophie", sagte Frau Magister Kramer, „würdest du uns die Geschichte bitte vorlesen?"
Sophie nickte und begann. Es war ein recht kurzer Text, in dem ein mir unbekannter Autor über sich selbst in der dritten Person geschrieben hatte. Er schilderte ein Erlebnis, das durch diesen Wechsel eine völlig andere Perspektive bekam.
„Danke, Sophie", sagte Frau Magister Kramer, nachdem Sophie geendet hatte, legte ihr eigenes Buch beiseite und nahm ihre Brille ab. „Was haltet ihr davon, das selbst auszuprobieren? Schreibt einen Text über euch in der dritten Person, über irgendein Ereignis vielleicht, das euch passiert ist, oder über Gedanken, die euch beschäftigen. Ich werde das, was ihr geschrieben habt, nachher nicht lesen, das ist nur für euch. Der Text muss nicht lang sein, es geht rein um den Versuch."

Wir nahmen Papier und Stift zur Hand. Ich biss auf meinen Kugelschreiber; etwas, das ich immer tat, wenn ich überlegte. Die Aufgabe war gar nicht so einfach. Was sollte ich über mich selbst schreiben? Warum sollte ich etwas schreiben, das niemanden interessierte? Wer wollte schon über mein Leben lesen? Vielleicht sollte ich genau das schreiben. Ich setzte den Stift an.

Sie saß an ihrem Tisch und wusste nicht, wie sie beginnen sollte. Etwas über sich selbst zu schreiben, das kam ihr so lächerlich vor, wie jemandem von ihren Gefühlen zu erzählen, davon, was sich in ihrem Inneren abspielte. Weil es niemand verstehen konnte. Niemand war so wie sie, zumindest niemand, den sie kannte. Vielleicht gab es auf der ganzen Welt überhaupt niemanden, der gerade Ähnliches durchlebte.

Ich starrte die Worte an. War es wirklich so? War ich wirklich allein mit dem, was ich fühlte?

Sie glaubte nicht, dass dieses Gefühl sie täuschte. Sie war allein, allein mit einem Drachen in Ketten in ihrem Inneren, der sich nicht befreien konnte, der nicht entkommen konnte, und mit all den Dämonen, die um den Drachen herum standen und ihn auslachten. Der Drache konnte nichts dagegen tun, weil er die Dämonen nicht erreichen konnte. Zu stark waren die Ketten, die ihn zu Boden drückten. Sie wusste nicht einmal, ob es noch ihre eigene Hand war, die sie jetzt diesen Text schreiben ließ, oder ob die Worte von den Klauen des Drachen in den brüchigen Stein seines Gefängnisses geritzt wurden.

Ich warf einen schnellen Blick zu Rosalie, um zu überprüfen, ob sie auf mein Blatt schielte. Doch sie schien mit ihrer eigenen Geschichte beschäftigt zu sein. Sicherheitshalber legte ich meine Hand so über das Geschriebene, dass sie nur ganz kleine Teile davon lesen konnte, sollte sie doch einen Blick herüber werfen.

Es gab nur einen Ort auf dieser Welt, an dem sie glücklich war. An dem sie so sein konnte, wie sie wirklich war, obwohl sie sich auch dort unterordnen musste – nicht so sehr unter die Regeln, damit hatte sie kein Problem. Das größere Problem war —

„Das ist total schräg“, unterbrach Marie den Fluss meiner Gedanken. Ich

biss erneut auf meinen Kugelschreiber, diesmal, um meine aufkeimende Abneigung gegenüber unserer Miss Perfect zu unterdrücken.
„Schon, oder?", erwiderte Frau Magister Kramer. „Ich habe es ausprobiert, als ich die Stunde vorbereitet habe, und fand es auch ziemlich eigenartig."
Damit kehrte wieder Stille ein. Ich schrieb weiter.

Das größere Problem war jener Mensch, der ständig versuchte, sie klein zu machen, auf den sie aber angewiesen war. Ohne ihn war sie nichts. Das war ein weiterer Dämon – dass sie nie jemandem genügte, ganz egal, wie sehr sie sich bemühte. Dass er sich überhaupt noch mit ihr beschäftigte, grenzte an ein kleines Wunder. Da war es ein kleiner Preis, unglücklich zu sein, wenn er dafür weiterhin mit ihr arbeitete.

„Ihr könnt die Stifte jetzt weglegen", beendete die Frau Magister Kramer die Übung. „Wer will, kann zu Hause weitermachen."
Ich las noch einmal durch, was ich gerade geschrieben hatte. Wenn das jemand anders in die Hände bekam, würde man mich umgehend zu einem Psychiater schicken.
Ich faltete den Zettel einmal, dann noch einmal, und steckte ihn in meinen Rucksack. Vielleicht sollte ich ihn zerreißen und wegwerfen. Oder ihn noch besser verbrennen.
Ich konnte dem Unterricht nicht mehr wirklich folgen. Zu sehr kreisten meine Gedanken um alles, was gerade in meinem Leben geschah. Die Art und Weise, wie Johnny mit mir umging, die ich aber nicht ändern konnte, mein Anderssein im Vergleich zu meinen Mitschülern und anderen Sechzehnjährigen, meine unglückliche Verliebtheit in Rafael…
Rafael. Ihn hatte ich in meinem Monolog gar nicht erwähnt. Wäre länger dafür Zeit gewesen, hätte ich bestimmt über ihn geschrieben. Ich hätte geschrieben, dass er nicht gut für mich war. Dass ich nichts über ihn wusste und er mir trotzdem auf sonderbare Weise fehlte, wenn er nicht da war. Dass er meine Gedanken besetzte und mich davon abhielt, mich auf das Wesentliche zu konzentrieren. Und dass ich ihn so schnell wie möglich vergessen musste.
Ich wusste, dass es sich dabei um ein schwieriges Unterfangen handelte. Während ich noch darüber nachdachte, hörte ich meinen Drachen flüstern, dass es nicht nur schwierig, sondern ganz und gar unmöglich war.

21. Siebzehn

Zwei Wochen nach meinem missratenen Besuch am Maturaball feierte ich meinen siebzehnten Geburtstag, der dieses Jahr auf einen Samstag fiel. In meiner Familie war es üblich, an seinem Geburtstag die nähere Verwandtschaft zu sich einzuladen. Was für mich im Klartext bedeutete, dass ich einen Abend mit meinen Verwandten verbrachte und dabei großzügig beschenkt wurde.

Meine Familie ersparte sich die obligatorische Frage, wie man sich mit siebzehn fühlte. Die Wahrheit war, dass ich mich kein bisschen anders fühlte als mit sechzehn; weder erwachsener, noch reifer oder klüger. Die Siebzehn war nur eine Zahl am Papier.

„Darf ich Philip für heute Abend einladen?", fragte Beate, als wir vier beim Mittagessen saßen.

„Da musst du Jackie fragen", sagte meine Mutter.

Beate wandte sich an mich. „Darf ich Philip für heute Abend einladen?", wiederholte sie.

Ich zuckte die Schultern. „Meinetwegen", sagte ich. Wäre ich in diesem Moment ehrlich gewesen, hätte ich Nein gesagt. Das Geturtel zwischen den beiden ging mir wahnsinnig auf die Nerven.

„Danke", sagte Beate und widmete sich wieder ihrem Essen.

Ich konnte ihren Freund nicht von meiner Feier ausschließen. Meine Eltern würden es nicht verstehen und Beate wäre stinksauer. Irgendwie würde ich es schon überstehen. Ich musste die beiden ja nicht beachten.

Wie sich herausstellte, war das schwieriger als gedacht. Philip trudelte kurz nach dem Mittagessen bei uns ein, und schon am Nachmittag klebten die beiden ständig aneinander. Während meine Mutter und ich meine Feier vorbereiteten, waren Beate und Philip entweder abwesend oder standen uns im Weg. Öfter als einmal war ich versucht, die beiden anzufauchen oder beiseite zu schieben, wenn sie mal wieder eng umschlungen vor genau dem Küchenschrank standen, den ich gerade öffnen wollte.

Obwohl es mir schwer fiel, verkniff ich mir jede Bemerkung. Nach mehreren langen Stunden war der Nachmittag vorbei und die Vorbereitungen waren abgeschlossen. Nicht lange danach klingelten die Gäste an der Tür. Die ersten, die eintrafen, waren wie immer meine Großeltern. Sie umarmten mich

zur Begrüßung, fragten mich wie es mir ging und überreichten mir meine Geschenke. Kurz darauf klingelte es erneut, und nach und nach füllte sich die Wohnung mit meinen Onkeln und Tanten, Cousins und Cousinen.
Doch kaum waren sie zur Tür herein, war ich bereits mehr oder weniger Nebensache, denn alle wollten den neuen Mann in Beates Leben bestaunen. Philip tat mir in diesem Moment beinahe leid, als er gefühlte tausend Fragen über sich, seine Familie, sein Studium und seine Vergangenheit beantwortete und von Dutzenden Blicken regelrecht aufgespießt wurde. Doch auch das ging vorbei. Als sich endlich alle um den Tisch versammelt hatten, hatte sich die Aufregung um Philip wieder gelegt.
Meine Feier lief im üblichen Rahmen ab. Es gab eine Menge zu essen und noch viel mehr zu erzählen, denn es passierte selten, dass wir alle zusammenkamen.
Nach dem Essen räumte ich den Tisch ab. Ich war gerade dabei, das Geschirr in die Spülmaschine zu stellen, als meine Cousine Elisabeth hereinkam. Sie war zwölf Jahre älter als ich, seit zwei Jahren verheiratet und verdiente ihr Geld hauptsächlich mit Yogaunterricht. Ich mochte Elisabeth sehr gerne und unterhielt mich mit ihr oft über Dinge, die ich Beate oder meinen Eltern nicht erzählen wollte.
„Ich habe gehört, dass du am Maturaball warst", sagte sie. „Wie hat es dir gefallen?"
Ich zuckte die Schultern. „Es war ganz okay. Aber ich war froh, als ich wieder zu Hause war. Das Ganze hat mich eigentlich überhaupt nicht interessiert."
Elisabeth sah mich fragend an. „Warum warst du dann dort?"
„Ach, ich weiß nicht. Irgendwann bin ich auf die dumme Idee gekommen, hinzugehen, und dann konnte ich keinen Rückzieher mehr machen."
„Hattest du wenigstens Spaß? Hast du getanzt?"
„Ich kann nicht tanzen."
„Was muss man da schon können? Das macht man einfach. Wenn du dich trotzdem unsicher fühlst, suchst du dir einfach einen Partner, der gut führt."
Ich lachte kurz und humorlos. „Von wegen. Wer sollte schon mit mir tanzen wollen?"
„Jetzt hör aber auf", widersprach Elisabeth energisch. „Ich wette, es gibt genügend junge Männer, die wahnsinnig gerne mit dir tanzen würden."

„Das glaube ich nicht." Ich schloss die Spülmaschine. „Der eine, mit dem ich gerne getanzt hätte, hat mich überhaupt nicht beachtet."
„Oje." Elisabeth legte einen Arm um meine Schultern. „Willst du mir von ihm erzählen?"
„Da gibt es nicht viel zu erzählen, weil ich so gut wie nichts von ihm weiß. Außer, dass dieses Schuljahr sein letztes ist. Ich weiß, dass er musikalisch ist. Und dass er wahnsinnig gut aussieht." Ich ließ den Kopf hängen. „Jemand wie er würde mich niemals auch nur ansehen."
„So darfst du nicht denken. Außerdem sind Jungs wie er es oft gar nicht wert, zu viel über sie nachzudenken."
Das konnte ich mir beim besten Willen nicht vorstellen. „Warum?", fragte ich.
„Ich habe diese Erfahrung auch schon gemacht", sagte Elisabeth. „Als ich etwas jünger war als du, war ich im Sommer oft im Freibad. Da war immer ein Typ in einer roten Badehose."
Ich musste lachen. „Du kannst dich nur wegen seiner Badehose an ihn erinnern?"
„Unter anderem. Jedenfalls gefiel er mir, ich wollte ihn unbedingt kennen lernen. Eines Abends traf ich ihn zufällig in einer Bar, und er forderte mich zum Tanzen auf. Wir tanzten eine Weile und unterhielten uns, und im Lauf des Abends wurde mir klar, dass er gar nicht so toll war, wie ich gedacht hatte."
„Möglicherweise hast du Recht." Vielleicht war Rafael ganz anders, als ich ihn mir in meinen Gedanken ausmalte. Vielleicht war er eingebildet und arrogant. Vielleicht hatte er einen miesen Charakter oder klaute Zigaretten. Doch so sehr ich mir das auch einreden wollte, ich konnte es mir selbst nicht glauben.
Elisabeth winkte ab. „Weißt du, was du dir in einer solchen Situation denken musst, Jackie?"
Ich schaute sie fragend an. „Was denn?"
Elisabeth grinste. „Tausendmal drauf gefurzt."
Ich lachte. „Das ist mal eine Lebensweisheit!"
Unser Gespräch wurde von Beate und Philip unterbrochen, die in diesem Moment hereinkamen.
„Feiert ihr hier eine Privatparty?", fragte Beate.

„Sieht so aus", meinte ich. „Wir kommen gleich wieder zu euch."
Wenig später wurde mir die ruhmreiche Aufgabe zugeteilt, meine Geburtstagstorte anzuschneiden. Wie jedes Jahr erfolgte die Verteilung unter den Gästen völlig ungleichmäßig, denn mein Augenmaß war noch nie gut gewesen. Doch niemand beschwerte sich, und alle lobten die Backkünste meiner Mutter, was diese mit einem belustigten Lächeln abtat.
Ab elf schaute ich regelmäßig auf die Uhr. Eigentlich sollte ich ins Bett, um für mein morgiges Training fit zu sein, doch hin und wieder konnte ich eine Ausnahme machen.
Da es in meiner engeren Verwandtschaft niemanden gab, der sich bei jeder Gelegenheit die Nächte um die Ohren schlug, dauerten diese Geburtstagsfeiern nie allzu lange. Die ersten, die sich auf den Weg machten, waren meine Großeltern. Sie verabschiedeten sich und ließen sich von mir zur Tür begleiten. Danach konnte man jenes Phänomen beobachten, welches immer auftrat, wenn meine Verwandtschaft zusammenkam: Sobald einer aufstand und ging, folgten alle anderen. Und so waren wir um Punkt Mitternacht wieder zu fünft in unserer Wohnung und räumten auf, was noch an Geschirr herumstand.
„Hör mal, Jackie", sagte meine Mutter und drehte die Musik aus dem CD-Player lauter.
„Ist das Céline Dion?", fragte Beate.
Meine Mutter nickte und hielt ein CD-Cover hoch. „Das Lied heißt At Seventeen, das passt doch genau für heute, oder?"
„Wie bestellt", bestätigte ich.
„Können wir gleich ins Bad?", fragte Beate.
„Ja, sicher", sagte meine Mutter.
Ich fühlte einen kurzen Anflug von Ärger, denn eigentlich hatte ich das Bad jetzt benutzen wollen. Doch ich sagte nichts, und als alle die Küche verlassen hatten und ich alleine war, betätigte ich den Replay-Knopf am CD-Player und spielte At Seventeen noch einmal ab. Ich setzte mich an den Tisch und hörte mir das Lied an.

I learned the truth at seventeen,
that love was meant for beauty queens,
and high school girls with clear-skinned smiles
who married young and then retired…

The valentines I never knew,
the Friday night charades of youth
were spent on one more beautiful,
at seventeen I learned the truth…

Ein kleines, freudloses Lächeln stahl sich auf meine Lippen. Der Text war wie für mich geschrieben, so gut passte er auf mein Leben. Ich, die immer zu Hause saß, während andere sich vergnügten. Ich, die am Ende übrig bleiben würde, egal wie sehr ich mich bemühte.

When dreams were all they gave for free
to ugly duckling girls like me…

Ich nahm die CD mit in mein Zimmer. Nachdem das Badezimmer endlich frei geworden war und ich meine Zähne geputzt hatte, schlüpfte ich unter die Bettdecke und hörte mir das Lied noch dreimal an. Ich konnte jedem einzelnen Wort zustimmen. Es war wirklich so – die hübschen Mädchen hatten ein schönes, aufregendes Leben voller Aufmerksamkeit und Zuwendung, während unscheinbare Mädchen wie ich Tag für Tag zu Hause saßen, weil die Welt ihnen keine Beachtung schenkte. Diese Ungerechtigkeit konnte einen schier in den Wahnsinn treiben, wenn man lange genug darüber nachdachte. Und doch konnte man nichts dagegen tun. Es war schon immer so gewesen, es würde immer so sein – wer hübsch war, wurde vom Leben bevorzugt, alle anderen konnten zusehen, wo sie blieben. Und ich, ich saß jeden Tag ausschließlich mit hübschen Mädchen in einer Klasse, die von der Welt alles haben konnten, was sie sich wünschten, während andere wie ich um jede Kleinigkeit kämpfen mussten. Und sie am Ende doch nicht bekamen.

Ich lag in der Dunkelheit und hörte der Musik zu, und wenn ich ganz genau aufpasste, konnte ich den Drachen in meinem Inneren den Text mitsingen hören, sehr leise und sehr traurig.

In einem Kreis um ihn herum saßen all meine Dämonen und spielten voller Freude die Melodie.

22. Monday Morning

Zu Beginn der neuen Woche erreichte meine Motivation den Tiefpunkt, und zwar genau dann, als am Montag der Wecker klingelte. Das Jahr war bereits so weit fortgeschritten, dass es um diese Uhrzeit noch dunkel war. Ich mochte das an sich recht gerne, denn morgendliche Dunkelheit hatte ich schon immer als sehr angenehm empfunden. Wenn ich allerdings aufstehen und in die Schule musste, dann machte die Dunkelheit mein Bett nur umso kuscheliger. Mein Wecker rutschte auf meiner persönlichen Abschussliste dadurch nach ganz oben.

Ein paar Mal aktivierte ich die Schlummerfunktion, dann konnte ich der harten Realität nicht mehr entfliehen und musste wohl oder übel aus dem Bett kriechen. Lustlos suchte ich meine Kleider zusammen und zog mich an. Das Ergebnis war ein kritischer Blick meiner Mutter, als ich in die Küche kam.

„Hast du keine schöneren Sachen?“, fragte sie.

„Nein, habe ich nicht“, antwortete ich mürrisch.

„Das ist aber gar nicht gut.“

Ich zuckte die Schultern. „Egal.“

„Du bist ja bestens gelaunt heute“, meinte Beate, die bereits am Tisch saß.

„Ich bin gerade aufgestanden, es ist Montag, da darf ich schlecht gelaunt sein.“ Ich setzte mich neben sie und kippte Joghurt über meine Früchte.

„Für uns alle ist Montag“, sagte meine Mutter und setzte sich zu uns.

„Und wir sind alle bald aufgestanden“, fügte Beate hinzu.

Ich stellte das Joghurt weg und schaufelte Müsli in das Gemisch. „Wundert mich sowieso, dass du schon hier sitzt und nicht noch schläfst.“

„Ich musste heute früher aufstehen, um Philip rauszulassen.“

„Was ist er, ein Hund?“ Er hatte also schon wieder hier geschlafen. Nicht mehr lange und er wäre allgegenwärtig. Es wunderte mich beinahe, dass er noch nicht bei uns eingezogen war.

„Hund?“ Beate war noch zu müde, um meiner Anspielung zu folgen. Das war der Unterschied zwischen uns beiden – ich wurde morgens deutlich schneller wach.

„Du hast gesagt, du musstest Philip rauslassen“, erklärte ich. „Das macht man normalerweise nur mit einem Hund.“

„Oder einer Katze“, fügte mein Vater hinzu.
„Genau“, bestätigte ich.
Beate stieß ein verärgertes Schnauben aus. „Ihr wisst, was ich meine.“
„Sicher“, meinte mein Vater. „Hast du ihn getreten, oder war er schnell genug?“
Mir entfuhr ein amüsiertes Glucksen, was mir einen bitterbösen Blick meiner Schwester einbrachte.
„Themenwechsel“, sagte meine Mutter, „steht heute in der Schule irgendetwas an, Jackie?“
„Warum fragst du mich nicht, ob etwas auf der Uni ansteht?“, warf Beate ein.
Meine Mutter drehte demonstrativ den Kopf in ihre Richtung. „Steht etwas auf der Uni an?“
Beate schüttelte den Kopf. „Nein.“
Meine Mutter wandte ihre Aufmerksamkeit wieder mir zu. „Jackie?“
„Wir schreiben einen Lateintest“, sagte ich.
„Aha, worum geht es?“
„Um Vokabel und Grammatik.“ Inzwischen war ich mit meinem Müsli fertig und räumte das Geschirr in die Spülmaschine.
„Kannst du alles?“, hakte meine Mutter nach.
„Klar kann ich alles“, brummte ich. „Wie sollte ich auch nicht? Das hab ich schon ungefähr siebenundachtzigtausendmal gelernt.“
„Was heißt Müsli auf Latein?“, fragte Beate schnippisch.
Ihr böser Blick von vorhin war wie ein Pfeil, den ich aufgegriffen hatte, um ihn nun umzudrehen und zu ihr zurückzufeuern. „Das hatten die damals noch gar nicht, also gibt es dafür auch kein Wort.“
„Irgendeine Art davon hatten sie ganz bestimmt“, meinte mein Vater.
„Das kann schon sein, aber das wird nicht beim Test gefragt!“
„Das kannst du nicht wissen“, sagte Beate oberlehrerhaft.
„Doch, das weiß ich.“ Ich schloss die Spülmaschine etwas heftiger als nötig gewesen wäre und verließ die Küche.
Während ich mir im Badezimmer die Zähne putzte, hörte ich, wie im Radio in der Küche Melanie Fiona Monday Morning trällerte.

This is a warning,
said that I'm leaving
on Monday morning…

Mit der Zahnbürste im Mund summte ich die Melodie mit. Wie gerne hätte ich das in diesem Moment von mir selbst behauptet – dass ich aufbrechen würde, weggehen, irgendwohin wo ich Ruhe hatte von all den Leuten, die mich so furchtbar nervten. Irgendwohin, wo es einsam war und gleichzeitig schön, wo es vielleicht auch einen Strand gab und Palmen, wohin ich mich zurückziehen und wo ich zur Ruhe kommen konnte. Einen Tennisplatz gab es dort natürlich auch.

Meine Mitschüler trugen nicht gerade dazu bei, meine Stimmung zu heben. Eher im Gegenteil. Neben der vollständigen Nichtbeachtung meiner Person – mit der ich ganz gut leben konnte – frönten sie wieder einmal ihrem liebsten Hobby: Gespräche über das Wochenende. Wer war wie lange auf welcher Party gewesen, wer hatte mit wem geknutscht, wer war am betrunkensten gewesen, wer hatte das schönste Outfit getragen und so weiter und so fort.

Das Geplapper endete jedoch abrupt, als Frau Magister Kneiß mit ihrem Erscheinen den Schultag eröffnete. Gleich zu Beginn der Unterrichtsstunde teilte sie das Programm für Paris aus. Ich fand es etwas verfrüht, jetzt schon ein Programm zusammenzustellen, wo wir doch erst im März fahren würden. Doch Frau Magister Kneiß ließ es sich nicht nehmen, jede einzelne Sehenswürdigkeit mit uns im Detail durchzugehen. Ich ließ meine Augen gelangweilt über die einzelnen Programmpunkte gleiten. Notre Dame, okay, gehörte wohl zu einem Besuch in Paris wie das Amen zum Gebet. Ebenso der Eiffelturm, der Louvre oder die Basilika Sacré Coeur. Pont Neuf, gab es dazu nicht einen Film? Schloss Versailles, klar, für ein bisschen historischen Protz musste Zeit sein. Les Halles – was war das denn? Warum mussten wir uns all diese Dinge ansehen, die jeder Nullacht-fünfzehn-Tourist besuchte, sobald er auch nur den kleinen Zeh in Paris aufsetzte, und die wirklichen Besonderheiten wie das Grand Slam Stadion fanden keinen Platz?

Der Fairness halber musste ich aber zugeben, dass Menschen, die nicht an Tennis interessiert waren, meine Ansichten diesbezüglich wohl kaum teilen konnten. Mir blieb also nichts anderes übrig, als mich in mein Schicksal zu fügen und all diese Gebäude und scheinbar so besonderen Orte zu besichtigen, obwohl ich am liebsten die ganze Woche im Stadion verbracht hätte. Und als ob das noch nicht genug wäre, kündigte Frau Magister Kneiß in dieser Sekunde an, dass wir in den nächsten Wochen Referate über die einzelnen Sehenswürdigkeiten halten würden, um bestens auf diese Klassenfahrt vorbereitet zu sein.

Ich seufzte. Bis März würde ich mir das alles sowieso nicht merken. Diese Referate stellten meiner Meinung nach nichts außer einer gigantischen Zeitverschwendung dar.

23. Mona Lisa und der Präsident

Da wir Sitznachbarinnen waren, erklärte Rosalie sich dazu bereit, das Referat mit mir zu machen. Unser Thema war der Louvre, worüber ich ganz glücklich war. Ich recherchierte und erzählte viel lieber über etwas, das mir bekannt und das auch interessant war, als über etwas, das ich noch nie in meinem Leben gehört hatte.

In der nächsten Pause ging ich in den EDV-Raum und druckte einige Informationen über den Louvre aus. Nach einer kurzen Durchsicht meiner Beute teilte ich die Seiten inhaltlich auf und gab Rosalie die Hälfte davon.

„Wenn wir das zusammenfassen, sollte es reichen“, sagte ich.

Rosalie griff nach den Zetteln. „Wo hast du das her?“

„Hab ich gerade ausgedruckt“, antwortete ich.

„Okay“, war alles, was Rosalie zu meinem Einsatz zu sagen hatte. Doch um ehrlich zu sein hatte ich gar nicht damit gerechnet, dass sie sich bei mir bedankte.

„Ich sehe es mir mal an, dann kann ich ja noch weiter recherchieren“, sagte sie.

Das fand ich etwas dreist. Es war okay, dass sie mir nicht mit Dank oder gar Anerkennung begegnete, aber meine Leistung von vornherein als ungenügend abzustempeln war nun wirklich übertrieben. Aber ich sagte

nichts, sondern betrachtete das Gespräch als beendet.
Zu Hause befasste ich mich mit einem Teil der Unterlagen über den Louvre. Ich las über die große Glaspyramide vor dem Gebäude, von den verschiedenen Abteilungen im Inneren und welche Ausstellungsstücke wo zu finden waren. Schließlich stieß ich auf eine Abbildung der Mona Lisa, die hinter Panzerglas ausgestellt war. Ich starrte das Bild an, das Lächeln, die sanften Augen, die Mona Lisa aussehen ließen, als wäre sie die Hüterin eines gut gehüteten Geheimnisses, das sie ihr Leben lang für sich behalten hatte. Sie strahlte eine tiefe innere Ruhe aus, so als ob sie mit sich und der Welt zufrieden wäre.
Wenn ich das nur auch von mir behaupten könnte!
Nach meinem Training, bei dem Johnny Elisa und mich zwei Stunden lang über den gesamten Platz jagte, als ob es kein Morgen gäbe, kam ich erschöpft nach Hause. Kaum war ich zur Tür herein, hörte ich Beate und Philip im Wohnzimmer lachen. Großartig, ich hatte noch nicht einmal einen Fuß in die Wohnung gesetzt, und schon schlug mir die geballte Romantik wie eine Eisenfaust ins Gesicht. Kurz überlegte ich, wieder umzudrehen und später wiederzukommen, aber erstens hatte ich keine Ahnung, was ich sonst tun sollte, und zweitens war ich müde und wollte meine Ruhe haben. Was wiederum für das Weggehen gesprochen hätte.
Dennoch schloss ich die Tür hinter mir und streifte meine Schuhe ab. Ich fühlte mich dazu verpflichtet, den beiden kurz Hallo zu sagen, deshalb ging ich ins Wohnzimmer. Was, wie mir nur Sekundenbruchteile später klar wurde, ein schwerer Fehler war.
Die beiden starrten mich mit einem breiten Grinsen an, das aussah, als wäre ich der Grund dafür.
„Na, Frau Präsident, wie geht es dir?“, fragte Beate, wobei ihr Grinsen noch breiter wurde.
Ich zog fragend die Augenbrauen hoch. „Präsident?“
Beate und Philip lachten, so als hätte ich etwas sehr, sehr Lustiges gesagt. Ich versuchte nach Kräften, das zu ignorieren.
„Ich wollte euch nur sagen, dass ich wieder zu Hause bin.“
„Du warst aber ganz schön lange weg“, kicherte Beate.
Was wollte sie von mir? „Ich war beim Training“, sagte ich. „Das dauert immer so lange.“

„Beim Training, klar“, gluckste Beate.
„Wohl eher auf eine Audienz beim Präsidenten“, fügte Philip hinzu.
„Was für ein Präsident?“, fragte ich, was eine weitere Lachsalve der beiden auslöste.
Ich verdrehte die Augen. „Wie auch immer. Ich bin jedenfalls zurück.“
„Du siehst ganz schön fertig aus“, bemerkte Beate. „War es denn so anstrengend?“
„Ja, war es“, sagte ich. Im selben Moment wurde mir klar, dass ich einen weiteren Fehler gemacht hatte. Doch bereits ausgesprochen, konnte ich die Worte nicht mehr zurücknehmen, und so blieb mir nichts anderes übrig, als unter erneutem Gelächter den Rückzug anzutreten. Ich hörte die beiden noch kichern, als ich schon in meinem Zimmer war.
Ich war genervt. Mein Tag war wirklich anstrengend gewesen, und jetzt mussten meine Schwester und ihr ach so toller neuer Freund noch eins draufsetzen, noch dazu mit Kommentaren, die meiner Ansicht nach jeglichen Humor entbehrten.
Ich warf mich auf mein Bett und griff nach einem Buch. Am liebsten hätte ich ein Schild mit der Aufschrift „Bitte nicht stören“ an meine Tür gehängt, um sicherzustellen, dass ich während des restlichen Abends Ruhe hatte. Doch mir war sehr wohl bewusst, dass nicht alle Mitglieder meiner Familie ein solches Schild berücksichtigen würden.
Ich hatte kaum zehn Minuten für mich gehabt, als meine Zimmertür mit einem Ruck aufgerissen wurde und Beate hereinstürmte.
„Jackie, ich brauche deinen Laptop.“
„Du hast selbst einen“, erwiderte ich, ohne von meinem Buch aufzusehen. Ich war noch immer sauer wegen vorhin. Zielscheibe des allgemeinen Spotts zu sein, noch dazu ohne ersichtlichen Grund, fand ich überhaupt nicht lustig.
„Meiner ist kaputt.“
Ohne auf meine Reaktion zu warten, steuerte Beate auf meinen Schreibtisch zu.
„Ich brauche ihn selbst“, sagte ich. Wie kam sie auf die Idee, dass ich ihr nach der Aktion gerade eben meinen Laptop leihen würde?
„Du liegst da und liest, du brauchst jetzt keinen Laptop“, entgegnete Beate.
„Vielleicht will ich in fünf Minuten aber nicht mehr lesen, sondern ins

Internet? Und dreimal darfst du raten, was ich dafür benötige!"
Beate starrte mich an, als ob ich mich völlig kindisch aufführte.
„Richtig geraten – meinen Laptop", fügte ich hinzu, dann schaute ich wieder in mein Buch.
„Dann kannst du ihn dir in fünf Minuten wieder holen", sagte Beate und steckte das Stromkabel ab.
„Hast du mir gerade nicht zugehört?", rief ich. „Ich sagte doch, ich brauche ihn dann!"
„Und ich sagte, wenn du ihn brauchst, kriegst du ihn wieder, aber momentan siehst du nicht danach aus", entgegnete Beate, schnappte meinen Laptop und verließ damit das Zimmer.
Ich starrte ihr mit offenem Mund hinterher. War sie noch ganz bei Trost? Hielt sie es etwa für normal, sich erst über mich lustig zu machen, um mich hinterher zu behandeln, als hätte ich weder einen eigenen Willen noch das Recht, über mein Eigentum zu verfügen? Auch die Tür hatte sie offen stehen lassen, obwohl meine Familie mittlerweile die ungeschriebene Regel kennen sollte, beim Verlassen meines Zimmers die Tür zu schließen.
Ich stand vom Bett auf, knallte die Tür zu und hoffte, dass sie es gehört hatte. Und dass sie wusste, wie stinksauer ich war.
In meiner Wut war es eine enorme Genugtuung, dass Beate mit meinem Laptop sowieso nichts anfangen konnte, da ich-
Mit einem Knall wurde meine Tür erneut geöffnet, und Beate stand, meinen Laptop auf dem Arm, vor mir.
„Ich brauche das Passwort."
Genau das. In weiser Voraussicht hatte ich meinen Laptop mit einem Passwort geschützt, um in solchen und anderen Situationen Unbefugten den Zugriff zu verwehren.
„Das werde ich dir ganz bestimmt nicht sagen."
Beate stöhnte. „Warum nicht?"
„Weil ihr euch vorhin über mich lustig gemacht habt und ich dir noch dazu nicht erlaubt habe, meinen Laptop zu nehmen, darum", sagte ich stur.
„Ach bitte, Jackie, das kann doch nicht dein Ernst sein!", rief Beate. „Du verstehst aber auch überhaupt keinen Spaß!"

„Bitte, dann verstehe ich eben keinen Spaß", zischte ich, stand auf und warf das Buch auf mein Bett. Im Hinausgehen schrie ich: „Auf eure dummen Späße kann ich verzichten!"
Ich stürmte aus meinem Zimmer, vorbei an meiner verblüfften Mutter, durchquerte im Laufschritt das Wohnzimmer und trat auf unseren geräumigen Balkon. Ich knallte die Tür zu und registrierte mit Genugtuung, wie all meine Dämonen, die in diebischer Freude hinter mir her gerannt waren, mit ihrer Nase gegen das Glas knallten.
Draußen ließ ich mich auf einen Sessel fallen und starrte in den Himmel. Der Vollmond hing als große, sacht schimmernde Scheibe über mir. Irgendwie beruhigte mich der Blick in den Nachthimmel, in diese unendliche Leere, die sich über mir aufspannte. Der Mond schien so nah und doch so endlos weit weg, und ich fühlte mich unvorstellbar klein verglichen mit all der Weite, die sich dort oben erstreckte.

„Ist alles in Ordnung bei dir?“
Mein Vater hatte den Streit mit Beate mitbekommen und war zu mir auf den Balkon gekommen.
Ich schnaubte wütend. „Nicht wirklich.“
Mein Vater setzte sich. „Ist es wegen dieser Präsidenten-Geschichte?“
Ich nickte. „Die beiden sind so dumm. Weißt du, ich hatte heute wirklich keinen Bock auf Späße. Und schon gar nicht auf schlechte. Ich weiß nicht mal, was das alles sollte.“
„Ich kann es dir sagen, wenn du willst“, bot mein Vater an. „Ich habe gerade mit Beate darüber geredet.“
Ich seufzte „Vielleicht will ich es gar nicht wissen, wahrscheinlich ist es ohnehin zu blöd.“
Mein Vater zuckte die Schultern. „Dann eben nicht.“
„Doch, erzähl es mir“, sagte ich, einem plötzlichen Sinneswandel folgend. Den Hintergrund meines Ärgers von einer außenstehenden Person zu erfahren war zu verlockend. Es hätte mir ohnehin keine Ruhe gelassen.
„Es ist nichts Großartiges. In Philips Freundeskreis gibt es einen jungen Mann, den sie den Präsidenten nennen, warum auch immer, das ist sein Spitzname. Der hat mitbekommen, dass Philip eine neue Freundin hat, und ihn gefragt, ob Beate eine Schwester hat.“
„Was, das ist alles?“ Ich konnte es kaum glauben. Deshalb hatten sie dieses Theater gemacht?
Mein Vater nickte. „Das ist alles. Also ärgere dich nicht länger, das zahlt sich überhaupt nicht aus.“
„Jetzt im Nachhinein denke ich das auch.“ Hätten sie das nicht gleich sagen können? Es hätte mir einiges erspart. Doch irgendwie war ich an der ganzen Misere selber schuld. Hätte ich mich nicht so reizen lassen, wäre der Streit nicht eskaliert. Und mein Abend wäre nicht völlig im Eimer gewesen. Aber da ich in solchen Situationen prinzipiell nicht cool bleiben konnte, war das von vornherein ausgeschlossen gewesen.
„Willst du mit Beate darüber reden?“, fragte mein Vater. „Soll ich sie holen?“
Ich schüttelte den Kopf. „Darauf habe ich wirklich keine Lust. Ich habe mich schon genug geärgert, ich will die Sache nicht auch noch diskutieren.“

„Okay." Mein Vater öffnete die Tür. „Kommst du mit hinein?"
„Noch nicht. Ich bleibe noch etwas hier."
Allzu lange würde ich es nicht mehr aushalten, denn natürlich hatte ich mir vorhin nicht die Zeit genommen, eine Jacke mitzunehmen, und zu dieser späten Stunde war es doch schon ziemlich frisch. Aber ich wollte noch ein wenig alleine sein, ehe ich wieder hinein ging und wahrscheinlich Beate über den Weg lief.
Ich lehnte mich im Sessel zurück und starrte wieder den Mond an. Mona Lisa fiel mir ein, wie sie milde lächelnd dasaß, während Leonardo Da Vinci sie portraitierte. In diesem Augenblick wünschte ich mir, durch die Zeit reisen zu können, um Teil dieses großartigen Ereignisses zu sein. Da Vinci hatte damals bestimmt nicht geahnt, wie wertvoll sein Gemälde einmal sein würde, der Welt hinter schützendem Panzerglas zugänglich gemacht. Genauso wenig wie Mona Lisa gewusst hatte, dass ihr Gesicht einmal in Kunstbänden und Schulbüchern der ganzen Welt zu finden wäre. Hätte sie das gewusst, wäre ihr Gesichtsausdruck vielleicht nicht so gelassen.
Irgendwie musste es deprimierend sein, ein derartiges Meisterwerk zu vollbringen und dann nicht mehr erleben zu können, was daraus wurde.
Ich ließ meinen Blick über den dunklen Nachthimmel schweifen. Die Zeit erschien genauso unendlich wie diese dunkle, vom bleichen Mond beschienene Kuppel über mir.
Ich spürte ein Frösteln meinen Rücken hochkriechen. Ich rieb meine Arme und stand auf. Es war Zeit, hinein zu gehen. Es störte mich gar nicht, dass Beate und Philip vor dem Fernseher saßen, als ich das Wohnzimmer betrat. Ich ging an den beiden vorbei, ohne ein Wort zu sagen. Sollten sie sich doch lustig machen. Verglichen mit der Unendlichkeit war ihr lächerlicher Präsident doch ein Witz.
Innerlich musste ich lachen, als ich bemerkte, dass ich am Ende des Abends doch noch zu dieser Erkenntnis gekommen war.

24. Düstere Aussichten

Dreieinhalb Wochen später standen wir wieder einmal auf dem Tennisplatz, ich auf der einen Seite des Netzes, Elisa auf der anderen, und Johnny dazwischen, unablässig Befehle brüllend und Kritik äußernd. Elisa dürfte heute wohl keinen allzu guten Tag hinter sich haben, denn sie wirkte mehr als je genervt von Johnnys ewiger Nörgelei. Ihre Körperhaltung war verkrampfter, ihr Gesicht angespannter als sonst, und öfter als einmal verdrehte sie die Augen, wenn Johnny gerade nicht hinsah. Sie wirkte, als wäre sie drauf und dran, den Schläger hinzuschmeißen und den Platz zu verlassen.

„Ist alles in Ordnung mit dir?", fragte ich sie, als wir nach dem Training nebeneinander auf der Bank saßen und Johnny gerade nicht da war.

„Er nervt mich unglaublich", sagte sie. Sie musste nicht erläutern, wen sie damit meinte.

„Er ist schwierig, ich weiß."

„Er ist nicht nur schwierig, er ist unmöglich!" Elisa knallte ihre Wasserflasche auf die Bank. „Jedes Mal, wenn ich ihn sehe, könnte ich mich umdrehen und gehen! Und jedes Mal, wenn er zu reden beginnt, könnte ich ihm einen Tennisball in den Mund stopfen, damit er endlich still ist!"

„Das ist etwas drastisch ausgedrückt, findest du nicht?", fragte ich, von Elisas heftiger Reaktion überrascht.

„Ach komm, du denkst doch genauso wie ich!"

„Naja…" Ich wusste nicht, was ich dazu sagen sollte, denn irgendwie hatte Elisa Recht. Ich war auch schon mehr als genervt von Johnnys ständiger Kritik und seinem ewigen Pessimismus. Aber er war nun mal unser Trainer, und ohne ihn waren wir so gut wie gar nichts. Ein Spieler ohne Trainer, das war wie ein Autorennfahrer ohne Auto.

„Jetzt sag vielleicht, dass er dich nicht genauso ärgert wie mich", sagte Elisa, wobei sie mich herausfordernd anschaute. Ich schwieg. Ich wusste, dass ich ihrer Meinung war, aber ich wollte es nicht zugeben. Es hatte sowieso keinen Sinn, sich mit dieser Problematik zu beschäftigen.

„Was willst du denn dagegen machen?", fragte ich. „Das ist seine Art, du kennst ihn ja. Lass ihn einfach reden, wenn er reden will."

Elisa griff zu ihrem Handtuch und wischte sich das Gesicht ab. „Ich finde,

seine Art ist keine Entschuldigung dafür, dass er uns ständig schikaniert!"
„Ich finde nicht, dass er uns schikaniert…"
„Nun, ich schon." Elisa stopfte wütend Handtuch und Wasserflasche in ihre Tasche.
„Und was willst du dagegen machen?", fragte ich noch einmal.
Elisa zuckte die Schultern. „Den Trainer wechseln."
„Was?" Das verblüffte mich. Ich kam allerdings nicht mehr dazu, Elisa weitere Fragen zu stellen, denn in diesem Moment kam Johnny zurück.
„Ich bin dann mal weg", sagte Elisa und schulterte ihre Tasche. „Bis morgen!"
Ich wollte ebenfalls meine Sachen packen, doch Johnny hielt mich zurück. „Wo willst du denn schon hin?"
„Ähm, nach Hause?", fragte ich vorsichtig, während ich überlegte, ob ich vielleicht etwas vergessen hatte.
„Du hast morgen ein Spiel, willst du dich nicht noch vorbereiten?"
„Ich dachte, ich mache für heute Schluss und spare meine Kraft für morgen auf."
„Mach das nur, dann verlierst du auf jeden Fall."
Ich glaubte meinen Ohren nicht zu trauen. „Was soll das heißen, auf jeden Fall?"
„Du weißt schon, gegen wen du spielst, oder?", stellte Johnny eine Gegenfrage.
„Ja, ich spiele gegen-"
„Und du weißt auch, dass sie in der letzten Saison deutlich mehr Spiele gewonnen hat als du?"
„Das weiß ich auch", sagte ich mühsam beherrscht. „Und du meinst, das bedeutet, dass ich auf jeden Fall verlieren werde?"
„Ich an deiner Stelle würde mir keine großen Hoffnungen machen."
„Warum soll ich dann trainieren?", fragte ich perplex. „Warum soll ich überhaupt gegen sie antreten? Warum bleibe ich nicht gleich zu Hause und erspare mir die Niederlage?"
„Mach dich nicht lächerlich. Wir sollten weitermachen, anstatt wertvolle Zeit zu vergeuden."
„Ich würde es für heute lieber gut sein lassen", sagte ich, nicht so überzeugt wie ich es gerne gehabt hätte.

Wider Erwarten sagte Johnny nichts gegen meinen Entschluss, sondern zuckte nur die Schultern. „Wie du meinst. Wenn du verlieren willst, bitte sehr."

„Du hast gerade gesagt, dass ich sowieso keine Chance habe!", rief ich. „Dann kann ich es doch sein lassen!"

„Ist schon okay", sagte Johnny und hob abwehrend die Hände. Diese Geste und sein Tonfall zeigten mir, dass ich ihn durch meine Entscheidung beleidigt hatte. Auf seiner Schulter saß ein weiterer meiner Dämonen, jener, der für mein ständiges Schuldgefühl stand.

„Wenn du gehen willst, dann geh."

Johnny war sauer und würde es wahrscheinlich noch eine Weile bleiben. Dennoch packte ich meine Sachen und verschwand. Er bot nicht an, mich nach Hause zu bringen, und das war mir recht. Viel lieber nahm ich die öffentlichen Verkehrsmittel und brauchte etwas länger, als mich Johnnys strafendem Schweigen und seinen enttäuschten Blicken auszusetzen.

Ich wusste, dass meine Entscheidung richtig war, und doch hatte ich Johnny gegenüber ein furchtbar schlechtes Gewissen.

Der weitere Tag verlief nicht gerade positiv. Ich machte mir einige Gedanken darüber, was Elisa zu mir gesagt hatte. Wollte sie wirklich den Trainer wechseln? Damit würde sie sich nicht nur von Johnny trennen, sondern auch von mir. Lag es überhaupt an ihm? Oder wollte sie mich nicht mehr als Trainingspartnerin und war vorhin zu rücksichtsvoll gewesen, um mir das ehrlich mitzuteilen?

Meine nächste Sorge war, dass ich nicht auf Johnny gehört hatte. Was, wenn er doch Recht gehabt hatte und ich mich besser auf das morgige Spiel hätte vorbereiten müssen? Langsam zweifelte ich daran, ob es wirklich klug gewesen war, nach dem regulären Training nach Hause zu fahren.

Und schließlich war da noch das Spiel an sich, das morgen anstand. Wie Johnny mir nach dem Training klar gemacht hatte, war meine Gegnerin sehr viel besser als ich. Doch reichte das als Grund, mir keine Chancen auszurechnen?

Am Abend lag ich noch lange wach und dachte über diese Fragen nach. Ich kam zu dem Schluss, dass ich morgen auf jeden Fall mein Bestes geben würde. Moralisch aufgeben konnte ich noch immer, wenn meine Situation während des Spiels aussichtslos wurde.

25. Hoffnungen und Fehler

Ich bemühte mich, nicht an Johnnys Worte zu denken, als ich den Platz betrat. Gegen eine viel stärkere Gegnerin anzutreten war schwierig genug. Mir dabei ständig Johnnys mangelnden Glauben an mich ins Gedächtnis zu rufen würde es nicht besser machen. Doch es gelang mir nicht wirklich. Seine Worte hatten sich eingegraben, so als ob er sie mit einer glühenden Klinge in meine Gedanken gebrannt hätte. Wie sollte ich gewinnen, wenn Johnny mir erst gestern erklärt hatte, dass ich viel zu schlecht dazu war?

Ich ließ mir Zeit dabei, meine Tasche auszupacken und einen Schläger zu wählen. Andrea Möllinger, meine Gegnerin, war bereits auf dem Platz. Ausnahmsweise hatte ich mir ihren Namen gemerkt. Ich beobachtete sie aus dem Augenwinkel, wie sie sich ebenfalls vorbereitete. Schon als sie aus der Kabine gekommen war, hatte ich ihr überbordendes Selbstvertrauen bemerkt. Durch ihre punktemäßige Überlegenheit war sie sich sicher, dass sie mich schlagen würde. Das war ihre einzige sichtbare Schwäche. Und die musste ich ausnutzen, wenn ich gewinnen wollte.

Ich entschied mich für einen Schläger und ging auf den Platz, wo Andrea und der Schiedsrichter auf mich warteten. Die beiden unterhielten sich, und Andrea lachte plötzlich, so als hätte der Schiedsrichter einen besonders lustigen Witz gemacht. Dabei warf sie ihr blondes, zu einem langen Pferdeschwanz gebundenes Haar locker über die Schulter und strich ein paar lose Strähnen aus ihrem außerordentlich hübschen Gesicht.

Ich mochte sie schon jetzt nicht.

Der Schiedsrichter unterbrach sein Gespräch und ging zum offiziellen Teil über. Der Münzwurf ergab, dass Andrea aussuchen durfte, wer zuerst aufschlug. In einer Geste unglaublichen Großmutes wies sie auf mich, um mir das erste Aufschlagspiel zu gewähren. Ich zeigte mich wenig beeindruckt, nickte kurz und ging hinter die Grundlinie, während der Schiedsrichter auf sein Podest kletterte.

Zum Aufwärmen spielten wir ein paar lockere Bälle hin und her, dann versuchten wir ein paar Aufschläge. Einer von Andreas Bällen, der mit ziemlicher Wucht daherkam, traf dabei beinahe mich. Ich wich schnell aus. Andrea machte eine entschuldigende Geste, doch ich hatte nicht

das Gefühl, dass es ihr wirklich leid tat. Ich atmete tief ein und aus. Ich mochte sie nicht nur nicht, sie nervte mich ungemein.
Ich überlegte, ob diese starke Abneigung gegen meine Gegnerin den Spielverlauf zu meinen Gunsten beeinflussen konnte. Vielleicht konnte sie mir helfen, aggressiver zu spielen und Andrea so zu besiegen.
Bei meinem ersten Aufschlag versuchte ich, diese Abneigung auf den Ball zu übertragen, was darin resultierte, dass ich ihn ins Netz schlug. Ich holte den zweiten Ball hervor, den ich unter mein Tennisdress gesteckt hatte. Jetzt nur nicht nervös werden.
Der zweite Aufschlag gelang mir, und Andrea erwischte den Ball nicht richtig, sodass ich den Punkt machte. Fünfzehn zu null für mich.
Der nächste Aufschlag klappte ebenfalls, doch Andrea konnte den Ball diesmal gut annehmen und retournieren, und so kam ein relativ langer Ballwechsel zustande, den ich schließlich für mich entscheiden konnte. Dreißig null, das erste Spiel sollte zu schaffen sein.
Bei meinem nächsten Aufschlag zeigte mir Andrea allerdings, was in ihr steckte. Sie retournierte mit einem Longline, den ich gerade noch erwischte, und drosch dann einen Cross gegen meine Laufrichtung, den ich unmöglich erreichen konnte. Dreißig fünfzehn.
Andrea machte es mir nicht leicht, mein erstes Aufschlagspiel durchzubringen, doch ich schaffte es nach Einstand. Nun war sie an der Reihe, und sie musste sich lange nicht so anstrengen wie ich. Sie gewann ihr Aufschlagspiel zu fünfzehn.
Doch auch wenn Andrea ihr Aufschlagspiel leichter durchgebracht hatte als ich, stand es dennoch eins zu eins, und jetzt war bei weitem noch nicht der Zeitpunkt, um gedanklich alles hinzuschmeißen.
Dass ich mein nächstes Spiel ebenfalls gewann und es somit zwei zu eins für mich stand, bestärkte mich weiter.
Ich konnte meine Leistung halten. Ich schaffte zwar kein Break, doch immerhin gab ich auch keines meiner Aufschlagspiele ab, sodass es gegen Ende des ersten Satzes sechs beide stand. Ich rechnete mir für den Tiebreak gute Chancen aus. Bisher hatte ich mit Andrea mithalten können, und so gut, wie Johnny angekündigt hatte, war sie bei weitem nicht. Wenn ich mich anstrengte und alles gab was in mir steckte, konnte ich sie schlagen.

Ich hatte im Tiebreak den ersten Aufschlag. Ich warf den Ball in die Luft, holte aus und schlug ihn mit voller Wucht – ins Netz. Johnny würde mich nachher bestimmt für die niedrige Quote rügen. Der Gedanke an ihn und an seine Moralpredigt, die mir nach dem Spiel ganz bestimmt bevorstand, brachte mich ein kleines bisschen aus der Ruhe, und das hatte Folgen. Ich vergab auch den zweiten Aufschlag, indem ich ihn ins Aus schlug.
Ich versuchte mir einzureden, dass das nicht so schlimm war. Andrea hatte ein Minibreak geschafft, na und? Das konnte ich wieder ausgleichen.
Dummerweise servierte Andrea gleich darauf so präzise, dass ich den Ball nur noch mit dem Rahmen erwischte und ihn erneut ins Aus schlug, diesmal aber nicht so knapp wie vorhin, sondern meilenweit. Somit stand es zwei zu null für sie. Und sie hatte noch einen Aufschlag, den ich ebenfalls verschlug. Drei zu null für sie.
Wenn ich im Satz bleiben wollte, musste ich jetzt das Blatt wenden. Mit meinen beiden folgenden Aufschlägen machte ich zwei Punkte, somit lag ich nur noch einen Punkt hinter Andrea. Doch so sehr ich auch kämpfte, ich schaffte kein Break mehr, und Andrea gewann den Tiebreak mit sieben zu vier. Damit gehörte der erste Satz ihr.
Doch das ließ mich nicht verzagen, denn Andrea hatte im ersten Satz bei weitem nicht so gut gespielt, wie ich es von ihr erwartet hatte. Natürlich ärgerte ich mich über den verlorenen Tiebreak und die Fehler, die ich gemacht hatte, doch jetzt galt es, diese Gedanken beiseite zu schieben. Wenn ich mir Mühe gab, konnte ich den zweiten Satz gewinnen und so den entscheidenden dritten erzwingen. Es war nicht einfach, aber machbar.
Ich versuchte, meine Gedanken zu sammeln und sie auf das zu konzentrieren, was jetzt zu tun war. Ich nahm ein paar Schlucke von meinem Elektrolytgetränk, dann lief ich zurück auf den Platz. Andrea folgte wenige Sekunden darauf. Diesmal hatte sie den ersten Aufschlag. Mir war im ersten Satz vermehrt aufgefallen, dass sie oft weit hinter der Linie stehen blieb. Von dort konnte sie lange Bälle zwar gut annehmen, doch um kurze Bälle zu erwischen musste sie einen ordentlichen Sprint hinlegen. Auf diese Weise machte ich einige Punkte, sodass es schließlich zum Einstand kam. Andrea gewann ihr erstes Aufschlagspiel, indem sie den Ball zweimal gegen meine Laufrichtung spielte und es mir damit unmöglich machte, ihn zu retournieren.

Sie lag mit eins zu null vorne, aber jetzt war ich mit dem Aufschlag dran, und ich war mir sicher, dass ich den Rückstand aufholen würde.
Doch als ich mich auf den ersten Ballwechsel vorbereitete, machte ich den entscheidenden Fehler: Ich schaute zur Tribüne. Es war nur ein ganz kurzer Blick, doch es genügte, um zu sehen, wer unter den wenigen Menschen auf dem Platz anwesend war: Rafael.
Er saß in der dritten Reihe, den Oberkörper vorgebeugt, die Ellbogen auf den Oberschenkeln abgestützt, und starrte auf den Platz. Ob sein Blick Interesse oder Langeweile ausdrückte, konnte ich nicht sagen, denn sobald ich ihn erkannt hatte, schaute ich erschrocken weg. Nervös dribbelte ich den Ball. Ich bemerkte, dass mein Herz zu rasen angefangen hatte, und würde ich vor Anstrengung nicht sowieso schon schwitzen, hätte ich spätestens jetzt damit angefangen. Was machte er hier? Gehörte er etwa zu Andrea? War er einer ihrer Freunde? Oder, schlimmer noch – war er ihr fester Freund?
In meinen Gedanken spannten meine Dämonen eine Leinwand auf, auf der Bilder der beiden erschienen, wie sie glücklich miteinander waren, wie sie erst gestern noch darüber gesprochen hatten, dass Andrea mich heute fertig machen würde
Ich versuchte, den Gedanken zu verdrängen, doch es gelang mir nicht. Sollten die beiden wirklich ein Paar sein, wäre das echt typisch für mein Leben.
Meine Nervosität wurde noch weiter angestachelt durch die Ermahnung des Schiedsrichters, da ich mir bereits zu viel Zeit gelassen hatte. Ich warf den Ball auf und schlug. Ins Netz. Ich musste mich mit aller Macht beherrschen, um nicht zur Tribüne zu sehen. So ruhig wie möglich nahm ich den nächsten Ball und schlug auf. Wieder ins Netz. Doppelfehler. Schon zu Beginn.
Toll, was musste Rafael von mir denken? Er hielt mich bestimmt für eine komplette Versagerin, und überhaupt, war er von Anfang an bereits hier gewesen? Hatte er den ersten Satz etwa auch gesehen? Bei all meinen dummen Fehlern musste er mich für komplett unfähig halten! Oder er lachte mich innerlich aus, und nach dem Spiel würden Andrea und er sich einen Spaß daraus machen, meine unzähligen Schwächen zu analysieren.
Ich musste aufhören so zu denken. Ich schlug erneut auf, und diesmal flog

der Ball übers Netz. Andrea retournierte, und ich spielte ihr den Ball zurück, genau auf die Linie. Sie erwischte ihn nicht mehr, und damit ging der Punkt an mich.

Ich atmete erleichtert auf. Eine Blamage weniger. Doch meine Glückssträhne sollte nicht allzu lange halten, denn Andrea legte einen Zahn zu, und meine Nervosität tat das Übrige. Andrea machte drei Punkte hintereinander, wobei einer davon wieder auf einen Doppelfehler von mir zurückging, und schaffte somit das erste Break in diesem Match. Ich lag zwei zu null hinten, und mein Mut sank. Ich würde es nicht schaffen, ich würde Andrea nicht besiegen können. Ich wusste, dass das Match in dem Moment vorbei gewesen war, als ich Rafael auf der Tribüne gesehen hatte.

Und ich behielt Recht. Was immer es auch war – Vorsehung, meine Nervosität oder die Tatsache, dass Andrea besser war als ich, vielleicht alles zusammen – ich kam nicht mehr in den zweiten Satz hinein. Mit jedem Punkt, den Andrea machte, verspürte ich mehr und mehr das Bedürfnis, im Boden zu versinken. Rafael musste denken, dass ich für diesen Sport komplett ungeeignet war. Ich vermied es ihn anzusehen, doch hin und wieder konnte ich nicht anders. Er wirkte nicht sonderlich interessiert, aber auch nicht völlig gelangweilt. Falls er sich über mein mieses Spiel wunderte, zeigte er das mit keiner Miene. Ab und zu hatte er sein Handy in der Hand und schaute auf das Display, doch die meiste Zeit war seine Aufmerksamkeit auf dem Platz. Und das wirkte sich wiederum negativ auf meine Konzentration aus.

Andrea brauchte nicht lange, um den zweiten Satz mit sechs zu zwei zu gewinnen und damit das Match für sich zu entscheiden. Ich warf einen kurzen Blick zu den Tribünen. Rafael applaudierte verhalten, doch seine Miene wirkte noch immer so unbeteiligt wie zuvor. Vielleicht gehörte er doch nicht zu Andrea. Wäre er mit ihr befreundet gewesen, wäre sein Beifall bestimmt begeisterter ausgefallen. Es sei denn, er war von Anfang an davon ausgegangen, dass das Match genau so enden würde.

Ich schaute schnell weg. Er sollte nicht das Gefühl haben, dass ich ihn anstarrte. Ich beeilte mich, meine Sachen zu packen und möglichst schnell vom Platz zu kommen. Den Mitleidsapplaus, den mir das Publikum spendierte, hätten sie sich schenken können.

„Was war denn das?“, fuhr Johnny mich an, kaum dass ich die Umkleide

betreten hatte. „Dieser zweite Satz, kannst du mir erklären was das sollte?"
„Ich war abgelenkt", sagte ich. Ohne Johnny anzusehen stellte ich meine Tasche ab und suchte meine Sachen für die Dusche zusammen.
„Abgelenkt?" Johnny stand so dicht neben mir, dass ich beinahe fürchtete, er würde mich gleich auffressen. „Was soll das heißen? Was hat dich so sehr abgelenkt, dass du ihr den zweiten Satz regelrecht geschenkt hast?"
Der Drache in mir begann zu knurren, fuhr seine Krallen aus und bleckte die Zähne. Ich fühlte, wie Wut in mir aufstieg, Wut, die ich schon so oft zurückgehalten hatte.
„Mein Gott, Johnny!", rief ich. Damit hatte er wohl nicht gerechnet, denn für einen kurzen Moment schienen ihm die Worte zu fehlen. Was an sich gar nicht schlecht war, denn das gab mir die Gelegenheit, meine Verteidigung aufzubauen.
„Hast du dir den ersten Satz auch angesehen? Ich habe mit ihr mithalten können bis zum Schluss, und das obwohl sie eigentlich viel besser sein sollte als ich! Aber davon sprichst du wieder nicht! Dir geht es mal wieder nur um meine Fehler, um meine Schwächen! Kannst du vielleicht einmal eine kleine, nur eine klitzekleine Bemerkung darüber machen, wenn ich etwas gut gemacht habe? Ja, okay, ich habe im zweiten Satz viele dumme Fehler gemacht, aber das kann dir doch egal sein, denn du hast mir gestern sowieso schon vorhergesagt, dass ich es nicht schaffen werde! Warum also bist du jetzt so sauer? Ich habe nur deine Erwartungen erfüllt!"
Ich war völlig überrascht von mir selbst. Ihn dermaßen zurechtzuweisen hatte ich mich noch nie getraut. Doch auch wenn ich während meines Redeschwalls befürchtet hatte, dass ich damit einen furchtbaren Fehler machte, hatte ich mich selbst nicht stoppen können.
Auch Johnny war ziemlich perplex, denn er schnappte erschrocken nach Luft. Sein Kopf war hochrot angelaufen. Er sah aus als wollte er noch etwas sagen, doch dann schien er es sich anders zu überlegen. Mit einem letzten wütenden Blick drehte er sich um und stürmte aus der Kabine.

26. Gedanken

Johnny war bereits weg, als ich aus der Kabine kam, was mir sehr recht war. Ich hätte ihm jetzt nicht noch einmal über den Weg laufen wollen.
Wer allerdings noch immer hier war, war Rafael. Ich zuckte zusammen, als ich ihn am Ausgang stehen sah, wo er sich mit Jürgen, einem meiner Tenniskollegen, unterhielt. Kannten die beiden sich etwa?
Ich schulterte meine Tasche und versuchte, mich so unauffällig wie möglich Richtung Ausgang zu bewegen. Da Rafael mit dem Rücken zu mir stand und Jürgen in das Gespräch mit ihm vertieft zu sein schien, hatte ich eine kleine Chance, mich nach meiner Blamage unbemerkt davonstehlen zu können.
Plötzlich kam Andrea hinter mir aus der Kabine. Ich blieb kurz stehen und tat so, als würde ich eine SMS lesen, denn ich wollte auf keinen Fall gemeinsam mit ihr den Platz verlassen. Ich schielte ihr hinterher, das Handy in der Hand. Sie ging auf Rafael und Jürgen zu, bog dann aber kurz vor ihnen ab und verschwand nach draußen.
Das war sehr interessant. Anscheinend kannte Andrea Rafael überhaupt nicht, sonst wäre sie bestimmt nicht wortlos an den beiden vorbei gegangen. War er möglicherweise gar nicht ihretwegen gekommen? War Jürgen der alleinige Grund für seine Anwesenheit?
Die Frage brannte regelrecht auf meiner Zunge, doch jetzt galt es, ungesehen das Stadion zu verlassen. So unauffällig wie möglich schlich ich zum Ausgang. Jürgen, der mir das Gesicht zugewandt hatte, bemerkte mich natürlich. Er hob allerdings nur die Hand und lächelte kurz, und ich erwiderte den Gruß. Ich dachte schon, ich würde damit davonkommen, doch dieses Glück wurde mir nicht gewährt. Rafael drehte sich um und sah mich an. Mir blieb die Luft weg.
„Gut gespielt“, sagte er.
Ich war völlig perplex. Was war denn jetzt los? Warum gratulierte er mir, obwohl ich verloren hatte?
„Ähm ... danke“, stotterte ich. Ich hätte mich für meine Unbeholfenheit ohrfeigen können. Ich zog schnell meine Kappe tiefer ins Gesicht und machte, dass ich weg kam. Nach ein paar Schritten wagte ich noch einen Blick über die Schulter und sah, dass Rafael sich umgedreht und sein Ge-

spräch mit Jürgen wieder aufgenommen hatte. Erst jetzt bemerkte ich, dass mein Herz wie verrückt raste.
Ich schaute auf dem Weg nach draußen nicht mehr zurück, somit konnte ich nicht sagen, ob einer der beiden mir nachsah oder nicht. Ich legte es nicht darauf an. Nach dieser bitteren Niederlage war mir jede Aufmerksamkeit, die ich nicht bekam, nur recht.

„Du siehst nicht gerade glücklich aus“, sagte Beate, als ich nach Hause kam.
„Ich bin auch nicht gerade glücklich“, antwortete ich.
„Verloren?“
Ich nickte. „Obwohl es im ersten Satz ganz gut für mich lief. Aber meine Gegnerin war stark.“
„Dann hast du dich wenigstens nicht blamiert“, sagte Beate.
„Ein kleines bisschen schon“, meinte ich, wobei ich Rafaels Anwesenheit natürlich verschwieg.
„Findest du deinen Ehrgeiz nicht ein wenig übertrieben?“, fragte Beate.
„Beim Tennis geht es nun mal ums Gewinnen“, entgegnete ich. „Wenn ich nur wegen des Spielens auf den Platz gehen würde, könnte ich es auch gleich sein lassen und stattdessen Bälle gegen eine Mauer dreschen.“
„Manche Menschen tun das sogar“, sagte Beate. „Man nennt es Squash.“
„Ohne einen Gegner“, fügte ich hinzu. Ich dachte, das wäre ihr klar gewesen, doch ein Blick in ihr Gesicht zeigte mir, dass sie mich auf den Arm nehmen wollte.
„Ach, egal.“ Ich wollte jetzt nicht diskutieren. „Ich gehe etwas nach draußen.“
„Wohin denn?“, wollte Beate wissen.
„Das weiß ich noch nicht.“
„Soll ich mitgehen?“
Ich schüttelte den Kopf. „Ich möchte noch etwas über das Spiel machdenken.“
„Okay.“ Beate schien das zu akzeptieren, und ich machte mich auf den Weg.
Ich schlenderte eine Weile ziellos durch die Straßen, ehe ich in die nächste U-Bahn stieg und zur Donauinsel fuhr, um noch etwas Grün zu sehen.
Ich hatte Beate nur die halbe Wahrheit erzählt. Natürlich waren meine Ge-

danken bei meiner Niederlage, aber am meisten dachte ich über Rafael nach. Warum war er unter den Zuschauern gewesen? An Andrea konnte es nicht gelegen haben. Jürgen musste es wissen. Dummerweise hatte ich seine Handynummer nicht, sonst hätte ich ihn jetzt angerufen. Vielleicht sollte ich nochmal zum Tennisplatz fahren, möglicherweise war er noch dort. Ein Blick auf die Uhr zeigte mir allerdings, dass das wohl eher nicht der Fall war.

In meinem Kopf tauchte die Frage auf, warum er mir nach dem Spiel gratuliert hatte. Ich hatte zwar lange genug vor seiner Nase auf dem Platz gestanden, aber bei meiner Unscheinbarkeit hätte ich es ihm und mir zugetraut, dass er mich beim Verlassen der Anlage gar nicht mehr erkannt hätte. War ich es ihm wirklich wert gewesen, mich nicht nur anzusprechen, sondern mir sogar ein Kompliment zu machen? Und war es überhaupt als Kompliment gemeint gewesen, oder hatte er sich über mich lustig machen wollen?

Unweigerlich tauchte ein weiterer Gedanke in meinem Kopf auf: Wie wäre das Spiel verlaufen, wenn Rafael nicht dort gewesen wäre? Hätte ich dann bessere Chancen gehabt? Wenn diese enorme Ablenkung im zweiten Satz nicht gewesen wäre, hätte ich dann bis zum Schluss mit Andrea mithalten, sie vielleicht sogar schlagen können?

Der Gedanke daran war verlockend, doch gleich darauf schob ich ihn wieder beiseite. Rafaels Anwesenheit die Schuld an meiner verheerenden Niederlage zu geben war ihm gegenüber nicht fair, außerdem machte ich es mir damit etwas zu einfach. Ein professioneller Spieler machte seinen Erfolg nicht von den Zusehern abhängig. Sieg und Niederlage wurden am Spielfeld entschieden, nicht auf den Tribünen.

Meine Niederlage hatte ich also nicht Rafael zuzuschreiben, sondern einzig und allein mir selbst. Der Gedanke verärgerte mich, denn er bedeutete, dass ich in Zukunft an mir selbst und nicht an meiner Umgebung arbeiten musste. Das wiederum bedeutete, dass ich selbst es in der Hand hatte, Blamagen wie die heutige zu vermeiden. Und das verdammt miese Gefühl, das diesen Blamagen folgte.

In diesem Moment beschloss ich, dass sich etwas ändern musste. In Zukunft durfte ich mich nicht mehr von äußeren Einflüssen ablenken lassen, nicht einmal von so verstörenden. Und wenn Rafael mit einem Ring in der

Hand vor mir auf ein Knie sank und mich bat, ihn zu heiraten, während ich gerade meinen Aufschlag vorbereitete, musste mich das kalt lassen. Wenn ich auf dem Platz stand, durften nur ich, meine Gegnerin und der Ball zählen, sonst nichts. Das einzig Dumme daran war, dass ich keine Ahnung hatte, wie ich das anstellen sollte.

27. Happy Halloween

Die Woche war wenig entspannt. Meine Familie versuchte fast ununterbrochen mich aufzubauen, was ich zwar sehr nett fand, aber leider keine Wirkung zeigte. Als ich am Freitag von der Schule nach Hause kam, rief Katy an.

„Es tut mir leid, dass ich mich nach deinem letzten Spiel noch nicht gemeldet habe", begann sie. „Wie war es?"

Ich erzählte ihr kurz wie es gelaufen war, ließ das eine oder andere Detail, Rafael eingeschlossen, aber aus.

„Das tut mir leid für dich", sagte Katy, nachdem ich geendet hatte. „Beim nächsten Mal läuft es bestimmt wieder besser!"

„Bestimmt", sagte ich, doch überzeugt war ich davon nicht.

„Warum ich eigentlich anrufe", wechselte Katy das Thema, „mein Bruder schmeißt morgen Abend eine Geburtstagsparty. Hast du Lust zu kommen?"

„Warum sollte ich auf die Party deines Bruders kommen?", fragte ich. Daniel war sechs Jahre älter als wir. Ich kannte ihn eher flüchtig und hatte noch nie mehr als fünf Sätze mit ihm gewechselt.

„Es ist zwar seine Geburtstagsparty, aber meine Eltern haben mir erlaubt, ein paar Freundinnen einzuladen", erklärte Katy. „Eine Privatparty auf der Party sozusagen. Ich hätte dich gerne dabei!"

Ich überlegte. Falls es ein ähnliches Desaster wie der Maturaball werden sollte, konnte ich getrost darauf verzichten. Doch da mir spontan keine Ausrede einfiel, blieb mir nur der Ausweg, etwas Zeit zu schinden.

„Wen hast du sonst noch eingeladen?"

„Mit dir wären wir zu sechst. Zwei der anderen kennst du noch nicht, aber Hannah und Carola hast du schon mal getroffen, oder?"
„Ja, ich erinnere mich", sagte ich gedehnt. Ich hatte die beiden letztes Jahr kennen gelernt, als wir alle bei Katy übernachtet hatten. Es war ganz lustig gewesen, was wohl daran lag, dass es sich um Katys Freundinnen und nicht um meine Mitschülerinnen gehandelt hatte.
„Und die anderen beiden?", fragte ich, hauptsächlich um noch etwas mehr Zeit zu gewinnen.
„Die kenne ich von der Musikschule", antwortete Katy.
„Machen Hannah und Carola nicht auch etwas in Richtung Musik?" Vor meinem geistigen Auge entstand die Vorstellung, wie alle anderen Mädchen nur über Musik redeten und ich keinen blassen Schimmer hatte, worum es ging.
„Carola spielt Klavier, Hannah hat aufgehört", sagte Katy.
„Ja, okay…" Jetzt fiel mir beim besten Willen nichts mehr ein.
„Also kommst du?"
Ich seufzte innerlich. Katy schien mein Zögern bemerkt zu haben, denn sie fügte hinzu: „Es werden ganz viele nette Jungs kommen. Mein Bruder hat einige sympathische und gutaussehende Freunde – solange du mir Chris nicht wegschnappst!"
„Das würde mir im Traum nicht einfallen", sagte ich. Chris war sechsundzwanzig und unterrichtete Katys Bruder Daniel in Kung Fu. Katy hatte mir erzählt, dass sie den beiden zusah, so oft sie konnte, und dass sie ziemlich verschossen in Chris war. Meiner Meinung nach war er etwas zu alt für sie, aber ich wollte ihr diese Schwärmerei nicht verderben. Ich bemerkte das Leuchten in ihren Augen, wenn sie von ihm sprach, genau wie die Veränderung in ihrer Stimme, die zwar nur subtil, aber doch unüberhörbar war. Ich ersparte es mir, Katy darauf hinzuweisen, dass süße Jungs für mich ganz bestimmt kein Lockvogel waren.
„Okay, ich bin dabei", sagte ich. Da Katy nicht weit weg wohnte, konnte ich jederzeit gehen.
„Toll!", freute sich Katy. „Bis morgen!"
Ich legte auf und warf einen Blick auf die Uhr. Es war Zeit, mich auf den Weg zum Training zu machen. Meine Einheit begann zwar erst in einer Stunde, aber ich hoffte, vorher mit Jürgen sprechen zu können.

Kaum betrat ich die Umkleiden, erlitt ich schon den ersten Schock. Beim Öffnen der Tür fiel ein grinsendes Plastikskelett vor mir herunter, das bei näherer Betrachtung ziemlich lächerlich aussah. Dennoch hatte es mir einen gehörigen Schrecken eingejagt.
„Wer ist denn auf die Idee gekommen?", rief ich empört.
Martin und Lukas, zwei der jüngeren Mitglieder meins Vereins, kamen um die Ecke geschossen um zu sehen, wen sie erwischt hatten.
„Happy Halloween!", krähten sie unter lautem Gelächter.
„Ja, ja, sehr lustig", knurrte ich und schob das Skelett beiseite. „Habt ihr Jürgen gesehen?"
„Nein", antwortete Martin, stopfte seine Hand in die Tasche seiner Hose und holte eine handtellergroße Gummispinne hervor. „Schau mal, Jackie!"
„Igitt!" Ich schob mich schnell an den beiden vorbei. „Bleibt mir damit bloß vom Leib!"
Ich verschwand, bevor sie noch mehr ihrer kleinen Teufeleien an mir ausprobieren konnten.
Ich musste nicht lange suchen, bis ich Jürgen gefunden hatte. Er stand allein und in sein Smartphone vertieft vor der Herrentoilette.
„Hey Jürgen", sagte ich, „darf ich dich kurz stören?"
„Hallo Jackie", sagte Jürgen und steckte höflicherweise das Handy weg. „Klar, was ist los?"
Mir wurde plötzlich klar, dass ich mir im Vorfeld keinerlei Gedanken über dieses Gespräch gemacht hatte. Ich hatte es lediglich darauf angelegt, Jürgen rechtzeitig ausfindig zu machen.
„Du hast dich letzte Woche nach meinem Spiel mit jemandem unterhalten", begann ich.
„Habe ich das?" Jürgen grinste. „Ich erinnere mich, dass ich mich an diesem Tag mit vielen Menschen unterhalten habe. Du musst schon ein wenig deutlicher werden."
„Du weißt schon, als ich gegangen bin, am Ausgang", versuchte ich ihm auf die Sprünge zu helfen, in der Hoffnung, dass er endlich kapierte, wen ich meinte.
Jürgen setzte eine nachdenkliche Miene auf, dann schüttelte er den Kopf. „Nein, tut mir leid."
„Rafael!", rief ich etwas zu laut. Ich biss mir auf die Zunge. „Rafael", wie-

derholte ich, diesmal in normaler Lautstärke.
„Ach ja, richtig!“, sagte Jürgen mit dem Gesichtsausdruck, den man hatte, wenn einem gerade ein Licht aufgegangen war. „Warum hast du das nicht gleich gesagt?“
„Du erinnerst dich, schön“, sagte ich anstelle einer direkten Antwort.
„Ja, ich erinnere mich“, bestätigte Jürgen. „Was ist mit ihm?“
„Kennst du ihn?“ Nur Sekundenbruchteile später dämmerte mir, dass diese Frage unendlich dumm war. „Ich meine, kennst du ihn gut?“
Jürgen nickte. „Wir waren gemeinsam in der Volksschule, außerdem sind unsere Schwestern gute Freundinnen. Wir haben regelmäßig Kontakt, und vor kurzem hat er mich mal über Tennis ausgefragt. Da habe ich ihm angeboten, zu einem Spiel zu kommen.“
Ich erinnerte mich, dass Jürgen an besagtem Unglücksfreitag vor mir gespielt hatte. „Hat er sich dein Spiel angesehen?“, fragte ich.
„Hat er“, antwortete Jürgen. „Ich war danach noch unter der Dusche und habe mich mit Kollegen unterhalten. Da ist er wohl sitzen geblieben, um sich euer Spiel auch anzusehen. Ich habe ihn erst am Ausgang wieder getroffen, als du dann gekommen, oder besser gesagt gegangen bist.“
„Okay, und hat er etwas über mich gesagt?“, fragte ich etwas zögernd.
Jürgens Augenbrauen rutschten ein Stück nach oben. Mist, er ahnte etwas!
„Also, nur weil er mir zu meinem Spiel gratuliert hat, was meiner Meinung nach völlig unsinnig war, da ich ja verloren habe, und-“
Jürgen unterbrach meinen Redeschwall. „Jackie, stehst du auf Rafael?“
„Äh – was?“ Völlig aus dem Konzept, das ich eigentlich gar nicht hatte, starrte ich Jürgen an.
„Ob du auf Rafael stehst“, wiederholte er so ruhig, so als ob er mich fragen würde welches Wetter für die kommenden Tage angesagt war.
„Das… nein, ich stehe nicht auf… wie kommst du darauf?“
„Hättest du nichts für ihn übrig, hättest du nicht gefragt“, sagte Jürgen. „Und nein, er hat dich nicht erwähnt. Soll ich ihm etwas über dich erzählen?“
Ich packte ihn am Arm, so heftig, dass er zusammenfuhr. „Untersteh dich“, zischte ich. „Du wirst kein Wort zu ihm sagen, hast du das verstanden?!“
„Keine Panik“, sagte Jürgen beschwichtigend. „Von mir erfährt es niemand. Dein kleines Geheimnis ist sicher, mach dir keine Sorgen.“

Ich verstärkte meinen Griff um seinen Arm. „Du darfst das niemandem erzählen, klar? Wirklich niemandem!"
„Ich sagte doch, ich halte dicht", meinte Jürgen. „Du kannst dich auf mich verlassen. Garantiert."
Ich ließ seinen Arm los. „Okay. Danke."
Ich schickte mich an zu gehen, denn die Situation war bereits unangenehm genug, als Jürgen mich zurückhielt.
„Gute Wahl übrigens", sagte er.
Ich drehte mich zu ihm um. „Wie meinst du das?"
„Rafael", antwortete er. „Sehr sympathisch, zuvorkommend, interessiert, ein guter Zuhörer Alles, was eine Frau sich wünschen kann."
„Das ganz bestimmt", murmelte ich, dann sah ich zu, dass ich verschwand.
Mein Training verlief typisch. Elisa kam zu spät, Johnny war sauer und schikanierte uns zwei Stunden lang, ehe er uns in die Kabinen schickte. Eigentlich hatte ich Johnny bitten wollen, mir etwas über mentale Strategien beizubringen, um mich voll und ganz auf mein Spiel konzentrieren zu können. Doch diesen Gedanken hatte ich gleich wieder verworfen. Wenn jemand nichts mit solchen Dingen anfangen konnte, dann war es Johnny. Begriffe wie mentale Stärke oder Glaube an sich selbst gehörten nicht zu seinem Wortschatz. Für ihn zählte nur, was von außen ersichtlich war; Sieg oder Niederlage hingen von körperlicher Verfassung, geschickten Spielzügen und Durchhaltevermögen ab. Dass es tief versteckt im Kopf eines Spielers noch eine andere, viel größere Quelle potentieller Kraft gab, brauchte man ihm nicht zu erklären. Das wäre ungefähr so, wie einem hundertfünfzig Kilo schweren Boxer vorzuschlagen, er solle es doch mal mit Ballett versuchen, um seine Flexibilität zu steigern.
Und so hielt ich meinen Mund und machte Johnnys Standardprogramm mit. Elisa wirkte noch genervter als beim letzten Mal, und sie schien öfter als einmal drauf und dran zu sein, Johnny zu widersprechen. Aber sie tat es nie, und nach zwei Stunden hatten wir es geschafft.
Elisa verabschiedete sich wie immer nach genau zwei Stunden. Ich machte mich ebenfalls bald auf den Weg, da Johnny sich nicht besonders gesprächig zeigte. Das war mir auch recht, denn ich hätte sowieso keine Lust gehabt, seinen endlosen Vorträgen zu lauschen.
Auf meinem Weg nach draußen hielt ich nach Jürgen Ausschau, konnte

ihn aber nirgendwo entdecken. Ich hätte mich gerne noch länger mit ihm unterhalten, um mehr über Rafael zu erfahren, aber andererseits konnte es auch ziemlich erbärmlich wirken, wenn ich ihn wie ein junges, verliebtes Mädchen ausfragte. Am besten schlug ich ihn mir aus dem Kopf. Aber allein die Tatsache, dass er mich bereits zweimal angesprochen hatte, und das mit Absicht und im Vollbesitz seiner geistigen Kräfte, machte das nicht gerade einfach.

Der Gedanke an Rafael beschäftigte mich auf meinem Heimweg so sehr, dass ich sofort auf den nächsten Halloween-Scherz hereinfiel, kaum dass ich unsere Wohnung betreten hatte. Dabei war er nicht einmal beabsichtigt, Beate hatte lediglich ihr Kostüm im Vorzimmer aufgehängt.

„Was ist das denn?“, rief ich und betrachtete den orange-schwarzen Fetzen mit kritischem Blick.

„Das ist mein Kleid“, antwortete Beate aus dem Badezimmer. „Für die Party.“

„Ein Kleid?“ Wie ich es auch drehte und wendete, ein Kleid konnte ich in dem Ding nicht erkennen. „Sieht eher aus wie etwas, das du aus ein paar Resten zusammengeflickt hast.“

„Das ist Absicht. Ich bin eine Hexe.“

„Ach nein“, meinte ich, „das habe ich mir fast gedacht.“

„Schön, wenn man es erkennt.“ Beate rauschte in Unterwäsche aus dem Badezimmer und nahm das vermeintliche Kleid von einem Haken. Nachdem sie es angezogen hatte, sah es nach etwas mehr aus, allerdings wirkte es immer noch wie etwas, das sie am Wühltisch gefunden hatte.

„Hut“, sagte sie und setzte ein breitkrempiges, verbeultes Ding auf ihren Kopf.

„Sind Hexen normalerweise nicht alt und verschrumpelt?“, fragte ich mit einem Blick auf ihr tadelloses Makeup.

„Hast du Harry Potter nicht gelesen?“, konterte Beate.

„Doch, habe ich.“ Ich gab mich geschlagen und reichte ihr den Besen, der in einer Ecke lehnte. „Wo ist deine Katze?“

„Nicht vorhanden“, sagte Beate. „Ich habe versucht, eine aufzutreiben, aber es war leider nicht möglich.“

Wenig später wurde Beate von Philip in Gestalt eines Zauberers abgeholt, und die beiden machten sich auf den Weg zur Halloween-Party. Ich sagte meinen Eltern bald darauf gute Nacht und verzog mich in mein Zimmer, froh, dass dieser verrückte Tag zu Ende war.

28. Tanzen?

Ich fuhr etwas früher als vereinbart zu Katys Party, da ich es bevorzugte, wenn die anderen Gäste nach mir eintrafen. Ich mochte es nicht, in einen Raum voller Menschen zu kommen, jeden einzeln begrüßen zu müssen und dann vielleicht noch als unhöflich zu gelten, wenn ich jemanden übersah. Mir war es lieber, ich wurde von den anderen übersehen, denn erstens war ich dann nicht die Unhöfliche, und zweitens war ich das bereits gewohnt.

Katy lebte mit ihrem Bruder, ihrer Schwester und ihren Eltern in einem großen Haus mit Garten in einem Außenbezirk von Wien. Was mir an dem Haus am meisten gefiel, war der große, helle und wunderschön ausgebaute Dachboden, der fast so etwas wie ein zweites Wohnzimmer des Hauses war. Katy und ich hatten hier früher oft übernachtet. Wir waren bis in die frühen Morgenstunden wach geblieben, hatten uns gegenseitig Geschichten erzählt und über Jungs und alle möglichen Dinge geredet, von denen wir keine Ahnung hatten. In Katys Fall hatte sich das geändert, bei mir war es heute noch so.

Auf diesem Dachboden wurden sehr viele Feierlichkeiten innerhalb der Familie oder im Freundeskreis abgehalten. So auch Daniels Party. Bei meinem Eintreffen lief gemütliche Musik, und es waren bereits zwei Tische mit Getränken und Knabbereien aufgebaut.

Katy hatte natürlich nichts gegen mein verfrühtes Erscheinen. Ich gratulierte Daniel zu seinem Geburtstag und half den beiden bei den letzten Vorbereitungen. Viel war nicht mehr zu tun, denn Katy, Daniel und ihre Schwester Carina hatten während der letzten Stunden ganze Arbeit geleistet. So saß ich die meiste Zeit mit Katy zusammen. Ich genoss die Zeit vor der Ankunft der Gäste, in der ich sie nur für mich hatte und mir ihre ungeteilte Aufmerksamkeit sicher war.

„Wann kommt Chris denn?", fragte ich Katy, als Daniel und Carina gerade außer Hörweite waren.
„Ich denke, erst später", antwortete sie.
„Dann werden wir wohl nicht allzu viel von dir zu sehen bekommen, was?", neckte ich sie, auch um herauszufinden, wie die Lage zwischen den beiden gerade war.
„Ach, Quatsch", erwiderte Katy und verzog das Gesicht. „Ganz bestimmt nicht. Ich werde genug Zeit für euch haben, keine Sorge!"
„Hey!"
Eben war Carola hereingekommen. Katy begrüßte sie fröhlich, dann wandte Carola sich an mich.
„Jackie kennst du doch noch", sagte Katy.
Carolas Augen wurden schmal. „Wir kennen uns von…?"
„Letztes Jahr", half ich ihr auf die Sprünge. „Wir haben gemeinsam hier übernachtet."
„Ach ja, ich erinnere mich dunkel", sagte Carola.
Ich bereute jetzt schon, dass ich hergekommen war. Die erste Person, die mich begrüßte, erinnerte sich gleich mal nicht an mich. Mein Fluch war wieder einmal mit voller Wucht über mich gekommen – der Fluch, niemandem im Gedächtnis zu bleiben. Nach spätestens zwei Tagen schon wieder unbekannt zu sein, ein Gesicht, das in der Menge unterging.
Wie immer kam meine altbewährte Taktik zur Anwendung: lächeln, die Tatsache ignorieren, dass ich mal wieder vergessen worden war, und mir nicht anmerken lassen, wie sehr mich das kränkte.
„Hannah ist auch schon da", sagte Carola und deutete zur Tür, wo Hannah gerade ihre Schuhe auszog. Ich hatte mich im letzten Jahr sehr gut mit ihr verstanden und mich gefreut, dass sie heute hier war. Sie hatte sich im Gegensatz zu Carola sehr verändert, ihre Haare waren kürzer und gefärbt, und sie wirkte um einiges erwachsener.
„Hallo Jackie, schön, dich zu sehen", sagte sie, nachdem sie Katy und Carola begrüßt hatte.
„Es freut mich auch, dich zu sehen", sagte ich und hätte Carola beinahe erklärt, dass es durchaus möglich war sich an mich zu erinnern, und zwar mehr als nur dunkel. Aber ich verkniff es mir. Solcherlei Sarkasmus fand stets in meinem Kopf statt, niemals aber außerhalb.

Nach und nach trafen auch Daniels Gäste ein. Die meisten von ihnen begrüßten Katy, manche Hannah und Carola, ich wurde prinzipiell ignoriert. Ich legte es aber auch nicht darauf an, jedem von ihnen die Hand zu schütteln. Ich saß mit den drei anderen auf einer Couch in der Ecke. Wir waren etwas im Abseits, aber das störte mich nicht. Vor allem mit Hannah unterhielt ich mich gut, und die wenigen überflüssigen Kommentare, die Carola immer wieder einwarf, überhörte ich gekonnt.
Schließlich kamen auch die beiden, die Katy mir angekündigt hatte. Yasmin und Simone kannte ich noch nicht, aber sie stellten sich als sehr sympathisch und unterhaltsam heraus.
„Da ist Chris", sagte Katy plötzlich. Ich folgte ihrem Blick und sah einen jungen Mann hereinkommen, der rein äußerlich nicht unbedingt mein Typ war. Aber dass Katy und ich in Sachen Männer eher unterschiedlicher Meinung waren, war mir schon lange klar.
„Ich werde ihn begrüßen", sagte Katy und stand auf. Ich rechnete damit, sie den restlichen Abend nicht mehr zu Gesicht zu bekommen, doch sie wechselte tatsächlich nur ein paar Worte mit Chris und kam dann zu uns zurück, in ihren Augen wieder dieses Leuchten, das ich bereits kannte.
Während der Raum sich mehr und mehr mit Menschen füllte, blieben wir sechs in unserer Ecke sitzen und hatten eine großartige Zeit. Die allerdings endete, als Katy einen Vorschlag machte.
„Lust auf eine kleine Jamsession?", fragte sie die anderen und deutete auf eine Reihe verschiedener Instrumente, die in einer Ecke des Raumes aufgebaut waren.
„Klar!", rief Carola, und auch Yasmin und Simone sprangen sofort auf, Feuer und Flamme für Katys Idee. Die vier ließen Hannah und mich sitzen und gesellten sich zu einigen anderen Gästen, die bereits vollauf damit beschäftigt waren, sämtliche Musik vom Band überflüssig zu machen.
„So schnell sitzt man alleine da", sagte Hannah.
„Oft schneller als man denkt", erwiderte ich. „Möchtest du nicht mitspielen?"
Hannah verneinte. „Ich habe vor einem halben Jahr aufgehört, Klavier zu spielen. Es hat mich nicht mehr interessiert, außerdem habe ich es immer nur für meine Eltern gemacht. Und mit der Zeit mussten auch sie einsehen, dass es sinnlos ist, mich ständig zum Üben zu zwingen und mich in

die Musikstunden zu schleifen."
„Das kann ich verstehen", antwortete ich. „Ich habe vor ungefähr zehn Jahren begonnen, Blockflöte zu spielen. Am Anfang hat es noch Spaß gemacht, aber mit der Zeit fand ich es unglaublich mühsam. Nach zwei Jahren habe ich es wieder aufgegeben."
„Dann sind wir ja schon zwei missratene Musikerinnen", sagte Hannah lachend. „Der einzige Unterschied ist, dass ich bis zu meinem sechzehnten Lebensjahr gebraucht habe, um das einzusehen."
„Bei mir ging es etwas schneller", sagte ich. „Es ließ sich mit der Zeit aber auch mit dem Tennis nicht mehr vereinbaren."
„Spielst du immer noch?", fragte Hannah. „Ich erinnere mich, dass du letztes Jahr etwas davon erzählt hast."
„Ja, ich spiele noch immer", antwortete ich. „Und im Gegensatz zu den Musikstunden muss mich niemand auf den Platz schleifen, ich gehe freiwillig und sehr gerne hin."
„Das ist gut", meinte Hannah. „Ein Hobby muss Spaß machen."
Ich unterließ es zu erwähnen, dass Tennis mehr als nur ein Hobby für mich war, dass ich hoffte, dieses Hobby nach meinem Schulabschluss zum Beruf machen zu können.
„Wollen wir uns etwas zu trinken holen?", fragte Hannah und deutete auf mein leeres Glas.
Ich stimmte zu, und wir bahnten uns einen Weg durch die Gäste. Mittlerweile war der Dachboden gesteckt voll. Ich warf einen Blick in die Ecke mit den Musikinstrumenten, wo Katy und die anderen drei in ihrem Element waren. Chris saß direkt neben ihr und schlug voller Begeisterung auf eine Trommel ein. Gleich daneben hatten die Gäste eine Tanzfläche geschaffen, die reichlich genutzt wurde.
Mir fiel auf, dass Hannah plötzlich nicht mehr neben mir war. Ich blickte mich um und entdeckte sie bei zwei Mädchen, mit denen sie sich unterhielt. Möglicherweise waren es nur flüchtige Bekannte von ihr und das Gespräch würde nicht lange dauern. Ich würde mir etwas zu trinken nehmen und mich dann wieder auf unser Sofa setzen, vielleicht kam sie ja gleich nach.
Ich hatte gerade mein Glas abgestellt, als mich jemand ansprach.
„Willst du tanzen?"

Ich starrte denjenigen an, dem die Stimme gehörte. Er war in etwa so alt wie ich, relativ groß und ziemlich schlaksig, hatte etwas längere, wuschelige blonde Haare und eine Brille auf der Nase. Er trug Turnschuhe, die ihre besten Zeiten hinter sich hatten, locker sitzende Jeans und ein graues, schon etwas verwaschenes Sweatshirt mit Kapuze. Und er hatte mich gerade gefragt, ob ich mit ihm tanzen wollte.

„Äh, nein danke."

Mein Herz begann zu rasen. Hier stand ich nun, in einer absolut paradoxen Situation: sowohl in der Nacht als auch tagsüber hatte ich davon geträumt, mit Rafael zu tanzen, und jetzt, wo ich dazu aufgefordert wurde, konnte ich mir nichts Schlimmeres vorstellen. Lag es daran, dass der Blonde nicht Rafael war, oder spielte noch etwas anderes mit?

„Warum nicht?"

„Ich kann nicht tanzen." Das musste als Argument genügen.

„Ich auch nicht. Aber das macht nichts, ich tue es trotzdem!"

Er schien hartnäckig zu sein. Eine Eigenschaft, die ich bei anderen überhaupt nicht mochte.

„Nein wirklich, das ist keine gute Idee."

„Ach komm schon! Sei nicht langweilig!"

„Ich bin nicht langweilig", widersprach ich, obwohl ich genau wusste, dass ich in solchen Situationen sehr wohl als langweilig eingestuft werden konnte.

„Umso besser!", rief der Blonde freudig. „Dann kannst du ja mit mir tanzen gehen!"

„Die Musik passt dafür doch gar nicht." Ich bemerkte, dass mir wieder einmal die Argumente ausgingen. Ich sollte eindeutig etwas eloquenter werden, wenn ich mich aus solchen Situationen elegant herauswinden wollte.

„Die passt schon", versicherte er mir. „Jetzt hab dich nicht so, bitte geh mit! Was muss ich tun, damit du mit mir tanzt?"

„Du musst überhaupt nichts tun", antwortete ich, wobei ich mich immer mehr wie ein in die Enge getriebenes Reh fühlte.

„Perfekt, dann kannst du ja sofort mitkommen!"

Mist, was konnte ich tun, damit er mich in Ruhe ließ? Ich wollte nicht mit ihm tanzen. Erstens sah ich dabei wirklich wie der sprichwörtliche Elefant im Porzellanladen aus, und zweitens wusste ich nicht mal, wer der

Typ überhaupt war. Was, wenn ich mich schämen musste, mit ihm auf der Tanzfläche gesehen zu werden? Vielleicht war er irgendein Verrückter, den eigentlich gar niemand hier haben wollte, der sich selbst eingeladen hatte?

„Sei doch nicht so!“ Der Blonde griff nach meiner Hand. „Nur ein Lied, komm schon!“

Da ich kein glaubhaftes Argument mehr übrig hatte, würde ich ihm nicht entkommen. Vielleicht war es besser, mich für kurze Zeit zu fügen, als endlos mit ihm zu diskutieren.

„Okay“, stimmte ich zu, „aber wirklich nur für ein Lied!“

„Klar, versprochen.“

Widerwillig folgte ich dem Blonden auf die Tanzfläche. Wir stakten ungeschickt im Rhythmus der Musik hin und her, wobei ich vermied, ihm in die Augen zu sehen, was mir irgendwie peinlich war. Das fiel mir nicht allzu schwer, da mein selbst erwählter Tanzpartner um einen ganzen Kopf größer war als ich.

Ich kam mir unendlich dumm vor, wie ich mit diesem Typen das machte, was man auf keinen Fall als Tanzen bezeichnen konnte. Immer wieder prüfte ich nervös, ob Katy oder eine der anderen mich bereits entdeckt hatten, doch sie schienen alle vertieft in ihre Instrumente zu sein. Hannah sah ich unter den Gästen nicht.

Hätte mein hartnäckiger Tanzpartner ein kleines bisschen Anstand besessen, hätte er mich wenigstens nach meinem Namen gefragt.

In diesem Moment schien das Schicksal allerdings auf meiner Seite zu sein, denn schon nach wenigen Minuten, die mir selbst wie Stunden vorkamen, geriet die Musik plötzlich ins Stocken. Die Trommelschläge und Gitarrenklänge wurden von lauten Kommentaren und Gelächter unterbrochen. Jemand schien aus dem Takt gekommen zu sein, wodurch alle anderen ebenfalls der Reihe nach aus dem Rhythmus gefallen waren.

Das war jene Möglichkeit, auf die ich gewartet hatte.

„Ich muss zu meinen Freundinnen zurück“, sagte ich entschuldigend zu dem Blonden und entzog mich seinem Griff.

„Kannst du nicht noch für ein Lied bleiben?“, bettelte er.

„Wir haben ein Lied ausgemacht, und das war ein Lied, wenn ich mich nicht verhört habe“, sagte ich, nicht so schroff wie ich es vielleicht hätte tun sollen.

„Aber es war ein kurzes Lied, bleib doch noch hier!"
Ich verdrehte meinen Kopf, um einen Blick auf das Sofa zu erhaschen, auf dem wir zuvor gesessen hatten. Und tatsächlich saß Hannah bereits wieder dort und sah den Tanzenden zu. Hoffentlich hatte sie mich und den Blonden nicht gesehen.
„Meine Freundin wartet dort hinten", sagte ich, „ich möchte sie nicht so lange allein lassen."
Ich ließ ihn auf der Tanzfläche stehen. Aus dem Augenwinkel registrierte ich, wie er die Hand ausstreckte um mich zurückzuhalten, doch ich war zu schnell, und er griff ins Leere.
Ich schob mich durch die Gäste und nahm neben Hannah Platz.
„Wo warst du denn?", fragte sie. „Ich habe mich mit ein paar Bekannten unterhalten, auf einmal warst du weg."
„Irgend so ein Typ hat mich zum Tanzen aufgefordert", sagte ich und verdrehte die Augen. „Er hat nicht locker gelassen, deshalb habe ich ja gesagt. Ich hoffe, dass er mich jetzt in Ruhe lässt."
Hannah schüttelte den Kopf. „Sowas kann nerven!"
Mein Herz machte einen plötzlichen, heftigen Satz, als ich bemerkte, dass der Blonde auf uns zukam. Hatte er wirklich noch nicht genug?
Doch ich wurde wieder gerettet, diesmal von Katy, Carola, Yasmin und Simone, die ihre Jamsession beendet hatten.
„Wollen wir ein wenig nach draußen gehen?", fragte Katy, als sie außer Atem bei uns ankamen. „Uns ist so warm, wir könnten etwas frische Luft gebrauchen."
„Klar!", rief ich und sprang auf. Hannah erhob sich ebenfalls, zwar etwas träge und nicht ganz so begeistert wie ich, aber sie widersprach nicht. An der Tür drehte ich mich um und warf einen prüfenden Blick in den Raum, um festzustellen, dass der Blonde uns nicht folgte. Ich hoffte, dieses Problem damit los zu sein.

29. Gespräche anstatt Schlaf

Während des restlichen Abends versuchte ich, dem Blonden aus dem Weg zu gehen, indem ich mich nie von den anderen fünf trennte. Ich hatte den Plan gefasst, mich beim geringsten Anzeichen einer Unannehmlichkeit zu verabschieden, doch der Blonde ließ mich in Ruhe. Und da ich mich in Gesellschaft der anderen Mädchen sehr wohl fühlte – abgesehen von Carolas etwas zickigem Verhalten, aber das konnte ich ignorieren – blieb ich schließlich länger als ich ursprünglich geplant hatte.

Ab Mitternacht begannen sich die Gäste nach und nach zu verabschieden. Auch Yasmin brach auf, und wenig später machte sich auch Carola auf den Weg. Ich saß mit Simone, Katy und Hannah zusammen, und wir hatten jede Menge Spaß.

„Wollt ihr heute Nacht hier schlafen?", fragte Katy nach einer Weile.

„Klar, das wäre bestimmt lustig", meinte Simone.

Auch Hannah stimmte zu, und Katy wandte sich an mich. „Was ist mit dir, Jackie?"

Ich überlegte nur kurz. „Warum nicht?"

Hätte ich jetzt noch nach Hause fahren wollen, hätte ich den Nachtbus nehmen müssen, der erstens lange brauchte und zweitens voll seltsamer Gestalten war.

„Kommt mit, wir richten uns in meinem Zimmer ein", forderte Katy uns auf.

Der Dachboden war schon relativ leer, als wir ihn verließen und Katy nach unten folgten. Den Blonden sah ich nicht mehr, er war vermutlich schon nach Hause gegangen.

Ich schrieb eine SMS an meine Eltern, damit sie sich keine Sorgen machten, wenn ich am Morgen nicht in meinem Bett lag.

Wir holten Matratzen aus einer Abstellkammer und schleppten sie in Katys nicht allzu großes Zimmer. Dort angekommen verbrachten wir erst einmal ein paar Minuten damit, sie so aufzulegen, dass alle Platz hatten. Dann verteilte Katy Bettzeug und Zahnbürsten, was natürlich keine von uns mithatte.

Wir schlüpften unter die Decken und machten das Licht aus. Ich mochte die Dunkelheit, zumindest wenn ich in einem geschlossenen, sicheren

Zimmer war. Draußen war das anders, draußen war mir das helle Licht des Tages lieber. Es war ein Paradoxon, das in meinem Leben galt – innerhalb dicker Mauern war die Dunkelheit wie eine anschmiegsame Decke, die sich um mich legte und mich schützte, draußen war sie wie ein Tier, das in den Schatten und am Rand jedes Lichtkreises lauerte.
An Schlafen wollte niemand von uns denken, dazu waren wir viel zu aufgekratzt. Von oben drang dumpfe Musik zu uns durch, manchmal hörte man Gelächter oder laut geführte Unterhaltungen. Hin und wieder stapfte jemand schweren Schrittes die Treppe hinunter, um sich auf den Weg nach Hause zu machen.
Katy, Simone, Hannah und ich lagen in der Dunkelheit, hatten uns in die Decken gewickelt und redeten.
„Wer war eigentlich der Blonde, mit dem du getanzt hast, Jackie?“, fragte Simone.
„Du hast uns gesehen?“, entfuhr es mir erschrocken. Ich hoffte inständig, dass der Anblick nicht allzu peinlich gewesen war.
„Mit wem hast du getanzt?“, fragte Katy dazwischen. „Das habe ich gar nicht mitbekommen!“
„Du hast Musik gemacht“, sagte ich. „Ich weiß auch nicht, wer er war. Er hat mir seinen Namen nicht genannt und mich auch nicht nach meinem gefragt.“
„Hm, ich überlege, wer er gewesen sein könnte“, sagte Katy. „Wie sah er aus?“
Ich beschrieb ihn, so gut ich konnte, wobei meine Ausführungen von Simone komplettiert wurden.
„Ich finde, er sah sehr schnuckelig aus“, meinte Simone schließlich.
Katy überlegte noch immer, wer der mysteriöse Fremde gewesen sein könnte.
„Schnuckelig?“, fragte ich. „Was meinst du mit schnuckelig?“
„Damit meint sie hübsch, gutaussehend “, begann Hannah.
„Anbetungswürdig“, ergänzte Katy.
„Übertreib mal nicht“, entgegnete Simone. „Ich habe noch nie von einem Mann gesagt, dass er anbetungswürdig wäre.“
„Du hast es aber gedacht“, sagte Hannah bestimmt.
„Habe ich nicht.“ Man konnte in der Dunkelheit förmlich hören, wie Si-

mone die Arme verschränkte und ein trotziges Gesicht aufsetzte. „Ich jedenfalls hätte gerne mit ihm getanzt. Ich war etwas verwundert, dass Jackie so schnell wieder bei uns war."

„Ich weiß nicht", meinte ich, „ich fand ihn irgendwie seltsam. Weißt du schon, wer er ist, Katy?"

„Ich habe keine Ahnung", sagte Katy. „Vielleicht der Freund eines Freundes oder ein flüchtiger Bekannter von Daniel."

Die Musik oben verstummte. Wenige Augenblicke später hörte man rasche Schritte die Treppe herunterkommen, danach Stimmen, Personen, die sich voneinander verabschiedeten und sich eine gute Nacht wünschten. Eine Tür fiel zu, dann herrschte Ruhe.

„Warum hast du eigentlich nicht mit Chris getanzt, Katy?", wollte Simone wissen.

„Hört doch mal mit Chris auf!", rief Katy lachend. „Das ist nur eine Schwärmerei, nichts Ernstes!"

„Vielleicht könnte aber etwas Ernstes draus werden, wenn du dich mal ein wenig mit ihm unterhalten würdest anstatt ständig auf irgendwelche Trommeln einzuschlagen", hielt Simone dagegen.

„Können wir wieder über Jackies Blonden reden?", fragte Katy in dem Bemühen, das Thema zu wechseln.

„Was an ihm war seltsam?", stieg Hannah sofort darauf ein.

„Er war so ..." Wenn ich genauer darüber nachdachte, konnte ich eigentlich gar nicht sagen, was an meinem kurzzeitigen Tanzpartner nicht in Ordnung gewesen war. Er hatte mich lediglich in eine Situation gebracht, die mich unerwartet getroffen und deswegen überfordert hatte.

„Er war so…?", fragte Katy, als ich nicht weitersprach.

„Ach, keine Ahnung, ich habe mich einfach nicht wohl gefühlt. Ich kannte ihn ja überhaupt nicht."

„Das macht doch nichts", meinte Simone. „Man muss jemanden nicht kennen, um mit ihm zu tanzen."

„Naja, irgendwie schon. Ich kann es nicht erklären, es war einfach unangenehm."

„Jackie ist da ein bisschen anders als andere", erklärte Katy. Sie sagte es nicht herablassend oder vorwurfsvoll, sondern auf die ihr eigene, verständnisvolle Art.

„Anders bedeutet ja nicht schlecht", meinte Simone.
„Vielleicht ist sie einfach wählerischer als andere", warf Hannah ein.
„So ist es", bestätigte ich. Diese Erklärung gefiel mir besser. Obwohl sie nicht ganz richtig war, denn ich war nicht wählerisch, sondern feige. Ganz egal, wer mich an diesem oder irgendeinem anderen Abend zum Tanzen aufgefordert hätte, ich hätte immer Nein gesagt. Und wenn Rafael persönlich vor mir gestanden hätte, mit elegant dargebotenem Arm und einem Lächeln im Gesicht, um meinen Traum wahr werden zu lassen – ich hätte Nein gesagt. Weil ich schlicht und einfach ein verschrecktes, feiges Huhn war.

30. Blicke

Würde Rafael mich um einen Tanz bitten, wäre ich wahrscheinlich unfähig, auch nur ein Wort zu sagen. Das bewies ich jeden Tag aufs Neue in der Schule. Wenn ich Rafael am Gang begegnete, ergriff ich entweder die Flucht oder tat so, als wäre ich überhaupt nicht da. Obwohl ich jedes Mal hoffte, dass er mich erneut ansprechen würde, fürchtete ich mich gleichzeitig davor. Ich wollte, dass Rafael mich wahrnahm, und gleichzeitig wollte ich es auch nicht. Ich wollte, dass er mich ansprach, und ging ihm doch aus dem Weg. So sehr ich mir seine Aufmerksamkeit wünschte, fürchtete ich doch, mich durch ein falsches Wort oder eine unbeholfene Geste zu blamieren. Nicht nur vor ihm, sondern bei meinem Glück auch vor all meinen Mitschülern. Bevor mir das passierte, litt ich lieber weiter still vor mich hin.
Aber auch wenn ich mich nicht verhalten hätte wie ein scheues Reh, das den Jäger und seine Hunde fürchtet, wäre Rafael von sich aus nicht auf mich zugekommen. Was in der Straßenbahn und auf dem Tennisplatz nach meinem verpatzten Spiel passiert war, konnte nur ein Zufall gewesen sein. Wenn sich unsere Wege in der Schule kreuzten, achtete ich vorsichtig auf seinen Blick. Niemals ging er in meine Richtung. Rafael beachtete mich nicht. Entweder war ich ihm egal, oder – was viel wahrscheinlicher

war – er hatte mich längst wieder vergessen. So sehr dieser Gedanke auch schmerzte, es war so wahrscheinlich am besten. Vielleicht hatte Elisabeth Recht, und Rafael war nicht anders als der Typ in der roten Badehose, der ihr damals die Augen geöffnet hatte.

Wir schliefen nach der Party lange. Sogar ich wachte erst um halb zehn auf, was für mich als Morgenmensch sehr spät war. Katy lud uns zum Frühstück ein, aber ich lehnte ab. Auch wenn ich den Abend und die Nacht mit den anderen wirklich genossen hatte – abgesehen von meiner unfreiwilligen Tanzeinlage – war es für mich genug. Ich konnte mich noch so gut mit jemandem verstehen, nach mehr oder weniger kurzer Zeit brauchte ich wieder meine Ruhe. Nicht einmal Katy hielt ich auf Dauer aus, obwohl ich mit ihr auf einer Wellenlänge war. Ich hatte zwar ein schlechtes Gewissen, dass ich soziale Aktivitäten nie lange durchhielt, aber so war ich nun mal, ich konnte es nicht ändern.

Als ich nach Hause kam, sah ich zuallererst Beate und Philip, die turtelnd und knutschend auf der Couch im Wohnzimmer saßen.

„Was läuft denn?“, fragte ich ungeniert und deutete auf den Fernseher.

„Keine Ahnung“, antwortete Beate. „Ist im Grunde genommen auch egal.“

„Aha.“ Die beiden hatten allem Anschein nach wenig Interesse, sich mit mir zu befassen. Fairerweise musste ich zugeben, dass es umgekehrt nicht anders war. Und so ging ich wieder und ließ sie in ihrer Glückseligkeit allein.

„Wie war die Party?“, fragte meine Mutter, die ich in der Küche antraf.

„Lustig“, antwortete ich. „Ein paar Freundinnen von Katy waren da, wir haben uns recht gut verstanden. Sonst wäre ich nicht über Nacht geblieben.“

In diesem Moment kam mein Vater herein. „Wie war es gestern?“, fragte er, und ich wiederholte, was ich gerade gesagt hatte.

„Es ist spät geworden, oder?“, wollte meine Mutter wissen.

„Ja, schon“, sagte ich. „Ich habe nicht auf die Uhr gesehen, als wir eingeschlafen sind, aber es war weit nach Mitternacht.“

„Bist du müde? Willst du dein Training heute ausfallen lassen?“

„Auf keinen Fall“, widersprach ich. „Johnny reißt mir den Kopf ab, wenn ich wegen einer Party blau mache.“

„Ich könnte ihn anrufen und ihm sagen, dass du heute nicht kommst", bot mein Vater an.
„Danke, das ist nett", sagte ich, „aber es ist okay. Johnny sagt immer, wer feiern kann, kann auch trainieren. Und er hat Recht."
„Ehrgeiz ist schön und gut", meinte meine Mutter. „Aber übertreib es nicht. Es gibt auch ein Leben abseits vom Tennis."
„Ja, man nennt es Schule", brummte ich. „Und dafür sollte ich noch ein paar Dinge erledigen, bevor ich mich auf den Weg zum Training mache."
Ich war an diesem Tag was die Schule betraf sogar ausgesprochen fleißig. Vor meinem Training machte ich jede Menge Hausübung, am Abend ging ich meinen Teil des Referats über den Louvre noch einmal durch. Am liebsten hätte ich das Referat gar nicht gehalten. Schriftlich war ich gut, aber mündlich fehlte mir die Übung. Ich fühlte mich beim Sprechen dieser Sprache wie ein Leiterwagen mit gebrochenen Rädern, der über eine Schotterstraße rumpelt.
Ich sprach meinen Text dreimal durch, dann legte ich die Unterlagen beiseite und kroch in mein Bett.
Wie so oft fühlte sich mein Schlaf nicht wie acht, sondern wie maximal drei Stunden an. Für den Unterricht war ich überhaupt nicht motiviert, und mein Teil des Referats klang genauso holprig wie am Abend davor. Rosalie machte ihre Sache nicht besser als ich, doch zu meinem Erstaunen war unsere Lehrerin zufrieden und gab uns sogar eine Eins.
Die geschichtlichen Hintergründe des Louvre und die verschiedenen Ausstellungsstücke, die er für interessierte Besucher bereit hielt, hatte ich am Nachmittag schon wieder vergessen.
Beate war bereits von der Uni zurück, als ich nach Hause kam, und saß mit einer Zeitschrift auf der Couch. Sie fragte mich nicht nach meinem Referat, denn ich hatte ihr nichts davon erzählt. Solche Dinge empfand ich als nicht erwähnenswert.
Ich öffnete den Kühlschrank, und gähnende Leere empfing mich.
„Haben wir überhaupt nichts mehr zu essen?", fragte ich.
„Beschwer dich nicht bei mir, ich habe auch Hunger", antwortete sie.
„Du bist immerhin nicht mitten in einer Wachstumsphase wie ich."
Beate legte die Zeitschrift weg. „Dann geh einkaufen."
„Es wird uns nichts anderes übrig bleiben, wenn wir Hunger haben."

Ich sagte absichtlich „uns", wohl wissend, dass das nicht viel Sinn hatte. Wenn Beate nicht einkaufen gehen wollte, dann ging sie nicht einkaufen, Punkt.
In diesem Moment wurde die Wohnungstür geöffnet und meine Eltern kamen herein.
„Wie seht ihr denn drein?", fragte meine Mutter.
„Ich habe Hunger und der Kühlschrank ist leer", antwortete ich.
„Dann fahren wir einkaufen", meinte mein Vater. „Ist doch kein Problem."
Ich schnaubte und ließ mich auf die Couch fallen. „Langweilig", brummte ich.
„Komm schon, Jackie", versuchte mein Vater mich zu überzeugen, „das haben wir doch gleich."
„Warum fährt Beate nicht mit?", fragte ich.
„Philip kommt gleich vorbei", antwortete Beate, die ihre Zeitschrift wieder aufgenommen hatte. „Ich kann ihn fragen, ob er auch mitkommt."
„Ist schon okay, lass es bleiben", murrte ich. Sie hatte bestimmt gewusst, dass ich nicht mit ihm einkaufen fahren wollte. Geschicktes Taktieren hatte schon immer zu ihren Stärken gezählt.
Ich seufzte. „Gut, dann fahren wir eben."
„Könnt ihr ein paar Dinge mitbringen?", rief meine Mutter aus der Küche. „Ich habe hier eine Liste." Sie drückte mir einen Zettel in die Hand. „Wenn ihr euch nicht auskennt, ruft mich an."
„Machen wir", sagte ich und steckte den Zettel ein, wobei ich mich gedanklich dazu ermahnte, ihn nachher nicht zu vergessen.
Kurz vor der Ankunft meiner Eltern hatte es zu regnen begonnen. Auf der Windschutzscheibe des Autos hatte sich eine kompakte, fast durchsichtige Wasserfläche gebildet. Ein kurzes Hin und Her der Scheibenwischer löste das einheitliche Gebilde in Hunderte kleine Tropfen auf, die bereits im nächsten Moment wieder ausgelöscht wurden.
„Der Verkehr ist mal wieder katastrophal", sagte mein Vater, während er das Auto durch die Straßen lenkte. „Es scheint, als wäre halb Wien unterwegs."
„Zu Fuß wären wir schneller", meinte ich.
„Dann müssten wir die Sachen aber den ganzen Weg nach Hause tragen."
Mein Vater setzte den Blinker und reihte sich in die Abbiegespur ein, die

zum Supermarkt führte. „Abgesehen davon – wie läuft das Tennis?"
„Ganz gut", antwortete ich.
„Wie kommst du mit Johnny klar?"
„Gut", wiederholte ich mich, auch wenn das nicht die Wahrheit war. Johnny und ich, das war so eine Sache. Unser Verhältnis war nicht nur jenes zwischen Trainer und Schüler. Es floss auch sehr viel anderes mit ein – seine Hoffnungen in mich, die ich so oft enttäuschte, seine Pläne für mich, die er für sich selbst niemals hatte verwirklichen können, seine harsche Art, mit mir umzuspringen – und die Gewohnheit, die sich über mehrere Jahre eingeschlichen hatte.
„Es ist okay", fügte ich hinzu, als mein Vater das Auto einparkte und abstellte. Hätte ich ihm gesagt, dass ich mit Johnny als meinem Trainer unglücklich war, hätte er bestimmt angeboten, mit ihm zu reden. Doch dadurch würde sich nichts bessern, im Gegenteil. Johnny würde seine Laune an mir auslassen. Und ich brauchte Johnny. Ich konnte nicht ohne Trainer spielen, und ob ich so schnell einen anderen finden würde, bezweifelte ich stark.
Wir starteten unsere Runde durch den Supermarkt, und ich dachte sogar an den Zettel in meiner Tasche.
Ich stand gerade am Obstregal, als ich einen flüchtigen Blick nach links warf und eine Person dort stehen sah, die ungefähr in meinem Alter war. Sie hatte die Schultern leicht hochgezogen und den Kopf gesenkt, ihre Haltung vermittelte Unsicherheit. Sie wirkte, als ob sie es darauf anlegte, von niemandem bemerkt zu werden.
Nur den Bruchteil einer Sekunde später erstarrte ich förmlich. Diese Person, die ich sah, war ich selbst. Ich hatte zufällig in den Spiegel am Ende des Regals geblickt, dies aber nicht sofort bemerkt.
War das die Art, auf die andere mich wahrnahmen? Oder schlimmer noch, nicht wahrnahmen? Wirkte ich so auf meine Mitmenschen? Geduckt, zurückhaltend, bestrebt nicht aufzufallen?
Ich schaute nochmals in den Spiegel. Der Effekt ließ sich nicht wiederholen, da ich jetzt wusste, dass ich mich selbst dort sehen würde. Das eben war eine Erfahrung gewesen, die man nicht jeden Tag machte.
Während ich den Einkaufswagen durch die Regale schob, ließ mich das Bild meiner selbst im Spiegel nicht los. Ich sollte schleunigst etwas ändern.

Am Abend saß ich allein vor dem Fernseher. Meine Eltern waren bei Freunden eingeladen und Beate machte sich zum Ausgehen bereit. Ich hatte nicht aufgepasst, als sie mir sagte, wohin sie wollte, doch ich vermutete, dass sie die Nacht bei Philip verbringen würde. Ich nutzte solche Gelegenheiten, um mir aufgezeichnete Tennismatches anzusehen. Richtig gute und spannende Spiele konnte ich mir immer wieder ansehen, schlechte oder eintönige löschte ich.

Jetzt hatte ich ein Spiel von Maria Sharapova gegen eine Spielerin jenseits der Top Fünfzig gestartet, das wider Erwarten nicht einseitig war. Ich hatte den Ton etwas leiser gedreht; es reichte, wenn Sharapovas Gegnerin die Ohren klingelten, da musste ich mir nicht auch noch einen Tinnitus holen.

Beate kam herein und richtete den Blick auf den Fernseher, während sie ein Paar Ohrringe befestigte.

„Schon wieder Tennis?“, fragte sie.

„Offensichtlich“, brummte ich. Was konnte ich dafür, dass ich mir lieber ein und dasselbe Match zweimal und öfter ansah, als irgendwelche schnulzigen Liebesfilme, die allesamt maßlos übertrieben waren?

Sharapova schlug auf. Der Ball ging etliche Male über das Netz, ehe ihre Gegnerin hoffnungslos danebenhaute und einen Punkt verschenkte.

Beate schaute gedankenverloren in den Fernseher. „Hin und her und hin und her. Immer dasselbe.“ Sie wartete ein paar Sekunden auf meine Antwort. Als sie bemerkte, dass keine kam, verkündete sie: „Ich mache mich auf den Weg.“

„Schönen Abend“, sagte ich, ohne den Blick vom Fernseher zu wenden.

„Gleichfalls.“ Damit drehte sie sich um, und keine dreißig Sekunden später fiel die Wohnungstür hinter ihr ins Schloss.

Ich konzentrierte mich auf Sharapovas Aufschlag. Erst dann dämmerte mir, was Beate eben gesagt hatte. „Hin und her und hin und her“, wiederholte ich, dabei konnte ich meine Augen nicht vom Bildschirm nehmen. Dort auf dem Platz standen sich die beiden Spielerinnen gegenüber. Das Publikum auf den Tribünen verfolgte das Match teils gebannt, teils mit neutraler Miene, manche sahen auch gelangweilt aus. Die Schiedsrichter erledigten ihren Job, die Balljungen ebenso, während die Fotografen wie wild den Auslöser betätigten. Man hätte meinen können, dass alles komplett war, genauso, wie es sein sollte.

Doch da war noch jemand auf dem Platz.
Ich.
Die Erkenntnis hatte mich durch Beates unüberlegte Aussage getroffen, und zwar so plötzlich, dass ich jetzt mit offenem Mund vor dem Fernseher saß – und den Ball anstarrte, den die beiden hin und her spielten.
Der Ball war ich.
Alle Welt machte sich ein Vergnügen daraus, mich herumzuschubsen, mich in die Richtung zu spielen, in der sie mich haben wollte – meine Eltern, die die Schule über meine Karriere als Tennisprofi stellten, meine Schwester und meine Freundin Katy, die mir ständig die Jungs wegschnappten, bei denen ich sowieso keine Chance hatte, meine Lehrer, die eine Reise nach Paris organisierten und mich das Grand Slam Stadion nicht ansehen lassen wollten, Rafael, der seit dem Vorfall am Tennisplatz kein Wort mehr mit mir geredet, mich nicht einmal eines Blickes gewürdigt hatte, meine Mitschüler, die mich schon immer ignoriert hatten. Und allen voran Johnny. Johnny, der mich in jedem Training drangsalierte, der mir nach jedem Spiel erklärte, wie schlecht ich gewesen war, egal ob ich gewonnen oder verloren hatte.
Jeder von ihnen verlangte oder erwartete etwas von mir, und jedem war es egal, wie ich mich fühlte, solange ich in ihre kleine, feine Welt passte und nicht negativ auffiel. Es war der Lauf der Dinge, dass es auf einem Tennisplatz – genauso wie in der gesamten Welt – Spieler gab, und es gab Bälle. Die Spieler bestimmten, wie die Dinge liefen, und die Bälle gehorchten ihnen ohne zu fragen.
Hin und her, hin und her.
Ich folgte dem Ball mit meinem Blick – nach rechts, nach links, rechts, links – bis er im Netz hängen blieb.
Würde mir das am Ende auch passieren? Dass mich irgendwann jemand in die falsche Richtung schlug, sodass ich nicht über das Netz fliegen, sondern davon abprallen würde? Würde ich früher oder später daran zugrunde gehen, dass meine Umgebung der Überzeugung war, alles mit mir machen zu können, ohne dass ich jemals widersprach?
Wie betäubt griff ich nach der Fernbedienung und schaltete ab. Jetzt war es um mich herum vollkommen dunkel, denn ich hatte im Wohnzimmer kein Licht gemacht. Ich stand auf und ging auf den Balkon. Das nächtliche

Wien breitete sich vor mir aus, ein Meer aus hellen Punkten und Flecken, die in der Ferne ineinander verschwammen. Mich fröstelte; immerhin hatten wir Anfang November und ich trug nur einen leichten Pullover. Doch das war mir egal.
Hier und jetzt schwor ich mir eines: Ich würde mich nicht länger von anderen dirigieren lassen. Meine Vorstellungen der Zukunft lagen klar vor mir, und sie würden sich genauso erfüllen, wie ich sie mir vorstellte. Keine Abstriche mehr, keine Kompromisse, nur noch ich und mein Leben, das ich von jetzt an so leben würde, wie ich es mir vorstellte. Auch wenn das bedeutete, dass mein Denken und Handeln manchen Menschen gegen den Strich gehen würde.
„Nur noch ich", sagte ich laut in die Nacht hinein. Ich wollte nicht mehr der Ball sein. Ich wollte endlich zum Spieler werden.

31. Om

Diese Selbsterkenntnis weckte in mir den Drang zu handeln. So wie bisher konnte es nicht weitergehen. Ich brachte meine Tenniskarriere nicht auf die Reihe, und mein Leben erst recht nicht. Was ich in Bezug auf mein Leben anstellen sollte, wusste ich nicht, doch am Tennis konnte ich wenigstens arbeiten. Vielleicht würde sich das eine auch durch das andere regeln. Das Bild von Rafael, der vor mir kniete, während ich meinen Aufschlag vorbereitete, kam mir wieder in den Sinn. Irgendwie musste ich es schaffen, auf dem Platz konzentrierter zu werden. Und ich wusste auch schon, wer mir dabei helfen konnte.
Ich griff zum Telefon und rief meine Cousine Elisabeth an.
„Hallo, Schätzchen", meldete sie sich nach mehrmaligem Klingeln.
„Hallo Elisabeth", sagte ich. „Sag mal, wann und wo gibst du deine Yogastunden? Ich würde gerne teilnehmen."

Zwei Tage später saß ich im Turnsaal einer nahegelegenen Hauptschule. Die Stunde war gut besucht. Dass hauptsächlich Frauen anwesend waren,

hatte ich erwartet.
Ich hatte Yoga noch nie ausprobiert. Elisabeth hatte mich nie dazu gedrängt, in ihre Stunden zu kommen, oder mein mangelndes Interesse erwähnt. Meine Cousine hatte wohl gewusst, dass ich auf sie zukommen würde, sobald die Zeit reif dafür war.
Die Einheit machte mir Spaß; die körperlichen Übungen bereiteten mir aufgrund meines regelmäßigen Trainings keine großen Schwierigkeiten. Ich sang Mantren, zwar zurückhaltend, aber doch mit Begeisterung, und ich meditierte gemeinsam mit den anderen, wobei ich für volle elf Minuten still saß und nur auf meinen Atem achtete. Das war etwas, das ich sonst nie tat. Ich mochte die Ruhe und die Stille, auch die Bewegungslosigkeit machte mir nichts aus, aber meinen Kopf frei zu bekommen war ein Ding der Unmöglichkeit. Und doch fühlte ich mich sehr wohl in diesem Raum, der nur mir zu gehören schien, mir und meinem Sein, das sich auf mich selbst beschränkte und sich gleichzeitig über die gesamte Welt auszudehnen schien, während ich hier saß und nichts tat außer zu atmen. Es war ein seltsames, ein neues Gefühl, das sich gut und irgendwie richtig anfühlte.
Nach der Einheit sprach ich Elisabeth auf die Schwierigkeit, meine Gedanken abzuschalten, an. Meine Frage entlockte ihr ein belustigtes Kichern.
„An nichts zu denken ist das Schwierigste, das es überhaupt gibt“, meinte sie. „Du kannst nicht erwarten, deine Gedanken von Anfang an abstellen zu können. Du musst lange üben, bis du deinen Kopf frei kriegst. Und damit meine ich wirklich, wirklich lange.“
„Das beruhigt mich“, sagte ich.
Die Gruppe löste sich auf, und auch ich verabschiedete mich und trat den Heimweg an. In der Straßenbahn dachte ich noch einmal über Elisabeths Worte nach. Eigentlich hätten sie mich demotivieren müssen. Wenn es die schwierigste aller Aufgaben war, den Kopf beim Meditieren frei zu bekommen, dann würde ich Jahre brauchen, bis ich das beherrschte.
Aber ganz leeren musste ich meinen Kopf ja nicht. Nur so weit, dass nur noch eine einzige Sache darin Platz fand.

Meine erste Yogastunde hatte mich mit Enthusiasmus und Ehrgeiz erfüllt. Bereits am nächsten Abend wollte ich die Meditation der vergangenen Einheit wiederholen. Nach dem Essen verzog ich mich in mein Zimmer und schloss die Tür. Ich löschte das Licht und entzündete eine einzelne Kerze. Die Flamme flackerte und warf tanzende Schatten an die Wände. Ich setzte mich im Schneidersitz auf den Boden, legte die Hände auf die Knie und schloss die Augen. Auf meinem Handy hatte ich elf Minuten eingestellt, der Countdown lief bereits.

Also – einatmen, ausatmen – einatmen, ausatmen – einatmen ... Irgendwie fiel es mir jetzt schwerer als gestern, so als ob die Gruppe teilweise für diese Ruhe, die ich verspürt hatte, verantwortlich gewesen war.

Einatmen – ausatmen…

Ich zuckte zusammen, als meine Zimmertür geöffnet wurde. „Jackie-", begann meine Mutter, brach aber jäh ab, als sie die Situation erfasste.

Ich öffnete die Augen und schaute sie an. „Ja?"

„Nicht so wichtig, ich sage es dir später." Sie zog die Tür hinter sich ins Schloss. Ich war wieder allein mit dem Licht der Kerze und den Schatten an der Wand.

Einatmen – ausatmen…

„ ... müssen wir nachher noch besprechen", hörte ich meine Mutter durch die geschlossene Tür sagen.

„Warum nicht gleich?", fragte mein Vater.

„Jackie ist beschäftigt."

„Mit?"

„Ich weiß auch nicht. Ich glaube, sie meditiert."

Ja, ganz recht, dachte ich. Daher wäre es schön, wenn ihr euch ruhig verhalten könntet.

Draußen fiel hörbar eine Tür ins Schloss, danach herrschte Ruhe. Ich atmete einmal tief durch und setzte den Timer auf meinem Handy zurück.

Einatmen – ausatmen… einatmen – ausatmen…

Der nächste Knall kam wieder von meiner eigenen Tür, und diesmal erschrak ich so sehr, dass ich mit einem Ruck zu Beate herumfuhr, die in dem hellen Rechteck stand.

„Jackie, ich muss dir unbedingt – was machst du da?"

„Gar nichts", antwortete ich, wohl wissend, dass es so keinen Sinn machte. Wie sollte ich lernen, nur an eine Sache zu denken, wenn ich ständig unterbrochen wurde?

Ich pustete die Kerze aus und stand auf. Lange hatte das ja nicht gedauert.

„Also“, sagte ich zu Beate, „was gibt's?“
„Störe ich dich bei etwas? Ich kann auch später-“
„Ist schon okay“, unterbrach ich sie. „Ich komme gleich zu euch.“
Mein erster Versuch, mich in Meditation und vor allem Konzentration zu üben, war gescheitert. Ich musste auf einen passenderen Zeitpunkt warten.

Dieser kam früher als gedacht. Am Samstag besuchten meine Eltern einen Vortrag und Beate war wie so oft schon am Nachmittag zu Philip gefahren. Diesmal setzte ich mich in unser geräumiges Wohnzimmer, hinter dessen Panoramafenster sich die Lichter von Wien wie ein funkelnder Teppich ausbreiteten. Erneut zündete ich eine Kerze an und stellte den Timer meines Handys. Ich begab mich in Position – Schneidersitz, aufrechte Haltung, Hände auf den Knien. Das Licht der Kerze drang durch meine geschlossenen Lider, während mein Atem ruhig und gleichmäßig ging. Und plötzlich fühlte ich wieder diese Ruhe, den Raum um mich herum, der mir gehörte, während ich mich in ein und derselben Sekunde an allen Orten der Welt gleichzeitig befand.
Also dann - einatmen, ausatmen…
Ich sank noch tiefer in die Stille, die mich umgab, während mein Atem weiterhin gleichmäßig in mich hinein und aus mir heraus strömte.
Om…

FRÜHLING

32. Veränderungen

Seit ich Tennis spielte, war ich froh, wenn der Winter vorbei war. Auch wenn ich den Schnee, die Dunkelheit und die weihnachtliche Stimmung mochte; sobald ich auf dem Platz stand, war mir die warme Jahreszeit lieber. Im Sommer konnten wir draußen trainieren, und der Sand lag mir mehr als der Hartbelag in der Halle.

Johnny war über den Winter noch launischer und gereizter geworden, wofür es einen Grund gab: Elisa hatte den Trainer gewechselt.

Sie hatte mir Anfang Dezember eine SMS geschrieben und mir mitgeteilt, dass sie ihren Entschluss in die Tat umsetzen würde. Ich hatte die Worte auf dem Display angestarrt, unfähig sie zu glauben. Am Nachmittag war sie schon nicht mehr zum Training gekommen, und Johnny war übelster Laune gewesen. Er hatte sich zwar augenscheinlich bemüht, diese nicht an mir auszulassen, doch es war ihm nicht gelungen. Ich hatte seine Wut still ertragen, während ich einen leichten Anflug von Neid auf Elisa verspürt hatte. Irgendwie hätte ich es ihr gerne gleich getan, doch mir wäre niemals eingefallen, auch nur eine Sekunde lang ernsthaft darüber nachzudenken. Elisa hatte ihre Gründe gehabt, sich von Johnny zu trennen – unter seiner Aufsicht hatte sie ihr Leben nicht so gestalten können, wie sie es gerne wollte. Bei mir gab es diese Misere nicht, also würde für mich alles beim Alten bleiben. Auch wenn das bedeutete, dass ich weiterhin unter Johnnys reizbarem Charakter leiden würde. Doch daran hatte ich mich bereits gewöhnt; ich trug es mit Fassung. Außerdem hatte ich mir immer wieder jenen Rat ins Gedächtnis gerufen, den Elisabeth mir bei meiner Geburtstagsfeier gegeben hatte: tausendmal darauf gefurzt.

Jedes Mal, wenn Johnny mich drangsalierte, mich übermäßig kritisierte und zum hundertsten Mal wegen meiner Unfähigkeit die Augen verdrehte, dachte ich an diese Worte, und es ging mir ein wenig besser. Zu meinem Erstaunen schaffte ich es, Johnnys Schikanen nicht persönlich zu nehmen, so als ob ich eine Mauer um mich herum errichtet hätte, an der seine verletzenden Worte abprallten.

Auch dann, als ich zwei der Tourniere im Winter gewann. Das waren doppelt so viele Siege in der kalten Jahreszeit, wie ich in meiner gesamten bisherigen Karriere erringen hatte können. Es waren zwar nur Turniere der unteren Kategorien, doch meine beiden Siege brachten mir dennoch einen gehörigen Schub an Motivation und etliche Plätze, die ich in der Rangliste aufstieg. Nicht mehr lange, und ich würde um eine der Spitzenpositionen spielen. Johnny würdigte dies allerdings kaum, sondern wies mich wie immer nur auf meine Fehler hin.

Was er nicht analysierte, war, warum ich plötzlich öfter gewann als sonst. An seinem Training lag das ganz bestimmt nicht, denn daran hatte sich nichts geändert. Doch Johnny hätte das niemals wahrhaben wollen. Alles, was ich schaffte, jeder Erfolg war ihm zuzuschreiben, seinem Training und seinen Anweisungen. Seiner Meinung nach war ich ohne ihn gar nichts.

Ich vermutete, dass die Meditation einen großen Teil zu meinen Erfolgen beitrug. Den Winter über war ich regelmäßig in Elisabeths Stunden gegangen und hatte zu Hause jeden Tag meditiert. Mittlerweile hatte ich auch meiner Familie erklärt, dass ich die Meditation brauchte, um meine Konzentration zu verbessern. Für jene elf Minuten hing nun ein Schild an meiner Wand, das jeden vom Eintreten abhalten sollte. Meine Eltern und Beate respektierten das, und mit der Zeit bemerkte ich, dass sie nicht nur nicht eintraten, sondern sich überdies außergewöhnlich ruhig verhielten, wenn das Schild an meiner Tür hing.

Meine Gedanken nur auf eine Sache zu konzentrieren gelang mir allerdings noch nicht. Ich hatte mit Elisabeth darüber gesprochen, und sie hatte mir versichert, dass das ganz normal war. Immer, wenn ich in meinem Zimmer saß und versuchte, meine Gedanken abzuschalten, stürzten sie nur umso heftiger auf mich ein. Dann tauchte Johnny vor meinem inneren Auge auf, meine Familie, meine Mitschüler, Rafael – alle, die in meinem Leben eine Rolle spielten. All meine Dämonen, die mich ständig begleiteten, auf allen Wegen, die ich ging und bei allem, was ich tat. Ich versuchte, sie weiterziehen zu lassen, die Bilder wergzuschieben, sowie sie gekommen waren, aber es wollte mir nicht richtig gelingen. Doch ich machte mir deswegen keine Sorgen. Es würde eben noch eine Weile dauern, bis ich meine Gedanken beherrschte. Ich hatte Zeit.

Obwohl ich in der Meditation von meinem Ziel noch weit, sehr weit entfernt war, hatte ich bereits eine Veränderung auf dem Tennisplatz bemerkt. Auch wenn sich an meiner Konzentration nicht wesentlich etwas verbessert hatte, war ich innerlich ruhiger geworden. Johnnys Kritik und seine Bemerkungen, die mich früher hart getroffen hatten, berührten mich jetzt nur noch am Rande. Seine Worte konnten mir kaum noch etwas anhaben; immer, wenn er mir während des Trainings Anweisungen zurief oder mir meine Fehler vor Augen führte, stellte ich mir vor, wie ich und der Drache in meinem Inneren die Mauer noch ein Stück höher bauten. Stein um Stein, höher und höher. Und Johnny war auf der anderen Seite, gemeinsam mit allen Dämonen, die mich nicht in Ruhe ließen, und er konnte sich die Seele aus dem Leib brüllen, seine Worte würden nicht zu mir durchdringen.

So hatte sich vieles während der Wintermonate verbessert, aber ich fühlte, dass mir doch noch etwas fehlte. Ich konnte nicht genau sagen, was es war, doch solange ich es nicht hatte, würde ich nicht weiterkommen. Dennoch hatte ich das Gefühl, auf einem guten Weg zu sein.

Es gab allerdings etwas, das meine Laune verdüsterte: Es waren nur noch drei Tage bis zu unserer Klassenfahrt in die Stadt der Liebe.

33. Paris

Diese drei verbliebenen Tage kotzten mich einfach an. Ich war umso genervter, je näher die Klassenfahrt rückte, und als es dann so weit war, sank meine Stimmung auf hundert Punkte unter Null. Wir nahmen den Nachtzug, wodurch sich das ganze Spektakel um etliche Stunden verlängerte. Mit dem Flugzeug wären wir wesentlich schneller gewesen. Ich fragte

nicht nach, warum wir den Zug nahmen, denn ich konnte sowieso nichts dagegen tun, und somit war mir der Grund dafür egal.
Ich stieg also mit den Schülern meiner sowie der Parallelklasse in den Zug nach Paris. Im Schlafabteil verzog ich mich auf das oberste der drei Betten, auf denen man sich kaum umdrehen konnte. Alpträume sollte man nach Möglichkeit keine haben, denn sobald man sich rasch aufsetzte, würde man unweigerlich mit dem Kopf gegen die Decke knallen.
Doch an Schlaf war ohnehin für lange Stunden nicht zu denken, denn die anderen Schüler in meinem Abteil plapperten unaufhörlich. Im Gegensatz zu mir freuten sie sich auf die bevorstehende Woche, und ihre Vorfreude für sich zu behalten fiel ihnen im Traum nicht ein. Dabei wäre mir das sehr recht gewesen, denn um zu träumen, musste man schlafen, und davon war das gesamte Abteil weit entfernt.
Das ging etliche Stunden so, und irgendwann, als die Lichter im Abteil gelöscht worden waren und sich die Gespräche auf ein Flüstern reduziert hatten, schlief ich schließlich ein. Ich erwachte, als die Sonne bereits durch das schmutzige Fenster hereinschien. Der Zug stand still, wir befanden uns in einem Bahnhof. Ich schaute aus dem Fenster und blinzelte ein paar Mal, um das Schild lesen zu können, das dort draußen stand: Straßburg. Wir hatten also noch ein Stück des Weges vor uns. Warum fuhren wir nicht weiter? Wie lange wollten wir noch hier stehen und die Fahrt unnötig verlängern?
Keine zwei Minuten später wurde uns ein einfaches und wenig schmackhaftes Frühstück serviert. Das war für meine Stimmung tödlich – wenn ich schon schlechte Laune hatte, wollte ich wenigstens etwas Ordentliches essen.
Frustriert und genervt erreichte ich mit den anderen nach einer Weile Paris. Wir standen lange Minuten auf dem Bahnsteig, ehe unsere Lehrer sich soweit orientiert hatten, dass wir uns auf den Weg zu unserem Quartier machen konnten. So etwas ging mir tierisch auf den Keks. Wenn ich diesen Unsinn schon mitmachen musste, wollte ich nicht einen Großteil davon mit Warten verbringen.
Das war jener Punkt, der mich an Klassenfahrten am meisten nervte. Solange wir durch die Stadt liefen und uns Sehenswürdigkeiten ansahen, konnte ich den Sinn noch halbwegs nachvollziehen, aber diese kurzen Pau-

sen vom Sightseeing waren für mich das Letzte. Es war gerade ausreichend Zeit für eine kleine Shoppingtour oder einen Kaffeehausbesuch, niemals aber für einen Abstecher zum Stadion. Es wäre mit den öffentlichen Verkehrsmitteln ein zu weiter Weg für die vorgeschriebene Freizeit gewesen, und außerdem hätten meine Lehrer mich niemals alleine fahren lassen. Dass ich das Stadion nicht sehen würde, wurmte mich bereits bei unserer Ankunft, und es wurde mit der Zeit nicht besser, sondern schlimmer.

Unsere Unterkunft war eher eine Absteige als ein angemessenes Quartier. Die Toiletten und die Duschen waren am Gang, und ich schlief mit drei anderen Mädchen in einem Zimmer. Zwei davon waren aus meiner, die dritte aus der Parallelklasse. Es waren gleichzeitig jene drei Mädchen, die sich bei der Verteilung der Zimmer dankenswerterweise dazu bereit erklärt hatten, eines mit mir zu teilen. Sie waren alle drei in Ordnung, aber trotzdem ging mir dieses Vierbettzimmer gegen den Strich. Mir wäre allerdings auch ein Zweibettzimmer zu viel gewesen. Ich brauchte jeden Tag ein paar Stunden, in denen ich alleine sein konnte. Wenn ich auf Dauer von anderen Menschen umgeben war, wurde ich mit der Zeit immer angespannter.

Vormittags hatten wir Unterricht, den ich stinklangweilig fand. Wir redeten über Filme und über die Schule, über Liebe und unsere Familien. Unsere Kursleiterin kündigte gleich zu Beginn an, dass jeder, dem ein deutsches Wort über die Lippen kam, fünfzig Cent in eine Strafkassa zahlen musste. Es fiel mir nicht allzu schwer, diese Vorgabe einzuhalten, denn ich redete nur dann, wenn ich wirklich musste.

Am Nachmittag liefen wir durch die Stadt. Das war nicht wirklich besser als der Unterricht am Vormittag, denn es regnete die ganze Woche. Egal ob es nieselte oder wie aus Kübeln schüttete, der Asphalt und die Häuser schienen nie auftrocknen zu können.

Wir kamen jeden Tag klitschnass und völlig fertig in unsere Herberge zurück. Ich duschte immer heiß, doch fünf Minuten später war mir schon wieder kalt. In der Nacht konnten wir kaum schlafen, weil wir die Fenster geschlossen halten mussten, da es sonst in unser Zimmer geregnet hätte, und zu viert und ohne Frischluft sank der Sauerstoffanteil der Luft gefühlt auf unter zehn Prozent.

So wurde ich von Tag zu Tag immer genervter. Gegen Ende zählte ich be-

reits die Stunden, die ich noch in dieser Stadt verbringen musste. Was ich irgendwie schade fand, denn ich erlebte Paris als sehr schöne Stadt. Unter anderen Umständen hätte ich den Aufenthalt bestimmt genossen, nicht aber unter diesen.
Und so zogen sich diese sieben Tage so sehr in die Länge, wie es nur bei einer Klassenfahrt möglich war. Anscheinend war mir meine schlechte Laune deutlich anzusehen, denn am vorletzten Tag fragte mich meine Lehrerin, ob mit mir alles in Ordnung sei. Ich antwortete ihr, dass ich aufgrund des stundenlangen Marschierens jeden Tag ziemlich müde wäre. Sie gab sich mit dieser Antwort zufrieden. Hätte sie mich etwas besser gekannt, hätte sie die Lüge sofort durchschaut. Beim Tennis war nicht stundenlanges Marschieren, sondern Rennen an der Tagesordnung.
Alles in allem war es eine der schlimmsten Wochen meines Lebens – bis sich mir eine Gelegenheit bot, die ich nicht ungenutzt verstreichen lassen konnte.

34. Roland, Philippe und Suzanne

Am letzten Tag unseres Aufenthaltes besuchten wir die Kathedrale Notre Dame. Das große, dunkle Gebäude mit den bunten Glasfenstern beeindruckte mich so, dass ich gerne mehr Zeit dort verbracht hätte. Doch Frau Magister Kneiß hatte sich in den Kopf gesetzt, uns noch eine weitere Kirche zu zeigen.
„Wegen der Namensgleichheit", sagte sie, denn die andere Kirche trug den Namen „Notre Dame d'Auteuil".
„Damit ihr nicht nur eine, sondern zwei Notre Dames gesehen habt." Sie sagte das mit dem Anflug eines Lächelns, als ob ihr bewusst wäre, wie dumm diese Idee war.
„Danach habt ihr eine halbe Stunde Mittagspause."
Unter uns Schülern ging das Gerücht, dass Frau Magister Kneiß´ Cousine in dieser Kirche geheiratet hatte und sie deshalb dorthin fahren wollte.
Wir stiegen in die Linie zehn und fuhren damit eine halbe Ewigkeit in ei-

nem vollgestopften Wagen, in dem man sich vor Menschen kaum bewegen konnte. Mein Ärger stieg und stieg – bis ich einen Blick auf die Karte warf. Ich verschluckte fast meinen Kaugummi, als ich erkannte, wo die Notre Dame d´Auteuil lag. Sie war nur zwei Stationen vom Grand Slam Stadion entfernt.

Im Bruchteil einer Sekunde nahm in meinem Kopf eine Idee Gestalt an. Mein Herz begann zu klopfen und meine Hände wurden feucht, als ich einen Plan fasste. Ich würde ganz klar eine Grenze übertreten, doch mit etwas Glück konnte ich es nachher als Irrtum hinstellen.

Ich drängelte mich im Abteil weiter und weiter nach hinten, bis etliche Reihen anderer Passagiere zwischen mir und meinen Mitschülern waren. Als wir die Station Javel-André Citroen erreichten, verließen meine Mitschüler und unsere beiden Lehrer die U-Bahn. Ich blieb, wo ich war.

Mit rasendem Puls und eingezogenem Kopf beobachtete ich, wie die Gruppe die Treppe nach oben ansteuerte. Mein Herz pochte so laut, dass ich glaubte, es würde zerspringen, während die U-Bahn in der Station stand. Erst als der Wagen wieder anfuhr und langsam im Tunnel verschwand, beruhigte ich mich etwas. Ich konnte nicht glauben, was ich gerade tat. Ich hatte mich absichtlich von der Gruppe getrennt, was ein klarer Regelverstoß war. Doch diese Gelegenheit verstreichen zu lassen hätte ich mir niemals vergeben.

Zwei Stationen später raste mein Herz schon wieder, als ich ausstieg und mithilfe der Karte die letzten Meter bis zum Stadion lief. Ich bog um eine Ecke – und da war es.

Meine Augen wurden groß und mein Kiefer klappte nach unten, als ich zum ersten Mal in meinem Leben vor einem Grand Slam Stadion stand. Das war also jene Anlage, in der Geschichte geschrieben und Legenden geboren wurden.

Ich überquerte die Straße und ging staunend an den Außenplätzen vorbei. Wie gern hätte ich mich nach einer Führung erkundigt! Doch das wäre zu zeitaufwändig gewesen, schließlich musste ich bis zum Ende der Mittagspause wieder bei meiner Gruppe sein. Ob die anderen mein Fehlen schon bemerkt hatten?

Obwohl ich mich stundenlang in der Anlage hätte aufhalten können, lief ich so rasch als möglich zu den beiden größten Plätzen: Suzanne Lenglen

und Philippe Chatrier. Auch wenn ich die hoch aufgebauten Zuschauerränge nur von außen betrachten konnte und den Platz an sich gar nicht sah, beeindruckte mich der Anblick zutiefst. Vor meinem geistigen Auge tauchten Bilder auf, Bilder von mir, wie ich einmal auf diesem Platz stehen und das Turnier bestreiten würde. Die Vorstellung zauberte ein Lächeln auf mein Gesicht, und all der Ärger der vergangenen Tage war mit einem Schlag vergessen.
Es konnte kein Zufall sein, dass mir in diesem Moment ein Plakat ins Auge sprang, auf dem Serena Williams zu sehen war. In vollem Lauf streckte sie sich nach dem Ball, in ein knallbuntes Tennisdress gekleidet, vor einem schwarzen Hintergrund…
Während ich das Plakat anstarrte, hörte ich plötzlich Musik.

I was very insecure as a kid…

Ich suchte die Quelle und entdeckte einen kleinen Lautsprecher über dem Plakat. Anscheinend lief hier schon die ganze Zeit Musik, nur war sie mir zuvor nicht aufgefallen.

But I found a place inside myself where nobody could bully me,
a haven from that small-town mentality,
a state of mind where my emotions all were, and still are,
something I didn't need to be ashamed of…

Ich lauschte den Worten und seufzte. Der Text sprach mir aus der Seele, denn genauso fühlte ich mich auf dem Tennisplatz. Nicht einmal Johnny konnte mir dieses besondere Gefühl nehmen, das Gefühl, dass ich genau dort hingehörte und mich vor nichts und niemandem verstecken musste. Wenn ich Tennis spielte, war ich frei.
Ich versuchte, mir einzelne Textpassagen einzuprägen, um das Lied später online suchen zu können, während ich weiter zuhörte.

I still go to that place every day and shut the world out, just shut it all out,
it's what keeps me going on when I feel I'm not so strong at all,
it's what keeps me holding on when I'm weak enough to fall…

Music lights a spark in me,
finds the place where I can express myself and be heard,
and when I'm there, I can stay for hours.

Ich starrte den Lautsprecher an. Starrte das Plakat an. Wieder den Lautsprecher. Gerade fing ein neues Lied an, doch die Zeilen klangen in meinen Ohren nach und schienen tausende Echos in meinem Kopf zu erzeugen. Wieder schaute ich zu Serena, auf ihre angespannte Körperhaltung, in ihre zielgerichteten Augen.
Und plötzlich wusste ich, was ich zu tun hatte.

35. Ausreden

Völlig aufgelöst in meinen Emotionen machte ich mich wenige Minuten später auf den Rückweg. Gerne wäre ich länger geblieben, doch ich wollte nicht noch mehr Ärger riskieren, als ich sowieso schon kriegen würde. Ungefähr hundert Mal drehte ich mich um und ließ meinen Blick über die Anlage gleiten. Am liebsten hätte ich mich mitten auf den Center Court gesetzt und nie wieder weg bewegt.
In der U-Bahn wurde mir bewusst, dass ich keine Ahnung hatte, wo unsere Gruppe sich nach der Pause treffen würde. Mir blieb nichts anderes übrig, als vor Ort nach ihnen zu suchen.
Mit Hilfe der Karte fand ich die Note Dame d´Auteuil schnell, doch von meinen Mitschülern war keine Spur. Ich lief davor auf und ab, warf einen Blick in Seitenstraßen und schaute mehrmals auf die Uhr.
„Da ist sie!"
Das war eine Stimme, die ich kannte. Eine Stimme, die ich nicht mochte. Marie stand wenige Schritte von mir entfernt, sie musste gerade um die Ecke gebogen sein. Ihr auf den Fersen war Frau Magister Kneiß, die einen regelrechten Sprint hinlegte, als sie mich sah.
„Jackie, wo warst du? Wir haben dich überall gesucht!"
„Ich bin nicht aus der U-Bahn gekommen", sagte ich. „Es waren so viele Leute, die Türen waren zu, bevor ich aussteigen konnte."
Frau Magister Kneiß sah mich verständnislos an, dann schaute sie auf die Uhr. „Du warst fünfundvierzig Minuten weg! Was hast du so lange gemacht?"

Ich wurde nervös. „Ich habe in der nächsten Station erst zum anderen Gleis gehen müssen", sagte ich und hoffte, dass dieser Weg tatsächlich ein weiter war. „Danach habe ich länger als normal auf die nächste U-Bahn warten müssen, und hier vor der Kirche habe ich niemanden unserer Gruppe gesehen."

„Wir waren in der Kirche, warum bist du nicht hineingekommen?"

„Ich dachte, es wäre bereits Pause."

Frau Magister Kneiß sah mich an, als wäre ich bescheuert. „Dachtest du, wir wären nach zehn Minuten schon wieder aus der Kirche draußen gewesen?"

„Nein, ich ... also doch, ich dachte nicht, dass das so lange dauern würde."

Marie hatte ein Lächeln aufgesetzt. Sie stand in vollem Genuss, weil ich mich vor der Lehrerin rechtfertigen musste. Ihr würde so etwas nie passieren, immerhin war sie die Vorzeigeschülerin schlechthin. Niemals würde Marie einen Fehler machen. Wäre ich nicht vom Stadion noch so überwältigt gewesen, hätte ich sie gewürgt.

Nach und nach trafen all meine Mitschüler vor der Kirche ein. Manche sahen mich fragend an, anderen schien völlig egal zu sein, dass ich für eine Dreiviertelstunde abgängig gewesen war.

„Ich hätte anrufen sollen, aber der Akku ist leer", sagte ich und hielt mein Handy in die Höhe, das ich zuvor ausgeschaltet hatte. „Deswegen dachte ich, es wäre am vernünftigsten, vor der Kirche zu warten."

„Wenn du hier gewartet hast, hätten wir dich doch sehen müssen, als wir aus der Kirche kamen, oder?", fragte Marie.

Ich musste meine ganze Konzentration auf das Bild des Stadions richten, um Marie nicht eine zu knallen.

„Ich habe ja nicht die ganze Zeit hier gewartet", erwiderte ich. „Ich bin herumgegangen und habe euch gesucht. Wir müssen aneinander vorbei gelaufen sein."

Marie behielt ihr dämliches Lächeln, aber sie sagte nichts mehr. Frau Magister Kneiß wirkte nicht erfreut, aber sie schien mir meine Geschichte abzukaufen. Hätte sie ein bisschen nachgedacht, hätte sie schlussfolgern können, dass ich beim Stadion gewesen war. Wahrscheinlich wusste sie aber weder, wo das Stadion war, noch konnte sie sich an unser Gespräch erinnern.

„Sind jetzt alle da?", rief sie in die Runde. Ein paar Köpfe nickten bestätigend, manche meiner Mitschüler grinsten hinter vorgehaltener Hand und flüsterten, während sie zu mir herübersahen. Ich wusste, dass sie sich über mich lustig machten, weil ich allem Anschein nach zu dumm war, um eine U-Bahn zu benutzen. Es war mir egal. Ich hatte nicht nur das Grand Slam Stadion gesehen, sondern wusste auch, wie ich im Training weitermachen musste. Mit dem Spott meiner Mitschüler konnte ich dabei durchaus leben.

Meine Erleichterung war grenzenlos, als wir am späten Nachmittag desselben Tages endlich wieder in den Zug stiegen. Es lagen viele Stunden Fahrt vor mir, aber das störte mich nicht. Bei der Rückfahrt wurden die Lichter bald nach Einbruch der Dunkelheit gelöscht, sodass ich etwas früher einschlafen konnte als auf der Hinfahrt.

Ich erwachte, als es stockfinster war und der Zug gleichmäßig über die Gleise glitt. Draußen zog die dunkle Landschaft vorbei, nur hin und wieder blitzte ein Licht auf, wenn wir durch einen Bahnhof oder vorbei an vereinzelten Häusern fuhren. In meinem Abteil war es völlig still, nicht einmal das Leuchten eines Handydisplays war zu sehen. Ich schloss erleichtert die Augen. Nach sieben Tagen hatte ich endlich Ruhe.

36. Eine unerwartete Begegnung

Wir erreichten den Westbahnhof zu einer unmöglichen Zeit. Unmöglich deshalb, weil die öffentlichen Verkehrsmittel zu dieser frühen Stunde in sehr großen Abständen fuhren. Meine Eltern hatten mir versprochen, mich vom Bahnhof abzuholen.

Ich verabschiedete mich flüchtig von meinen Mitschülern und meinen Lehrern und verließ eilig das Bahnhofsgebäude. Ich konnte mein Glück kaum fassen. Ich hatte die Woche überstanden. Sie hatte sich zwar wie Kaugummi in die Länge gezogen, aber letztendlich war es geschafft. Beim Verlassen des Bahnhofs ging ich schneller als gewöhnlich, so als ob ich

befürchtete, von meinen Lehrern noch einmal zurückgerufen zu werden. Vor dem Bahnhofsgebäude hielt ich nach dem Auto meiner Eltern Ausschau, konnte es aber nirgends entdecken. Ich warf einen Blick auf die Uhr. Es war fünf Minuten nach der vereinbarten Zeit. Zu dieser frühen Uhr- und Jahreszeit war es ziemlich frisch. Ich zog den Reißverschluss meiner Jacke hoch und zog den Kopf ein. Wo blieben sie nur?
Gerade als ich mein Handy aus der Tasche holte und meine Eltern anrufen wollte, hörte ich meinen Namen.
„Jackie!"
Ich drehte mich um und erkannte jemanden, den ich absolut nicht erwartet hatte. Philip warf die Autotür zu und kam auf mich zu, die Hände in den Taschen seiner Jeans vergraben und die Schultern eingezogen. Offensichtlich war auch ihm kalt, was allerdings daran liegen konnte, dass er im T-Shirt unterwegs war.
„Was machst du denn hier?", fragte ich, da ich davon ausging, dass es sich um einen Zufall handelte.
„Dich abholen", antwortete er.
Ich verstand nicht ganz. „Warum du, wo sind meine Eltern? Nicht, dass ich dir nicht dankbar wäre, ich bin nur verwundert."
„Ich habe es angeboten", erklärte Philip. „Ich war auf der Geburtstagsparty eines Freundes, der ganz in der Nähe wohnt. Ich bin sowieso wach, und sie müssen nicht so früh aufstehen."
Insgeheim hoffte ich, dass er nüchtern war, wenn er mich nach einer durchfeierten Nacht nach Hause fuhr.
„Und Beate?", fragte ich.
„Beate ist zu Hause", antwortete er. „Sie hat am Montag eine große Prüfung, deshalb wollte sie früh ins Bett."
Vor fünf Jahren wäre das für Beate noch kein Grund gewesen, eine Party zu versäumen, doch wie so vieles hatte sich auch diese Gewohnheit verändert.
Recht begeistert war ich nicht davon, dass Philip hier aufgekreuzt war, denn meine Sympathien für ihn hielten sich noch immer stark in Grenzen. Doch ich konnte nachvollziehen, dass meine Eltern sein Angebot lieber angenommen hatten anstatt um halb vier aufzustehen und durch das frühmorgendliche Wien zu kurven.

Ich war müde, denn ich hatte im Zug weder viel noch gut geschlafen. Ich wollte nur noch in mein Bett, und mir war ziemlich egal, wie ich dorthin kam.

„Okay", sagte ich und griff nach meinem Koffer, den ich auf dem Gehsteig abgestellt hatte. „Fahren wir."

„Warte, ich nehme dir das ab." Er nahm mir den Koffer aus der Hand. Auch wenn er mir nicht sympathisch war, Manieren hatte er wenigstens. Oder wollte er sich bei mir beliebt machen, weil er mit meiner Schwester zusammen war? Das erschien mir unwahrscheinlich. Mit ziemlicher Sicherheit war es Philip völlig egal, was ich von ihm hielt. Somit unterschied er sich nicht von allen anderen, die ich kannte. Und auch nicht von jenen, die ich nicht kannte.

Philip lud meinen Koffer in sein Auto, während ich einstieg. Das erste, was mir auffiel, war der Geruch eines Wunderbaums. Ich mochte diese Dinger nicht, denn ich fand, dass sie einen enormen Gestank verbreiteten. Doch ich ignorierte das, denn mir ging es nur noch darum, in mein Bett zu kommen.

„Wie war Paris?", fragte Philip, kaum dass wir losgefahren waren. Eigentlich wollte ich jetzt nicht darüber reden, denn ich war müde und froh, die Reise endlich hinter mir zu haben. Doch da Philip sich alle Mühe gab, höflich zu sein, stieg ich darauf ein.

„Schön", antwortete ich, was teilweise der Wahrheit entsprach. Paris war eine schöne Stadt, doch abgesehen von meinem Ausreißer zum Stadion war die Reise eine komplette Katastrophe gewesen.

„Habt ihr viel gesehen?" Er schien es wirklich auf Konversation anzulegen.

Ich zählte ein paar Sehenswürdigkeiten auf, die mir spontan einfielen. Ich erwähnte auch, dass das Wetter nicht gut und der Unterricht langweilig gewesen war.

„War sicher schwierig für dich, eine ganze Woche auf Tennis zu verzichten, oder?", fragte Philip, nachdem ich meinen kurzen Vortrag beendet hatte. Ich schaute ihn überrascht an. So viel Empathie hatte ich ihm gar nicht zugetraut.

„Ja, war es", bestätigte ich ein wenig verzögert. „Aber jetzt ist es vorbei, und morgen werde ich so bald wie möglich auf den Platz fahren."

„Beate hat mir erzählt, dass du bald ein wichtiges Turnier hast", meinte Philip.
„Das stimmt", sagte ich. „Deshalb war es umso schwieriger, die ganze Woche nicht zu trainieren. Ich fühle mich so schlecht vorbereitet wie noch nie."
„So schlimm wird es schon nicht sein", widersprach Philip. „Du hast ja noch ein wenig Zeit bis dorthin."
Ich fragte mich, ob er das aus Höflichkeit sagte oder ob er mich wirklich aufbauen wollte.
„Bist du noch gar nicht müde?", fragte ich, nachdem für ein paar Sekunden Schweigen geherrscht hatte.
Philip zuckte die Schultern. „Ein wenig. Aber um dich nach Hause zu fahren reicht es noch."
„Da bin ich ja beruhigt."
„Siehst du?", sagte Philip und hielt vor meinem Haus an. „Hat geklappt."
Ich gähnte herzhaft. „Danke, dass du mich abgeholt hast", sagte ich.
„Klar, kein Problem."
„Kommst du nicht mit rauf?", fragte ich, als mir auffiel, dass er das Auto in zweiter Spur abgestellt hatte.
„Eher nicht", antwortete Philip. „Ich will Beate um diese Zeit nicht wecken. Ich werde sie später anrufen."
„Okay, dann nochmals danke", sagte ich und öffnete die Tür.
„Soll ich dir mit deinem Gepäck helfen?", fragte Philip.
Wollte er etwa das Auto in zweiter Spur stehen lassen und meinen Koffer nach oben tragen?
„Nein danke, damit komme ich zurecht", sagte ich und hievte meinen Koffer auf den Gehsteig. „Wir sehen uns."
„Bis bald", sagte Philip.
In der Wohnung angekommen stellte ich das Gepäck in meinem Zimmer ab, kramte meine Zahnbürste heraus und ging ins Bad. Ich war kaum fertig, als meine Mutter mit verschlafenem Blick hereinkam.
„Hallo, Jackie", sagte sie und umarmte mich. „Schön, dass du wieder da bist."
„Ich freue mich auch", sagte ich, was stark untertrieben war. „Habe ich dich geweckt?"

Meine Mutter schüttelte den Kopf. „Ist schon okay. Ich hoffe du bist uns nicht böse, dass wir Philip geschickt haben. Hat alles geklappt?"
„Hätte es das nicht, wäre ich nicht hier", meinte ich. „Und nein, ich bin euch nicht böse. Ich will nur ins Bett."
„Das glaube ich dir. Dann schlaf gut!"
„Das werde ich bestimmt."
Meine Mutter umarmte mich noch einmal und verschwand wieder im Schlafzimmer. Ich schlurfte in mein Zimmer, ließ meine Kleider auf den Boden und mich in mein Bett fallen. Kurz dachte ich über die Fahrt mit Philip nach. Es war nett von ihm gewesen, mich nach einer langen Nacht anzuholen. War er etwa nur wegen mir nüchtern geblieben? Das konnte ich mir schwer vorstellen. Wahrscheinlich wäre er sowieso noch gefahren. Doch anstatt mich schweigend nach Hause zu chauffieren, hatte er echtes Interesse gezeigt. Vielleicht war er doch nicht so übel, wie ich ihn bisher eingeschätzt hatte.
Doch bevor ich diesen Gedanken weiterverfolgen konnte, schlief ich ein.

37. Ich muss wohl träumen ...

Ich hatte mich gerade umgezogen, als Johnny die Kabine betrat.
„Du weißt, was du zu tun hast?", fragte er.
Ich nickte. Wir waren die Strategie öfter als einmal durchgegangen.
„Deine erste Gegnerin ist nicht allzu stark. Wenn du sie lange genug laufen lässt, wird sie müde, sie-"
„Hat nicht die beste Kondition", unterbrach ich ihn. „Ich weiß. Das hast du mir bereits gesagt."
Ich erkannte an Johnnys Gesichtsausdruck, dass ich ihn beleidigt hatte. Doch auch das war nicht das erste Mal, und seine Laune prallte wie alles andere an meiner inneren Mauer ab, bevor sie mich erreichen konnte.
„Ich hätte gerne etwas Ruhe, bevor das Spiel beginnt", sagte ich.
„Okay, wenn du meinst", grummelte Johnny. „Dann gebe ich dir eben keine Ratschläge. Anscheinend kommst du ohne sie zurecht."

„Das meinte ich nicht“, entgegnete ich. „Ich möchte mich sammeln, bevor ich auf den Platz gehe. Alles, was du mir jetzt sagst, kann ich in der kurzen Zeit sowieso nicht mehr umsetzen.“

Johnny ging ohne ein weiteres Wort. Er war sauer, aber ich hatte meine Ruhe.

Ich ließ mich auf die Bank fallen und setzte meine Kopfhörer auf. Musik an, gedanklich auf das Spiel einstimmen. Ein bestimmtes Lied, wieder und wieder. Ein paar Mal tief durchatmen. Konzentration. Ich hielt den Blick auf einen Punkt am Boden gerichtet und bewegte mich mehrere Minuten gar nicht, bis man mir Bescheid gab, dass es Zeit war.

In aller Ruhe nahm ich die Kopfhörer ab, schulterte meine Tasche und verließ die Kabinen. Kaum trat ich auf den Platz, fand dasselbe Phänomen statt, das ich während der letzten Monate bei meiner Meditation beobachtet hatte – meine Welt schrumpfte.

Im Grand Slam Stadion hatte mich die plötzliche Erkenntnis getroffen, was mir zum Training meiner Konzentration bisher gefehlt hatte: ein Bild vor Augen und ein Mantra im Kopf.

Die Idee war mir gekommen, als ich in Paris vor dem Plakat mit Serena Williams gestanden hatte. Der Hintergrund war schwarz gewesen. Es hatte nur sie, den Ball und ihre Gegnerin gegeben. Alles andere war verschwunden, solange sie spielte.

Dieses Bild hatte ich mir während der Mediation immer wieder vor Augen geführt und Stunden um Stunden geübt, mich auf diesen kleinsten Kreis zu beschränken. Es hatte nicht lange gedauert, bis ich es geschafft hatte. Bald hatte ich bemerkt, dass ich diese Beschränkung meiner Welt wie automatisch von der Meditation auf den Tennisplatz übertragen konnte. Sobald ich den Platz betrat, schrumpfte meine Welt auf das Spielfeld zusammen. Außerhalb davon gab es nichts mehr. Keine Tribünen, keine Zuschauer, keinen Johnny, der mich missmutig anstarrte, als ich jetzt meine Tasche abstellte und meinen Schläger auspackte.

Die Zuschauer begrüßten mich und meine Gegnerin mit mäßigem Applaus, den ich kaum hörte. Ich warf einen Blick zu jener jungen Dame, gegen die ich gleich spielen würde. Wie war noch gleich ihr Name? Johnny hatte es mir gesagt, doch ich hatte nicht richtig zugehört. War es Marie gewesen, so wie Miss Perfect aus meiner Klasse? Oder doch Maria? Oder Marianne?

In diesem Moment verkündete der Platzsprecher unsere Namen. Meine erste Vermutung war richtig gewesen, meine Gegnerin hieß Marie. Jetzt bloß nicht an meine Klassenkollegin denken, die Konzentration bewahren, nicht verunsichern lassen.
Der Schiedsrichter rief zum Münzwurf. Ich gewann und überließ Marie den ersten Aufschlag. Ich war lieber Jägerin als Gejagte.
Während wir uns einschlugen, wurde ich ruhiger. Das stete Hin und Her des Balles ließ meinen Puls sinken und richtete meinen Fokus auf das bevorstehende Spiel. Einmal noch dachte ich an Johnnys Worte: Marie von Anfang an viel laufen lassen, damit sie schnell müde wurde.
Marie dribbelte wie üblich den Ball, ehe sie aufschlug. Ich erwischte den Ball etwas ungeschickt und spielte ihn so harmlos zurück, dass sie in die Offensive gehen konnte. Womit ich nicht gerechnet hatte war, dass Marie anscheinend dieselbe Taktik anzuwenden gedachte wie ich. Sie spielte den Ball genauso zurück, dass ich einen Sprint hinlegen musste, um ihn noch zu erreichen. Das führte dazu, dass ich nicht allzu viel Zeit hatte, um den Schlag zu koordinieren, und der Ball wieder genau vor Marie landete. Sie nutzte diesen Vorteil aus und schlug gegen meine Laufrichtung. Ich spurtete los, aber diesmal kam ich nicht mehr rechtzeitig. Der erste Punkt ging an Marie.
Den zweiten holte sie, indem ich nicht aufpasste und den Ball ins Netz schlug. Und sie machte auch die nächsten beiden Punkte, indem sie gegen meine Laufrichtung spielte. Damit hatte sie das erste Spiel zu Null gewonnen.
Das Publikum applaudierte. Ich versuchte, mich davon nicht beirren zu lassen, während in meinem Kopf mein Mantra klang, eine Zeile aus dem Lied von Atlas Losing Grip, das ich in Paris gehört hatte:

I still go to that place and shut the world out, just shut it all out…

Der Applaus wurde dumpfer, bis ich ihn nicht mehr hörte. Das Publikum verschwand hinter dunklen Schleiern, das Spielfeld war von völliger Schwärze umgeben. Nichts außerhalb davon existierte.
Der Aufschlag war bei mir; es galt, nachzuziehen.
Ich startete mit einem kraftvollen Aufschlag, den Marie nicht annehmen konnte. Das war ein schneller erster Punkt. Mein zweiter Aufschlag hatte

nicht ganz so viel Schärfe, sodass Marie ihn leicht retournieren konnte. Es ging ein paar Mal hin und her, dann war ich es, die den Ball gegen Maries Laufrichtung spielte und so den nächsten Punkt holte. Marie kam bis fünfzehn, ehe ich das zweite Spiel für mich entschied.

Danach war wieder sie an der Reihe. Doch diesmal war ich auf ihre Taktik vorbereitet. Ich wechselte von einer defensiven Spielweise auf eine offensive und versuchte, ihr die Punkte abzunehmen, bevor sie mich in die Enge drängen konnte. Mein Plan ging auf. Ich schaffte ein frühes Break und lag mit zwei zu eins in Führung.

Dieser kleine Erfolg dürfte ausgereicht haben, um Marie aus dem Konzept zu bringen. Sie hatte wohl damit gerechnet, all ihre Aufschlagspiele durchzubringen und entweder auf ein Break oder einen Sieg im Tiebreak gehofft.

Ich holte mir das nächste Spiel und hatte wenig später den ersten Satz gewonnen. In der darauf folgenden Pause quasselte Johnny ohne Unterbrechung von irgendwelchen Dingen, vom weiteren Spielverlauf, von der Taktik meiner Gegnerin und von meiner Reaktion darauf. Ich hörte ihm nicht zu. Ich würde so weiterspielen wie bisher. Marie wirkte demotiviert, nachdem sie den ersten Satz mit drei zu sechs verloren hatte. Sie sah aus, als würde sie den zweiten Satz gar nicht mehr spielen wollen, sondern lieber gleich das Handtuch werfen.

Der Schiedsrichter verkündete den Beginn des zweiten Satzes. Ich ließ Johnny stehen und begab mich auf den Platz.

Marie versuchte nicht einmal, ins Spiel zurück zu kommen. Sie schlug im zweiten Satz doppelt so viele Bälle ins Netz oder ins Aus wie im ersten, und ihre Schläge hatten an Kraft und Energie verloren. Mit einer Gegnerin in dieser Verfassung dauerte es nicht lange, bis ich den zweiten Satz und damit das Spiel gewonnen hatte.

Johnny hielt sich danach mit seinen Kommentaren zurück. Er unterließ es sogar, mich auf meine Fehler hinzuweisen, sondern begnügte sich damit, Marie als hoffnungslos untalentiert und ohne jeden Kampfgeist abzustempeln. Es kam mir beinahe so vor, als würde er meinen raschen Sieg bedauern. Doch darüber dachte ich nicht nach, denn ich hatte an diesem Tag ein weiteres Spiel zu bestreiten. Meine nächste Gegnerin würde es mir bestimmt nicht so einfach machen.

Ich hatte bis zu meinem nächsten Spiel noch ein paar Stunden Zeit, welche ich sinnvoll, also nicht in Johnnys Gegenwart, verbringen wollte. Ich ging nach draußen an die frische Luft, wo ich einige meiner Kollegen traf. Ich unterhielt mich eine Weile mit ihnen, dann ging ich allein ein paar Schritte. Ich mochte die Zeit zwischen zwei Spielen nicht, denn meine Nervosität drohte zu steigen, je länger ich warten musste.

Ich bog um eine Ecke – und blieb wie vom Donner gerührt stehen. Nur wenige Meter von mir entfernt stand Rafael. Er hatte mich noch nicht gesehen, da er seitlich zu mir stand und in ein Telefonat vertieft war. Ich überlegte. Sollte ich verschwinden? Ich konnte schlecht hier bleiben und ihn beim Telefonieren belauschen, das war nicht nur unhöflich, sondern auch ziemlich verrückt.

Während ich überlegte, was ich tun sollte, verabschiedete sich Rafael von seinem Gesprächspartner und legte auf. Noch bevor ich mich still und heimlich verdrücken konnte, hatte er mich entdeckt.

„Hallo, Jackie", sagte er.

Meinen Gesichtsausdruck wollte ich in diesem Moment nicht sehen. Er hatte mich gerade mit meinem Namen begrüßt. Rafael kannte meinen Namen. Was mich zu einer wirklich interessanten Frage führte: Woher kannte Rafael meinen Namen?! Meinen Namen aus Rafaels Mund zu hören war eigenartig. Eigenartig und sehr, sehr schön.

„Hi", sagte ich zögerlich. Ich schaffte es nicht, ihn beim Namen zu nennen, so wie er mich gerade mit meinem Namen angesprochen hatte; auch wenn es der schönste Name auf Erden war und ich nichts lieber tun würde, als ihn zu sagen, wieder und immer wieder, nur um seinen Klang zu hören.

„Gut gespielt vorhin", sagte Rafael, dem mein Zögern nicht aufgefallen war. „Allzu lang hast du ja nicht gebraucht."

„Du hast das Spiel gesehen?" Ich hätte mich ohrfeigen können. Was für eine blöde Frage war das denn?

„Ja, habe ich", antwortete er, meine Dummheit ignorierend. „War ein kurzes Vergnügen, oder?"

„Zu meinem Glück, ja", meinte ich. Beinahe hätte ich erwähnt, dass das Spiel gegen Andrea Möllinger ebenfalls recht schnell vorüber gewesen war, zumindest ab Beginn des zweiten Satzes, aber diese Bemerkung verkniff ich mir.

„Ich denke, das war nicht nur Glück, sondern auch jede Menge Können."
Ich fühlte, wie mir die Röte in die Wangen schoss. Lächelte er mich etwa gerade an?
„Ansonsten wäre es wohl kaum so schnell gegangen", fügte er hinzu. Er lächelte tatsächlich dieses umwerfende Lächeln, und es galt alleine mir.
„Was verschlägt dich hierher?", fragte ich, nur um irgendetwas zu sagen.
„Ich bin wegen Jürgen hier", antwortete Rafael.
Das hätte mir klar sein sollen. Natürlich war er wegen Jürgen hier, warum auch sonst? Wegen mir etwa?
„Hat Jürgen schon gespielt?", fragte ich, wieder um eine peinliche Stille zu vermeiden.
„Er müsste gleich beginnen", sagte Rafael. „Kommst du mit?"
„Es dauert noch ein bisschen, bis ich wieder dran bin", meinte ich. „Ich könnte es mir solange ansehen."
Ich konnte nicht glauben, was gerade passierte. Ich schlenderte tatsächlich Seite an Seite mit Rafael, während ich überlegte, ob die Bäume schon immer so grün gewesen waren und die Vögel auch davor so fröhlich gesungen hatten.
„Wie lange spielst du schon Tennis?", fragte Rafael.
Ich erzählte ihm von meinen Anfängen im Kindesalter und von meinem Werdegang. Dabei fasste ich mich kurz, um ihn nicht zu langweilen. Tatsächlich schaffte ich es, meine bisherige Tenniskarriere in fünf Sätzen zusammenzufassen.
„Und jetzt bin ich hier", schloss ich meine Erzählung, wobei ich mich wunderte, dass ich überhaupt noch reden konnte. Mein Herz schlug wie verrückt und ich wartete nur darauf, aufzuwachen und festzustellen, dass mein Gespräch mit Rafael nichts als ein wunderschöner Traum gewesen war.
„Da hast du ja schon einiges geschafft", meinte Rafael, und es klang ehrlich. Es schien, als würde er mich wirklich für das bewundern, was ich bisher geleistet hatte.
„Also", sagte er dann, „was ist dein Ziel? Ich meine, was möchtest du im Tennis erreichen?"
Die Frage überraschte mich so sehr, dass mir keine passende Antwort einfiel. In meiner aufkommenden Panik entschied ich mich für die Wahrheit.

„Wimbledon", sagte ich. Ich hätte mir die Zunge abbeißen können, denn für Rafael musste das nach ausuferndem Größenwahn klingen.
Doch anscheinend war das nicht der Fall, denn Rafael begann zu lachen. Es war kein herablassendes, sondern ein fröhliches Lachen.
„Das ist ein großes Ziel", sagte er, doch es lag kein Spott in seiner Stimme.
„Ich weiß, ich habe noch einen langen Weg und jede Menge Arbeit vor mir."
Rafael zuckte die Schultern. „Was aber nicht bedeutet, dass du es nicht schaffen kannst."
Er sah mich von der Seite an und lächelte. Ich musste mich beherrschen, um nicht auf der Stelle umzukippen, weil meine Knie nachzugeben drohten. Ich schaute schnell zu Boden, auch wenn ich nichts lieber getan hätte, als für den Rest meines Lebens, den Rest der Ewigkeit in dieses Gesicht zu blicken.
Wir hatten den Platz mittlerweile erreicht, wo Jürgen sich gerade einschlug.
„Gerade rechtzeitig", sagte ich.
Rafael nickte und setzte sich auf einen freien Stuhl. Mit klopfendem Herzen nahm ich neben ihm Platz.
Ich konnte mir etwa eine Stunde von Jürgens Spiel ansehen. Während dieser Zeit sprachen Rafael und ich sehr wenig, wir waren beide zumindest äußerlich auf das Spiel fokussiert. Innerlich bekam ich kaum etwas davon mit. Ich applaudierte nicht, weil jemand einen Punkt gemacht hatte, sondern weil alle anderen applaudierten. Hin und wieder fragte Rafael mich etwas zum Spielverlauf, und ich glühte jedes Mal vor Stolz, wenn ich ihm etwas erklären konnte.
Schließlich war es Zeit, mich wieder in die Umkleiden zu begeben.
„Ich muss los", sagte ich zu Rafael und stand auf.
„Alles Gute", sagte er. „Hast du danach noch ein Spiel?"
„Heute nicht mehr", antwortete ich. „Erst morgen wieder. Falls ich jetzt gewinne, heißt das."
„Das packst du schon." Rafael zwinkerte mir zu. Noch nie hatte etwas meinen Puls so sehr beschleunigt. „Vielleicht sehen wir uns nachher."
Ich konnte nicht sagen, ob es sich dabei um eine Frage oder eine Aussage handelte. Wollte er mich später wiedersehen? Das zu glauben fiel mir schwer. Andererseits, warum hätte er sich jetzt mit mir unterhalten, wenn

ihm meine Gegenwart lästig war?
„Ja, vielleicht“, sagte ich und fühlte, wie ich schon wieder rot wurde. Ich wandte mich schnell ab und eilte im Laufschritt zu den Umkleiden, wobei ich dem Drang, mich noch einmal umzudrehen, widerstand.

38. Spiel Nummer zwei

„Ist für das nächste Spiel alles klar?“
Langsam konnte ich nicht mehr ertragen, wie Johnny mich vor jedem Spiel nervte. Ich nahm die Kopfhörer, die ich gerade in meine Ohren gesteckt hatte, wieder heraus.
„Ja, es ist alles klar“, sagte ich gereizt. „Sie hat eine schwache Rückhand, deswegen werde ich immer dorthin spielen. Ich würde jetzt gerne noch etwas Musik hören.“
„Vielleicht wäre es besser, die Strategie noch einmal durchzugehen“, blaffte Johnny mich an.
„Immer auf ihre Rückhand, wie viel mehr Strategie gibt es da zu besprechen?“ Ich steckte die Kopfhörer wieder in meine Ohren und wiederholte provokant: „Ich würde jetzt gerne noch etwas Musik hören.“
Ich wusste, dass ich mich gerade nicht beliebt machte, ganz im Gegenteil, aber ich hatte es satt, immer nach Johnnys Pfeife zu tanzen.
Ich drehte die Musik auf und beachtete ihn nicht weiter. Als ich noch einmal aufschaute, war er weg.
Genau in der Sekunde, als das Lied zu Ende war, wurde ich auf den Platz gerufen. Paula – diesmal hatte ich mir den Namen gemerkt – wartete bereits ungeduldig auf der anderen Seite des Netzes.
Der Ablauf wiederholte sich. Erneut gewann ich den Münzwurf, und erneut überließ ich meiner Gegnerin den ersten Aufschlag.
Wieder gab ich das erste Spiel zu Null ab. Doch das verunsicherte mich nicht; das erste Spiel sagte noch gar nichts aus.
In meinem Kopf lief mein Mantra ab, wieder und wieder: „Shut the world out, just shut it all out…“

Ich tat mir etwas schwer, meinen Aufschlag durchzubringen, aber ich schaffte es. Von da an war es ein ausgeglichenes Match. Ich schaffte ein Break, Paula breakte zurück. Ich beendete ein Spiel zu Null, Paula gelang dasselbe. So oft ich konnte, spielte ich auf ihre Rückhand, doch diese Taktik schien keine Früchte zu tragen.

Ich gewann den ersten Satz knapp und mit mehr Glück als Verstand. Hätte Paula nicht so viele Fehler gemacht, hätte sie nicht ohne mein Zutun so viele Bälle ins Netz oder ins Aus geschlagen, wäre der erste Satz vielleicht anders ausgegangen.

Im zweiten Satz hatte ich nicht so viel Glück. Meine Gegnerin schien zu Höchstform aufzulaufen, wodurch ich nach wenigen Minuten zwei zu null hinten lag. Woher Paulas plötzliche Leistungssteigerung kam, konnte ich mir nicht erklären. Ich spielte auf ihre Rückhand, wieder und wieder, doch sie hatte diese Schwäche entweder im Training abgelegt, oder sie glich sie durch Schnelligkeit und Kraft aus.

Der Aufschlag war gerade bei mir, als ich jenen Fehler beging, der mich meine Chance gegen Andrea Möllinger gekostet hatte: ich schaute ins Publikum. Und wieder sah ich Rafael. Jürgens Spiel dürfte zu Ende sein, und er war gekommen um sich meines anzusehen.

Ich versuchte mir vorzustellen, wie ich zu Hause meditierte. Wie ich versuchte, meine Gedanken abzustellen, wie sich meine Welt auf wenige Quadratmeter begrenzte. Ich fokussierte all mein Denken, all mein Sein auf diese Vorstellung. Der Ball, den ich dribbelte, der Sand, Paula auf der anderen Seite des Netzes, all das zählte nun. Das, und sonst nichts.

I still go to that place every day and shut the world out, just shut it all out...

Es funktionierte. Die Zuschauer verschwanden, der Platz, meine Gegnerin und der Ball wurden deutlicher. Mein wiedergewonnener Fokus erlaubte mir, etwas anderes wahrzunehmen: Paula stand außergewöhnlich weit hinter der Grundlinie. Während der nächsten Ballwechsel bemerkte ich, dass sie sich nie weit davon entfernte. Das brachte mich auf eine Idee. Ich würde etwas tun, das Johnny bestimmt fuchsteufelswild machte, mir aber vielleicht eine Möglichkeit bot, meinen Rückstand aufzuholen.

Es stand dreißig beide im dritten Spiel. Ich schlug auf, Paula retournierte von ihrer Position hinter der Grundlinie. Ich hatte absichtlich mit so viel Kraft geschlagen, dass sie dafür keinen Schritt nach vorne tun musste. Sobald der Ball in meinem Spielfeld aufschlug, tat ich das, wovor Johnny mich vor ein paar Monaten gewarnt hatte: Ich spielte einen Stoppball. Anstatt den Ball mit aller Kraft zu schlagen, kippte ich mein Handgelenk und spielte den Ball mit viel Rückdrall kurz ins gegnerische Feld. Er verlor dadurch so viel von seiner Geschwindigkeit, dass er knapp hinter dem Netz in Paulas Spielfeld fiel. Paula sprintete nach vorn, doch sie hatte keine Chance mehr. Der Punkt ging an mich.

Meine improvisierte Strategie schien aufzugehen. Paula hatte sich relativ schnell darauf eingestellt, dass ich ständig auf ihre Rückhand spielte, aber nach einem ganzen Satz ohne einen einzigen Stoppball hätte sie nicht damit gerechnet. Ich achtete genau darauf, wo Paula stand, und spielte die Bälle demnach länger oder kürzer.

Ich holte meinen Rückstand auf. Der zweite Satz ging knapp aus, doch ich schaffte es ohne Tiebreak. Paula wirkte überrascht, als das Spiel aus war. Sie hatte wohl nicht erwartet, in zwei Sätzen zu verlieren. Wahrscheinlich hatte sie überhaupt nicht erwartet, zu verlieren. Trotzdem gratulierte sie mir, wie es sich für eine faire Verliererin gehört.

Ich verließ den Platz unter dem Applaus der Zuseher. Viele waren es nicht, und sie applaudierten nicht wirklich begeistert, dafür war meine innere Aufregung viel größer. Ich hatte morgen nur noch ein Spiel zu bestreiten, und wenn ich das gewann, wäre dieser Sieg der größte Erfolg meiner bisherigen Karriere. Darüber hinaus würde er mich von Platz fünf der Rangliste, wo ich mich aktuell befand, auf Platz zwei bringen; ein Erfolg, von dem ich bis vor wenigen Monaten noch kaum zu träumen gewagt hatte.

Ich verschwand in der Dusche, bevor Johnny mich abfangen konnte. Ich wusste zwar, dass ich dem Donnerwetter nicht entgehen konnte, doch ich wollte es noch ein wenig hinausschieben.

Allzu lange war das allerdings nicht möglich, denn kaum hatte ich die Umkleiden verlassen, baute er sich vor mir auf.

„Hast du völlig den Verstand verloren?"

„Nein, habe ich nicht", antwortete ich ruhig. „Ich habe so gespielt, dass ich gewinne."

„Du hast gespielt, wie nur ein Dummkopf spielen würde!" Johnnys Kopf war hochrot angelaufen.

Ich verschränkte trotzig die Arme vor der Brust. „Wenn gewinnen in der Natur eines Dummkopfes liegt, will ich gerne einer sein", konterte ich. „Wenn du mich jetzt bitte vorbei lassen würdest, ich möchte nach Hause fahren."

„Wage es nicht, einfach zu verschwinden!", rief Johnny. Ich merkte an seiner Stimme, dass er kurz davor war zu platzen. Ich drängelte mich an ihm vorbei und ging mit raschen Schritten Richtung Ausgang.

„Jackie!", brüllte Johnny. „Wenn du jetzt gehst, brauchst du gar nicht mehr auf den Platz zu kommen!"

Ich blieb stehen. Das konnte er nicht ernst meinen! Er bestrafte mich für meinen Sieg, indem er mein Training strich? Ich fuhr zu ihm herum.

„Schön, dann eben nicht!", schrie ich. Wutentbrannt stürmte ich nach draußen.

Johnny meinte das bestimmt nicht ernst. Jetzt war er wütend, aber das würde sich bald wieder legen und alles würde weitergehen wie bisher. Doch obwohl ich mir dessen sicher war, würde mein Ärger noch eine Weile schwelen, ehe er verrauchte.

Draußen hielt ich nach Rafael Ausschau. Er hatte vorhin erwähnt, dass wir uns nach dem Spiel vielleicht noch treffen könnten, doch er war nirgendwo zu sehen. Ich überlegte kurz, ob ich nach ihm suchen sollte, doch erstens fiel mir kein vernünftiger Grund dafür ein, den ich ihm nennen konnte, und zweitens erhöhte sich dann das Risiko, Johnny noch einmal über den Weg zu laufen.

So stieg ich in den Bus und fuhr nach Hause. Ich wusste, dass ich dort nicht auf Kritik, sondern auf Lob treffen würde. Meine Familie war nun mal nicht wie Johnny. Wo er alles schlecht machte, freuten sie sich für mich. Und genau das brauchte ich jetzt.

39. Fünf oder zwei?

Das nächste Spiel würde also entscheiden, ob ich mich von Nummer fünf auf Nummer zwei verbessern konnte.

Als ich im Stadion ankam, fiel mir auf, dass Johnny noch nicht da war. Ich schenkte dem keine weitere Beachtung, denn ich war etwas früher hergefahren, um mich gedanklich auf das Spiel einstellen zu können.
Erst als eine halbe Stunde vergangen war und Johnny noch immer nicht aufgetaucht war, begann ich mich zu wundern. Normalerweise war er nie unpünktlich. Wo blieb er nur?
Als weitere zwanzig Minuten vergangen waren und es bis zu meinem Spiel nicht mehr lange dauerte, dämmerte es mir. Johnny würde nicht kommen. Er war wegen gestern so sauer, dass er es heute vorzog, zu Hause zu bleiben und in Frust zu versinken.
Zuerst bereitete mir dieser Umstand Sorgen. Ich hatte noch nie ein Spiel in Johnnys Abwesenheit bestritten, und für einen kurzen Moment fragte ich mich, wie ich das schaffen sollte.
Doch dann fiel mir ein, dass ich gestern gleich zwei Spiele gewonnen hatte, ohne die von ihm vorgeschlagene Taktik zu verfolgen. Wenn er meinte, dass er das Spiel nicht sehen wollte, wenn er lieber wie ein beleidigtes Kind zu Hause saß, dann sollte es eben so sein. Ich konnte es auch ohne ihn schaffen.
Ich ging nach draußen, wo ich mich ins Publikum setzte und mir den zweiten Satz des gerade laufenden Spiels ansah.
„Hey, Jackie!" Jürgen ließ sich mit Schwung auf den Sitz neben mir fallen. „Schon nervös?"
„Hallo", begrüßte ich ihn. „Ein wenig. Aber es hält sich in Grenzen."
„Das ist gut."
„Und du?" Ich hatte natürlich mitbekommen, dass Jürgen gestern auch gewonnen und somit heute ebenfalls noch ein Spiel zu absolvieren hatte.
„Ich zittere vor Angst." Das breite Grinsen in seinem Gesicht bewies das Gegenteil.
„Ach, übrigens", fügte er hinzu, „ich soll dir Grüße ausrichten."
„Du musst auch sagen, von wem du sie ausrichten sollst", meinte ich, als er nicht weitersprach.
Jürgens Grinsen wurde breiter. „Von Rafael."
Ich fiel beinahe von meinem Sitz. „Was?"
Jürgen lachte. „Mit so einer Reaktion habe ich gerechnet. Du kannst den Mund wieder zumachen, Jackie, es stimmt. Er hat mich gestern angerufen

und mir gesagt, dass er heute nicht kommen kann. Aber er wünscht dir – und mir, aber das hat er nur nebenbei erwähnt – alles Gute für heute."
Ich wusste nicht, was ich dazu sagen sollte. „Das ist sehr nett von ihm", brachte ich schließlich heraus. „Dass er an mich denkt, meine ich."
„Ich glaube, er steht auf dich", behauptete Jürgen im Brustton der Überzeugung.
„Quatsch", widersprach ich. „Das tut er ganz sicher nicht."
„Warum sollte er dir sonst alles Gute wünschen?"
„Weil er einfach nett ist, deshalb?"
„Das glaube ich nicht." Jürgen lehnte sich zurück und verschränkte die Arme hinter dem Kopf. „Ich glaube, er steht auf dich."
„Ich sollte gehen", sagte ich, als auf dem Platz das letzte Ass geschlagen wurde. „Ich bin gleich dran."
„Mach sie fertig", sagte Jürgen.
„Ich werde es versuchen", antwortete ich.
„Warte mal!", rief Jürgen und hielt mir einen Zettel entgegen.
„Was ist das?", fragte ich und nahm das Stück Papier, auf das er etwas gekritzelt hatte.
„Rafaels Nummer", sagte er.
„Was soll ich damit?", fragte ich, obwohl mir sehr wohl bewusst war, warum Jürgen mir die Nummer gegeben hatte.
„Dumme Frage", sagte er berechtigterweise. „Ruf ihn an, schreib ihm, mir egal. Das kann ich dir nun wirklich nicht abnehmen."
Ich steckte den Zettel ein.
„Danke. Das weiß ich zu schätzen."
Ich wusste zwar nicht, ob Rafael damit einverstanden war, dass Jürgen seine Nummer weitergab, doch darüber würde ich mir später Gedanken machen. Jetzt hatte ich ein Spiel zu gewinnen.
Ein letztes Mal hielt ich nach Johnny Ausschau, doch er war noch immer nicht aufgetaucht. So betrat ich diesmal den Platz, ohne vorher die Strategie noch einmal eingetrichtert zu bekommen. Irgendwie war das ganz angenehm, denn seine ständigen Ansprachen kurz vor dem Spiel machten mich nervös. Es war so, als würde man in der Schule am Morgen eines Tests noch dafür büffeln – das funktionierte nie.
Ich entdeckte meine Eltern, Beate und Philip unter den Zusehern. Ich

winkte ihnen zu, und sie erwiderten den Gruß. Meine Mutter hielt beide Daumen hoch, mein Vater lächelte aufmunternd. Ich lächelte zurück, wissend, dass ich auch sie für die nächsten ein bis zwei Stunden aus meiner Welt ausklammern musste.

Ich musste all meinen Willen aufbringen, um mich auf das Wesentliche zu konzentrieren und nicht ständig an den Zettel mit Rafaels Nummer zu denken, den ich in meine Sporttasche gesteckt hatte. Außerdem versuchte ich zu vermeiden, an den Aufstieg in der Rangliste zu denken, den ein Sieg in diesem Spiel mit sich bringen würde. Je mehr Druck ich mir damit auferlegte, umso angespannter wurde ich, und umso schlechter wurde mein Spiel. Das hatte ich in der Vergangenheit oft genug erlebt.

Diesmal gewann meine Gegnerin den Münzwurf. Ariane – ich musste zweimal hinhören, um mir ihren Namen zu merken, denn ich kannte keine, die Ariane hieß – überließ mir den ersten Aufschlag. Es wäre mir anders lieber gewesen, aber da ich es nicht ändern konnte, sollte ich das Beste daraus machen.

Also los – erster Aufschlag. Ich dribbelte den Ball, warf ihn auf und schlug ihn ins Netz. Mein erster Fehler, der aber nicht zählte, weil ich zweimal aufschlagen durfte. Ich dribbelte erneut, nahm den Ball auf, warf ihn auf, schlug ihn noch einmal ins Netz. Doppelfehler. Der erste Punkt für meine Gegnerin mit dem klingenden Namen Ariane.

Die Zuschauer applaudierten, weil Ariane ohne etwas zu tun einen Punkt gemacht hatte. Ich blendete das Geräusch aus. Die Worte meiner Cousine Elisabeth fielen mir wieder ein – tausendmal drauf gefurzt. Es war der erste Punkt, das bedeutete gar nichts.

Ich schlug nochmals auf. Diesmal klappte es. Ariane retournierte den Ball mit einer Kraft, die ich ihr bei ihrer schmächtigen Figur gar nicht zugetraut hätte. Ich spielte den Ball zurück, und diesmal überpowerte sie. Der Ball landete bei ihrem Schlag mindestens einen Meter hinter der Grundlinie, und ich hatte meinen ersten Punkt in diesem Spiel gemacht.

Der erste Satz dauerte lange und war relativ ausgeglichen. Ariane war stark, aber ich konnte gut mithalten. Keine von uns gewann die Oberhand, und schließlich ging es nach einem sechs zu sechs in den Tiebreak.

Ich beendete den ersten Satz, wie ich ihn begonnen hatte: mit einem Doppelfehler. Somit stand es eins zu null in Sätzen für Ariane.

Das war ein Vorteil für sie, doch damit war das Spiel noch nicht entschieden. Egal wie groß ihr Vorsprung war, ich hatte immer die Chance, mich wieder ins Spiel zurück zu kämpfen. Es würde nur etwas länger dauern. Eine weitere Zeile aus dem Lied fiel mir ein:

And when I'm there, I can stay for hours.

Egal wie lange ich brauchte, ich würde nicht nachlassen, bis es auf die eine oder andere Art vorbei war.
In der kurzen Pause vor dem zweiten Satz fiel mir auf, dass Ariane überaus zufrieden mit sich wirkte. Als wir uns kurz am Netz begegneten, um die Seiten zu wechseln, huschte ein leicht überhebliches Lächeln über ihre Lippen. Sie nahm an der Grundlinie Aufstellung, wobei ihre ganze Körperhaltung Triumph und Sicherheit ausstrahlte.
In diesem Moment wusste ich, dass sie verwundbar war.
Ganz egal wie gut oder schlecht ein Spiel für mich lief, ich beging niemals den Fehler, es als gewonnen oder verloren zu betrachten, bevor es zu Ende war. Wie weit auch immer das Spiel fortgeschritten war, über den Ausgang eine Prognose abzugeben war voreilig, und in neun von zehn Fällen erwies sich die Vorhersage als falsch. Und das, was Ariane gerade tat, war nichts anderes als Dummheit. Wahrscheinlich war sie gewohnt zu gewinnen, natürlich, sonst würde sie wohl kaum ausnahmslos höherwertige Turniere spielen, doch früher oder später würde ihr diese Siegessicherheit zum Verhängnis werden.
Und das wurde sie auch, als ich im zweiten Satz den Turbo zündete und sie mit sechs zu drei in die Schranken wies. Ariane hatte während des gesamten Satzes gestresst gewirkt, so als ob sie es eilig hätte, das Spiel für sich zu gewinnen. Und so staunte sie nicht schlecht, als ich meinen letzten Punkt im zweiten Satz machte – wieder durch einen Stoppball, eine Technik, die mir nach und nach immer sympathischer wurde.
In der Pause vor dem dritten und entscheidenden Satz beobachtete ich Ariane genau. Sie wirkte verwirrt. Sie hatte bestimmt nicht damit gerechnet, noch einen dritten Satz spielen zu müssen. Falls sie auf einen schnellen Sieg aus gewesen war, hatte ich ihr die Tour gründlich vermasselt. Ich hatte vor, dieses Spielchen noch ein wenig weiter zu spielen.
Meine Vermutung, dass Ariane möglichst schnell gewinnen wollte, bestä-

tigte sich im dritten Satz. Ich wusste nun, warum sie es so eilig gehabt hatte: Ihr ging die Kraft aus. Ich hatte mich bereits zuvor gewundert, wie sie mit ihrem zierlichen Körperbau überhaupt einen ordentlichen Aufschlag zustande brachte.

In der Mitte des dritten Satzes, als es gerade drei zu zwei für mich stand, waren ihre Reserven endgültig verbraucht. Sie verschlug einen Ball nach dem anderen und versuchte gar nicht erst, Punkte durch schnelle Sprints zu retten, wenn der Ball am anderen Ende des Spielfelds aufkam.

Obwohl es für mich gut lief, machte ich nicht denselben Fehler wie Ariane. Zu keiner Zeit betrachtete ich das Spiel als gewonnen, auch dann nicht, als sie offensichtlich nicht mehr konnte. Genauso wie ich einen verlorenen Satz aufgeholt hatte, konnte auch sie jederzeit ihren Rückstand wettmachen. Vielleicht war dieses Schwächeln nur eine Phase, die jeden Moment vorüberging.

Doch wie sich herausstellte, war das nicht der Fall. Ich gewann auch den dritten Satz mit sechs zu drei. Gut zwei Stunden hatte das Spiel gedauert, und ich hatte den längeren Atem bewiesen.

Der Schiedsrichter verkündete den Endstand, und das Publikum brach in Beifall aus. Ich löste meine angestrengte Konzentration und erlaubte den Menschen um mich herum, wieder in meine Welt einzutreten. Der Drache in mir schwang seine Ketten und führte vor Freude einen kleinen Tanz auf, und meine Dämonen, vom Klirren erschrocken, wichen verwundert zurück.

Zum ersten Mal seit Beginn des Spiels schaute ich zu meiner Familie. Sie waren vor Begeisterung aufgesprungen und applaudierten, dass ihnen die Hände schmerzen mussten.

Damit war ich also Nummer zwei der Rangliste. Ariane sah aus, als könne sie nicht glauben, dass sie gerade von ihrem Platz verdrängt worden war. Es schien erst, als wolle sie gar nicht zum Netz kommen, um mir zu gratulieren, doch schließlich überwand sie sich doch dazu.

„Gut gespielt", sagte ich zu ihr, als wir uns die Hand gaben. Ariane murmelte etwas, das ich nicht verstand. Im Grunde genommen war mir egal, ob sie mich zu meinem Sieg beglückwünschte oder nicht. Falls sie es getan hatte, war es sowieso nicht ehrlich gemeint, das konnte ich in ihrem Gesicht deutlich erkennen.

Die Siegerehrung fiel kurz und bündig aus, doch ich genoss sie in vollen Zügen. Ironisch, dass derjenige, dem dieser Sieg abgesehen von mir am meisten bedeuten sollte, heute nicht hier war, sondern schmollend zu Hause saß. Ich war gespannt, wie Johnny reagieren würde, wenn er davon erfuhr. Dann konnte er eigentlich nicht anders als mich zu loben, da er aufgrund seiner Abwesenheit meine Fehler ja nicht gesehen hatte. Morgen beim Training würde es sich herausstellen.

Am Abend feierte ich meinen Sieg gebührend mit meiner Familie. Beate verzichtete sogar darauf, Philip zu einer Party bei Freunden zu begleiten, was ich ihr hoch anrechnete.

Die ganze Zeit dachte ich an den kleinen Zettel in meiner Sporttasche, den ich bisher noch nicht wieder hervorgeholt hatte. Als ich mich schließlich zu später Stunde in mein Zimmer zurückzog, nahm ich ihn zur Hand und starrte ihn lange an. Dann griff ich nach meinem Handy. Anrufen würde ich Rafael ganz bestimmt nicht, dafür war es erstens schon zu spät und zweitens war ich zu feige. Ich würde ihm eine SMS schreiben, dann konnte ich mir genau überlegen, was ich ihm sagen wollte, und meine Stimme lief nicht Gefahr zu versagen.

Hallo Rafael, danke für deine Glückwünsche. Sie haben funktioniert, ich habe das Turnier gewonnen. Gruß, Jackie.

Ohne lange nachzudenken schickte ich die Nachricht ab. Erst danach fiel mir ein, dass sich Jürgen vielleicht einen schlechten Scherz mit mir erlaubt haben könnte. Was, wenn er mir gar nichts von Rafael ausrichten sollte? Was, wenn das gar nicht Rafaels Nummer war?

Doch meine Sorgen wurden entkräftet, als nur wenige Minuten später mein Handy piepte. Mit klopfendem Herzen öffnete ich die eben eingetroffene Nachricht.

Hey Jackie, das ist großartig, gratuliere! Werde auf dich anstoßen. Alles Liebe, Rafael

Völlig verblüfft starrte ich die Nachricht an. In Gedanken entschuldigte ich mich bei Jürgen für meinen falschen Verdacht. Rafael hatte nicht nur zurückgeschrieben, er freute sich sogar für mich!

Ich kroch unter die Bettdecke und löschte das Licht. Ich las die Nachricht von Rafael noch fünfmal, ehe ich das Handy weglegte. Ein gewonnenes

Turnier, Nummer zwei der Rangliste und Rafael, der mir gerade dazu gratuliert hatte. Und Johnnys schlechte Stimmung würde sich auch noch legen.
Der Tag hätte nicht besser laufen können.

40. Schlimmer als gedacht

Am nächsten Tag fuhr ich gut gelaunt auf den Tennisplatz. Meine Stimmung war so gut, dass ich in der Schule nicht einmal müde gewesen war, obwohl ich am Vortag spät ins Bett gekommen war. Ich konnte es kaum erwarten, Johnny die gute Nachricht zu überbringen, auch weil ich hoffte, ihn mit meinem Erfolg von seinem hohen Ross herunterzuholen.
Doch er war noch nicht da, als ich auf dem Platz ankam. Auch nachdem ich mich umgezogen und mit meinem Schläger und ein paar Bällen auf das Spielfeld gegangen war, fehlte jede Spur von ihm. Das musste allerdings nichts bedeuten. Er war zwar ein sehr pünktlicher Mensch, doch auch der pünktlichste Mensch konnte hin und wieder im Stau stehen.
Nach zwanzig Minuten wurde es mir allerdings zu dumm. Ich holte mein Handy aus meinem Spind und rief Johnny an. Es klingelte mehrmals, dann landete ich auf der Mailbox. Ich versuchte es noch einmal, mit demselben Ergebnis.
Beim fünften Mal hob er schließlich ab. Ich erkannte seine schlechte Laune schon an der Art, wie er „Hallo?“ ins Telefon brüllte.
„Johnny, wo bist du?“, fragte ich mühsam beherrscht. „Ich warte seit zwanzig Minuten auf dich!“
„Da kannst du noch etwas länger warten!“, blaffte Johnny. „Ich dachte, es wäre alles geklärt. Du hast ziemlich deutlich gemacht, dass du auf mich verzichten kannst.“
„Das war doch…“
„Das war doch – was?“
Ich verdrehte die Augen. Es war mir zu dumm, mit Johnny darüber zu streiten, wer was gesagt und wer was wie gemeint hatte.

„Dann bleib, wo du bist!“, rief ich und legte auf. Ich sah ihn direkt vor mir, wie er das Handy erst überrascht und dann voller Wut anstarrte, unfähig zu glauben, was ich gerade getan hatte.
Ich überlegte fieberhaft. Wie lange Johnny sauer bleiben würde ahnte ich nicht, doch wie ich ihn kannte, konnte das lange dauern. Bis dahin nicht zu trainieren kam nicht in Frage. Ich brauchte eine andere Lösung, und ich brauchte sie jetzt.
In meiner Verzweiflung tat ich das erste, was mir einfiel, und wählte eine andere Nummer - eine, die ich mir vor kurzem vorsorglich besorgt hatte.
„Hallo Jackie, was ist los?“
„Was machst du gerade?“, fragte ich gehetzt.
„Nicht viel, ich-“
„Perfekt. Kannst du herkommen?“
„Worum geht es überhaupt?“
„Johnny weigert sich, zum Training zu kommen. Er ist beleidigt, weil – ach, ich weiß überhaupt nicht mehr, warum er eigentlich beleidigt ist. Ich brauche jemanden, der mit mir trainiert.“
Jürgen musste den verzweifelten Ton in meiner Stimme bemerkt haben, denn er versprach, so schnell wie möglich zu kommen.
Nur fünfzehn Minuten später stand er vor mir.
„Es tut mir wirklich leid, dass ich dich stören musste, aber-“
Jürgen hob die Hand. „Es ist okay, Jackie. Ich verstehe das. Lass uns anfangen.“
Ich war von Johnny wirklich genervt. Er hatte es tatsächlich geschafft, meine Stimmung von überaus gut auf abgrundtief schlecht umschwenken zu lassen, und das innerhalb weniger Sekunden. Er hatte am Telefon nicht einmal gefragt, wie das Spiel gestern gelaufen war.
Doch jetzt hatte ich Ersatz für ihn gefunden. Ich konnte trainieren, bis Johnny sich wieder beruhigte.

41. Alles beim Alten

Ich trainierte mehrere Tage mit Jürgen, ehe ich eine SMS von Johnny bekam, in der er mich in knappen Worten aufforderte, heute pünktlich auf dem Platz zu erscheinen. Ich setzte große Hoffnung darauf, dass er sich inzwischen beruhigt hatte.

Wie sich herausstellte, war das nicht der Fall, aber er war wenigstens anwesend, als ich auf den Platz kam. Ich begrüßte ihn mit aller Freundlichkeit, die ich angesichts der Situation aufbringen konnte. Johnny schaute mich kaum an und murmelte etwas, das ein Gruß genauso wie eine Verwünschung sein konnte.

„Was ist eigentlich los mit dir?", fragte ich, wobei ich genervter klang als ich beabsichtig hatte. Doch mittlerweile war ich an dem Punkt angelangt, an dem ich nicht länger als ewiger Streitschlichter fungieren wollte. Zumindest nicht, wenn den Streit zu schlichten bedeutete, dass ich alles auf meine Kappe nahm. Es war Zeit, nicht mehr länger Johnnys ewigen Sündenbock zu spielen.

„Was soll denn los sein?", brummte er.

„Also bitte, du kommst nicht zum Training, du rufst nicht an, du verweigerst mir jede Kommunikation-"

„Ich verweigere überhaupt keine Kommunikation", entgegnete Johnny, trotzig wie ein kleines Kind. „Ich rede doch mit dir."

„In welchem Ton", konterte ich.

„Warum, du bist doch diejenige, die mich gerade anschnauzt!"

Ich konnte mich nur noch mit Mühe zurückhalten. Meinte er wirklich, sein Verhalten mir gegenüber wäre normal?

„Du hast mich nicht mal gefragt, wie das letzte Spiel gelaufen ist, interessiert es dich überhaupt?"

„Natürlich interessiert es mich, immerhin trainiere ich dich!"

„Den Eindruck hatte ich allerdings nicht." Ob ich damit den ersten oder zweiten Teil seiner Aussage meinte, ließ ich im Raum stehen.

„Falls du es wissen willst, ich kann auch auf anderen Wegen erfahren, wie du gespielt hast, ich muss dich nicht unbedingt persönlich fragen."

„Ja, weil es auch so schrecklich ist, mit mir zu reden", murrte ich.

Johnny rang in schierer Verzweiflung die Hände. „Was soll das jetzt, Ja-

ckie? Willst du noch länger streiten und mir Vorwürfe machen, oder willst du lieber trainieren?“
Eigentlich hatte er Recht, ich wollte wirklich nicht mehr streiten. Und da ich wusste, dass er nicht kleinbeigeben und seine Fehler einsehen würde, blieb mir nichts anderes übrig als ein Waffenstillstand.
„Gut, ich gehe mich umziehen“, sagte ich und stapfte verärgert zu den Kabinen. Bei jedem Schritt trat ich einem meiner Dämonen, die kichernd und tanzend vor mir her hüpften, in den Hintern. Meine Wut war noch immer so groß, dass ich beim Umziehen mein Trainingsoutfit fast zerriss, als ich es mir über den Kopf zog. Ich hielt mitten in der Bewegung inne und atmete mehrmals tief ein und aus. Ein und aus, ein und aus, wie in der Meditation. Sofort spürte ich, wie ich ruhiger wurde. Nicht so ruhig, dass mein ganzer Ärger verflogen wäre, aber immerhin ruhig genug, dass ich nicht weiter das Bedürfnis hatte, jetzt und hier irgendetwas kaputt zu machen.
Ich schnappte meinen Schläger und ging auf den Platz, wo Johnny bereits an der Grundlinie auf mich wartete. Seine Ungeduld war seiner Körperhaltung und seinem Gesichtsausdruck deutlich zu entnehmen.
„Keine Aufwärmübungen heute?“, fragte ich.
Johnnys Blick schien mich regelrecht aufzuspießen. „Weißt du jetzt alles besser?“
Meine Wut drohte wieder in mir hochzusteigen, doch ich kämpfte sie erfolgreich nieder. Meine Dämonen hatten sich hinter Johnny versammelt und rieben sich freudig grinsend die Hände. Wäre mein Drache nicht unter seinen Ketten gefangen gewesen, hätte ich ihn auf sie gehetzt, dann wäre ihnen das Grinsen vergangen.
Weiterhin tief atmend, um meinen Zorn unter Kontrolle zu halten, nahm ich Johnny gegenüber Aufstellung. Wie ich erwartet hatte, zeigte er keine Gnade, sondern schien es im Gegenteil darauf anzulegen, mich völlig fertig zu machen. Doch das ließ ich nicht zu. Ich schlug die Bälle so hart wie er und ließ ihn genauso viel laufen wie er mich. Vielleicht war es gar nicht so schlecht, dass wir zu Beginn dermaßen aggressiv spielten. Was wir hier machten, hatte eigentlich nicht viel mit Tennis zu tun, es war eher ein Hinausschlagen der eigenen Wut.
Nach ungefähr zwanzig Minuten wurden die Ballwechsel wie in einem

stummen Einverständnis ruhiger, und wir spielten wieder wie zivilisierte Menschen. Der Rest des Trainings verlief wie immer, und als wir fertig waren willigte ich sogar ein, als Johnny anbot, mich nach Hause zu fahren. Wir sprachen zwar nur das Allernötigste dabei, aber das Gewitter zwischen uns schien sich so weit beruhigt zu haben, dass wir wieder normal miteinander arbeiten konnten.
„Jetzt, wo du Nummer zwei bist", sagte Johnny, nachdem er vor meinem Haus gehalten hatte, „ist dir bewusst, dass du in zwei Wochen um die Ranglistenführung spielst?"
„Das ist mir bewusst", antwortete ich. „Was willst du damit sagen?"
In Johnnys Gesicht zeigte sich keinerlei Regung, als er antwortete: „Ich erwarte in Zukunft doppelten Einsatz von dir."
Ich sagte nichts dazu. Hatte ich wirklich erwartet, dass er das Thema ansprach, weil er stolz auf mich war?

42. Einladungen

„Was ist los?", fragte meine Mutter, als ich schlecht gelaunt die Wohnung betrat.
„Nichts", brummte ich, ging in mein Zimmer und warf meine Tasche in eine Ecke.
„Das sieht aber nicht nach nichts aus."
„Johnny ist immer noch sauer", sagte ich und ließ mich auf mein Bett fallen. „Auch wenn er es nicht zugibt."
„Sollen wir-"
„Nein", unterbrach ich sie. „Ihr braucht nicht mit ihm zu reden. Er beruhigt sich schon wieder, wie immer bisher." Ich stand wieder auf, holte meine Tasche aus der Ecke und begann sie auszuräumen. „Mir ist im Moment alles egal, ich möchte nur das Turnier nächste Woche gut überstehen." Ich hielt in der Bewegung inne und schaute meine Mutter an, die Hände in meiner Sporttasche vergraben. „Und mit gut überstehen meine ich gewinnen." Ich richtete mich auf. „Ja, ich möchte das Turnier

kommende Woche gewinnen."
Meine Mutter nahm mich in den Arm. „Du schaffst das bestimmt. Vertrau auf dich selbst und auf das, was du kannst."
„Das werde ich", sagte ich, doch natürlich konnte ich nicht mit Sicherheit wissen, ob das genügen würde.
Nachdem ich das Zimmer verlassen hatte, griff ich nach meinem Handy. Wieder einmal war ich unschlüssig, ob ich Rafael schreiben sollte. Ich hatte seit dem letzten Turnier nichts von ihm gehört, was entweder an seinen Vorbereitungen für die anstehende Matura lag oder schlicht und einfach daran, dass er mich vergessen hatte. Schon wieder.
Ich beschloss, die Funkstille auf die Matura zu schieben. Diese wollte ich nun auch als Vorwand nutzen, um Rafael zu schreiben. Ich wusste, dass er morgen zur mündlichen Prüfung antreten würde. Nicht von ihm, ich hatte es zufällig in der Schule mitbekommen. Deshalb wollte ich ihm alles Gute wünschen. Vielleicht hatte ich wider Erwarten noch einmal Glück und er würde auch diesmal antworten.
Ich überlegte lange, welche Formulierung ich wählen sollte. Ich ärgerte mich ein wenig über mich selbst. Ich wollte ihm nur alles Gute wünschen, das konnte doch nicht so schwierig sein!
Ich versuchte mich zu sammeln, holte einmal tief Luft und tippte:
Alles Gute für morgen. Das klappt schon! Grüße, Jackie
Ich schaute die Nachricht an. Nicht lange überlegen, einfach abschicken. Ich tippte auf Senden. Dann legte ich das Handy neben mich und wartete. Nach wenigen Minuten kontrollierte ich, ob die Nachricht auch wirklich gesendet war. Und stellte fest, dass sie natürlich verschickt worden war, warum auch nicht?
Nach zehn Minuten stand ich auf, steckte das Handy in die Tasche und ging ins Wohnzimmer, wo Beate vor dem Fernseher saß. Ihre Lernunterlagen waren über Couch, Tisch und Boden verteilt.
„Darf ich mich zu dir setzen?", fragte ich.
„Natürlich", sagte Beate, „falls du einen Platz findest."
Ich betrachtete den Berg an bedrucktem und beschriebenem Papier. „Das könnte zu einem Problem werden."
„Warte, ich räume das weg, und das auch…" Beate begann, das Papier zu stapeln. „Und schiebe das hier zur Seite… schon hast du Platz."

„Danke." Ich setzte mich. „Wie kannst du vor dem Fernseher lernen? Lenkt das nicht zu sehr ab?"
„Ich lerne nicht, ich arbeite etwas aus", antwortete Beate.
„Aha", sagte ich, „das ist natürlich etwas ganz anderes."
„Ja, ist es", bestätigte Beate.
Mein Handy piepte in meiner Tasche. Ich zog es heraus, so hektisch, dass es mir fast aus den Händen gefallen wäre. Beate warf mir einen schiefen Blick zu, sagte aber nichts.
Zwei Sekunden später ließ ich mich enttäuscht zurücksinken. Die SMS war nicht von Rafael, sondern von Elisa. Sie wollte wissen, ob ich bei unserem Vereinsfest am kommenden Samstag teilnehmen würde. Dieses Fest fand einmal jährlich in unserer Trainingsanlage statt, und jeder konnte Freunde und Verwandte mitbringen.
Ich antwortete Elisa, dass ich sehr gerne dabei wäre und dass es mich freuen würde, abseits des Trainings etwas Zeit mit ihr verbringen zu können. Danach schwieg mein Handy für den Rest des Tages.

Am nächsten Morgen überlegte ich, ob ich Rafael noch einmal schreiben sollte. Ich erwog eine Weile das Für und Wider, dann entschied ich mich dagegen. So kurz vor der großen Prüfung hatte er bestimmt jede Menge im Kopf.
In der Schule war ich nervös und kaum in der Lage aufzupassen. Ständig dachte ich an Rafael. Ob er schon an der Reihe war? Ob er die Prüfung vielleicht bereits hinter sich hatte?
In jeder Pause lief ich gegen meine Gewohnheit am Gang auf und ab, um ihn vielleicht dort anzutreffen.
Den ganzen Vormittag hatte ich Pech. Nach der fünften Stunde gab ich auf und begann mich damit abzufinden, dass ich wohl nur über Dritte erfahren würde, wie die Prüfungen gelaufen waren. Doch als ich das Schulgebäude verließ, begann sich das Blatt zu wenden.
Rafael stand mit einigen Kollegen zusammen. Sie unterhielten sich, scherzten und lachten. Aus ihrer ungezwungenen Art schlussfolgerte ich, dass sie alle die Prüfung bestanden hatten.
Ich überlegte, was ich tun sollte. Rafael neben seinen Kollegen anzusprechen kam nicht in Frage, doch die kleine Versammlung wirkte nicht so, als

würde sie sich in den nächsten Minuten auflösen. So gern ich mit Rafael gesprochen und ihm zu seinem offensichtlichen Erfolg gratuliert hätte, das musste wohl noch etwas warten.
Zu Hause überlegte ich, ob ich ihm nicht doch noch einmal schreiben sollte. Andererseits war er vielleicht gerade mit seinen Mitschülern am Feiern, und ich wollte nicht den Eindruck erwecken, dass ich ihm hinterher lief.
Das Training verlief heute nicht mehr ganz so angespannt wie am Vortag. Johnny schien sich wieder etwas beruhigt zu haben, und ich beging nicht den Fehler, unseren Streit noch einmal anzusprechen. Zum ursprünglichen Zustand zurückzukehren war wohl das Optimum, das ich erreichen konnte.
Obwohl Johnny angekündigt hatte, dass er doppelten Einsatz von mir verlangte, wirkte er nicht so, als wollte er mich angemessen auf das finale Turnier vorbereiten. Er zog das Training durch wie immer, er änderte nichts, er erhöhte die Schwierigkeit nicht. Wenn er mich auf schwierigere Gegnerinnen vorbereiten wollte, sollte er eigentlich eine andere Vorgehensweise wählen. Zumindest meiner Meinung nach. Doch ich hütete mich, Johnny zu widersprechen. Immerhin wusste ich, wie er reagieren würde. Und so tat ich, was er vorgab, während ich in meinem Hinterkopf schon etwas anderes plante.
Nach dem Training rief ich Jürgen an und erklärte ihm mein Problem.
„Ich bin sofort da“, sagte er, kaum dass ich geendet hatte.
„Hast du überhaupt etwas zu tun?“, fragte ich lachend. „Jedes Mal wenn ich dich danach frage, bist du innerhalb kürzester Zeit hier.“
„Das ist nun mal das, was ich die ganze Zeit mache“, antwortete Jürgen. „Darauf zu warten, dass du anrufst und meine Hilfe brauchst.“
Er legte auf, und wie versprochen war er nur wenige Minuten später vor Ort.
„Du musst mein Training übernehmen“, sagte ich.
„Dein Training übernehmen“, meinte Jürgen, „wie stellst du dir das vor? Erstens bin ich kein Trainer, sondern Spieler, und zweitens würde Johnny das bestimmt nicht gutheißen.“
„Johnny muss es nicht wissen“, sagte ich. „Johnny darf es nicht wissen. Ich hänge jeden Tag noch eine Stunde an.“
„Bist du sicher?“, fragte Jürgen. „Das ist ziemlich viel, und das Schuljahr

neigt sich dem Ende zu. Ich weiß doch, wie viele Tests und Schularbeiten du noch hast."
„Die Schule ist mir momentan egal", sagte ich. „Meine Noten sind gut, und es sind nur noch knappe zwei Wochen bis zum letzten Turnier dieser Saison. Danach bleibt mir immer noch genug Zeit, um mich auf die Schule zu konzentrieren."
„Na schön", meinte Jürgen. „Auf deine Verantwortung."
„Auf meine Verantwortung", bestätigte ich. „Na los, lass uns beginnen."
Die zusätzliche Stunde war anstrengend, doch ich kam mit einem guten Gefühl nach Hause. Knappe zwei Wochen musste ich durchhalten. Das war ein verschwindend kleiner Preis dafür, was ich erreichen konnte.
Ziemlich erschöpft fiel ich an diesem Abend ins Bett. Nach einem Blick auf mein Handy war ich plötzlich wieder hellwach. Ich hatte eine SMS von Rafael bekommen.
Hallo Jackie, danke für deine Nachricht! War ein langer Weg, aber schlussendlich ist es geschafft. Gehe jetzt mit meinen Kollegen feiern. Ich wünsche dir einen schönen Abend!
Das hob meine Stimmung ungemein. Sogar so weit, dass ich riskierte, zurückzuschreiben. Und das Risiko gleich noch ein wenig zu erhöhen.
Mein Glückwunsch, ich wünsche euch schönes Feiern! Falls es nach heute Abend noch nicht genug ist, könntest du am Samstag zu unserem Vereinsfest kommen!
Das schrieb ich nur, weil Rafael ein Freund von Jürgen war. Ich setzte einen Smiley darunter und schickte die Nachricht ab. Ich rechnete nicht damit, aber keine dreißig Sekunden später kam seine Antwort:
Hat Jürgen mir schon erzählt. Ich komme gerne.
Mir war klar, dass Rafael wegen Jürgen und nicht wegen mir zugesagt hatte, doch das störte mich nicht. Das Wichtigste war, dass er zugesagt hatte. Dass ich einen ganzen Abend vielleicht nicht mit ihm, aber zumindest in seiner Nähe verbringen würde. Und ein paar Minuten seiner Zeit würde er dabei vielleicht für mich opfern.
Obwohl ich sehr müde war, dauerte es lange, bis ich einschlafen konnte. Zu sehr kreisten meine Gedanken um die Ereignisse der letzten Wochen und um die Tage, die vor mir lagen. Doch wenn ich vor einiger Zeit noch besorgt darüber gedacht hatte, erschien mir nun alles vielversprechender,

so als könnte ich das Positive an der Zukunft begrüßen, anstatt das Negative abwehren zu müssen. Ich wusste nicht, ob das an meinen Erfolgen im Tennis oder an Rafael lag, vermutlich war es eine Kombination aus beiden, doch das war nicht so wichtig. Es brauchte mich nicht zu kümmern, warum es geschah. Das Wesentliche war, dass es geschah.

43. Eine Nacht voll Tanz und Gesang

Die Woche war durch die zusätzlichen Trainingseinheiten mit Jürgen ziemlich anstrengend. Ich fühlte mich, als hätten die Tage dreißig Stunden und die Nächte gerade mal zwei. Umso mehr freute ich mich auf den Samstag, denn am Tag des Vereinsfestes fielen alle Trainingseinheiten aus. Ich traf mich schon am Nachmittag mit Elisa in der Anlage. Wir hatten uns länger nicht gesehen, waren uns nur hin und wieder über den Weg gelaufen, wenn unser Training gleichzeitig stattfand.
„Wie geht es dir?", fragte Elisa. Wir saßen mitten am Tennisplatz auf dem Boden. Noch war alles ruhig, in ein paar Stunden jedoch würde der Platz einem Ameisenhaufen gleichen.
„Es geht mir gut", antwortete ich. „Alles läuft so, wie ich es mir vorstelle."
„Bist du schon nervös? Immerhin spielst du kommende Woche um die Ranglistenführung."
Ich zuckte die Schultern. „Noch nicht", meinte ich. „Solange ich nicht zu viel darüber nachdenke, heißt das. Also wäre ich dir dankbar, wenn wir das Thema wechseln könnten."
Elisa lachte. „Okay, natürlich."
„Wie kommst du mit deinem neuen Trainer zurecht?", wollte ich wissen. Bisher hatte sich noch keine Gelegenheit ergeben, Elisa danach zu fragen.
„Ausgezeichnet", antwortete sie. „Wir streiten nicht, wir sind uns meistens einig, und ich bin ebenfalls ein paar Plätze in der Rangliste vorgerückt." Elisa war sichtlich stolz auf diese Leistung.
„Das habe ich mitbekommen", sagte ich. „Und es freut mich für dich."
„Es ist alles so viel einfacher, seit ich mich von Johnny getrennt habe",

fuhr Elisa fort. „Ich hätte nie gedacht, dass das Training so entspannt sein kann."

„Das ist gut", meinte ich.

„Was ist los?", fragte Elisa. Ihr war der bedrückte Ton in meiner Stimme aufgefallen. „Würdest du auch lieber wechseln?"

„Nein", sagte ich, dann fügte ich hinzu: „Nicht wirklich."

„Nicht wirklich?" Elisa wirkte nicht überzeugt. Was mich nicht wunderte, denn ich war es auch nicht.

„Ich weiß nicht", meinte ich. „Ich kann jetzt nicht zu einem anderen Trainer wechseln. Ich bin mit Johnny so weit gekommen, und auch wenn es mit ihm schwierig ist, irgendwie funktioniert es."

„Du spielst doch Tennis, weil es dir Spaß macht, oder?", fragte Elisa.

Ich nickte. „Natürlich."

„Sich herumkommandieren und anschnauzen zu lassen klingt für mich aber nicht nach Spaß. Ich weiß, wovon ich rede. Und ich glaube nicht, dass du in deiner derzeitigen Position Probleme hättest, einen neuen Trainer zu finden."

„Wie gesagt, es funktioniert", wiederholte ich. „Eigentlich will ich vor dem letzten Spiel dieser Saison gar nicht darüber nachdenken. So kurz davor den Trainer zu wechseln erscheint mir nicht gerade klug."

„Das kann sein", stimmte mir Elisa zu. „Vielleicht solltest du diese Möglichkeit nach dem letzten Spiel noch einmal in Betracht ziehen."

„Das werde ich", sagte ich. Den Trainer zu wechseln erschien mir verlockend, vor allem wenn ich Elisa so reden hörte. Aber von Johnny wegzukommen war ein gewaltiger Kraftakt, von dem ich nicht wusste, ob ich ihn alleine bewältigen konnte. Und ich würde ihn alleine bewältigen müssen, denn es lag an mir, sowohl die Entscheidung zu treffen als auch die Konsequenzen zu tragen. Wie gerne hätte ich jemanden gehabt, der mir das alles abnehmen konnte; hin und wieder hatte ich überlegt, dass es am Einfachsten wäre, wenn Johnny mich von sich aus nicht mehr trainieren wollte. Doch ich wusste genau, dass er das niemals tun würde. Es lag ganz allein bei mir.

Während der Tag verging und der Abend dämmerte, schaffte ich es tatsächlich, nicht mehr darüber nachzudenken. Heute wurde gefeiert, heute war kein Platz für solche Gedanken. Damit konnte ich mich morgen wieder befassen. Oder, noch besser, nachdem das Turnier am kommenden Wochenende vorbei war.

Ich unterhielt mich mit vielen meiner Kollegen und auch mit deren Freunden und Bekannten. Viele gratulierten mir zu meinem rasanten Aufstieg, einige wollten wissen, wie ich das geschafft hatte. Ich erklärte ihnen, dass ich neben meinem Training zu Hause meditiert hatte.

„Das wäre mir viel zu anstrengend", war die Antwort, die ich darauf am Öftesten hörte. Es war interessant zu erfahren, dass viele sich lieber stundenlang auf dem Tennisplatz körperlich quälten, um zum Erfolg zu kommen, anstatt sich täglich wenige Minuten mit ihrem Geist zu beschäftigen.

Zwischen acht und neun Uhr abends begann sich die Anlage zu füllen. Das Fest war immer gut besucht, und die Menschen drängelten sich im Clubhaus, wo eine Bar errichtet worden war und ein DJ Musik auflegte. Draußen auf dem Platz war am Nachmittag ein Podest für eine Band aufgebaut worden, die einer meiner Kollegen organisiert hatte. Der Tennisplatz wurde heute Nacht als Tanzfläche zweckentfremdet, auf der sich bereits einige Besucher tummelten.

Ich stand gerade mit Elisa an der Bar im Clubhaus, als ich Jürgen unter den Gästen entdeckte. Neben ihm stand Rafael.

„Ich würde Jürgen gerne begrüßen", sagte ich zu Elisa. Das war nur die halbe Wahrheit, natürlich ging es mir genauso um Rafael.

„Okay, dann werde ich auf die Tanzfläche wechseln", sagte Elisa. „Wir sehen uns später!"

Bevor ich die beiden erreichte, hatten sie mich entdeckt.

„Hey Jackie!", rief Jürgen.

„Hallo, Coach", sagte ich grinsend. „Hallo, Rafael! nochmals Gratulation zur bestandenen Matura!" Plötzlich fiel es mir nicht mehr schwer, seinen Namen auszusprechen. Es fühlte sich unglaublich gut an.

„Danke", sagte Rafael lächelnd. Dann wandte er sich an Jürgen. „Warum Coach?"

Das genügte, um ins Gespräch zu kommen. Wir erklärten Rafael die schwierige Situation mit Johnny und dass Jürgen mich bis zum nächsten Turnier unterstützte.

Irgendwann ging Jürgen, um ein paar Freunde zu begrüßen, und ich blieb mit Rafael allein. Wir unterhielten uns weiter, ich fragte ihn über seine

Matura und seine Hobbies aus und er zeigte sich äußerst interessiert an meiner Tenniskarriere.
Zwischenzeitlich gesellten sich Jürgen und mehrere meiner Kollegen wieder zu uns, und nach kurzer Zeit gingen wir an die Bar und holten uns etwas zu trinken.
Nach eineinhalb Stunden, die mir wie fünf Minuten vorkamen, stand Elisa wieder neben mir. „Ich glaube, du kennst meinen neuen Trainer noch gar nicht", sagte sie. „Ich würde ihn dir gerne vorstellen!"
„Klar, sehr gerne", meinte ich. An Rafael gewandt fügte ich hinzu: „Wir werden uns bestimmt nachher nochmal über den Weg laufen!"
„Ganz sicher", bestätigte er.
Während ich Elisa folgte, musste ich lächeln. Das waren eben mehr als nur ein paar Minuten gewesen, die Rafael mir geschenkt hatte.

44. Save the last dance

Es war spät geworden. Ich stand mit einem Glas Eistee in der Hand am Rand des Tennisplatzes und schaute den Feiernden zu. Elisa, mit der ich mich unterhalten hatte, seit sie mich mit ihrem Trainer bekannt gemacht hatte, war gerade auf die Toilette verschwunden. Einige meiner Kollegen und deren Freunde waren bereits nach Hause gegangen, dennoch waren noch etliche Gäste anwesend. Die improvisierte Tanzfläche war noch immer voll, als die Band das letzte Lied ankündigte.
Ich stellte mein Glas auf einem Tisch ab und dachte, dass ich mich nach diesem letzten Song ebenfalls auf den Weg machen würde, als mich jemand an der Schulter berührte.
„Willst du tanzen?"
Ich drehte mich um. Rafael stand vor mir und hielt mir seine Hand entgegen. Ich starrte ihn völlig perplex an. Hatte er das gerade wirklich gesagt? Ich musste an Daniels Party denken und an den Blonden, der mich zum Tanzen aufgefordert hatte. Die Umstände waren dieselben – ich konnte noch immer nicht tanzen und es konnten mir genauso viele Leute zusehen

wie noch vor wenigen Monaten. Die Tatsache, dass es Rafael war, der mich zum Tanzen aufforderte, hätte es eigentlich noch viel schlimmer machen müssen. Doch das war nicht so, im Gegenteil. Bei keinem anderen hätte ich mich so sehr über diese Einladung gefreut wie bei ihm. Und dass mein Herz gerade wie verrückt klopfte, empfand ich nicht als beunruhigend, sondern als wundervoll.
„Gern", sagte ich und ergriff seine Hand. Mit seinem umwerfenden Lächeln führte er mich unter die Tanzenden. Schwungvoll drehte er sich zu mir herum, ohne meine Hand loszulassen. Seine andere Hand legte er auf meine Hüfte, und ich platzierte meine auf seiner Schulter. Ich war seit meinem letzten Versuch, mit einem Jungen zu tanzen, weder geschickter noch graziler geworden, doch hier und jetzt mit Rafael machte das nichts aus. Mein Herz hämmerte weiterhin wie wild, sodass ich hoffte, er würde es nicht bemerken. Doch so laut es auch schlug, die Musik war lauter. Niemals hätte ich gedacht, dass es so weit kommen würde, niemals hätte ich für möglich gehalten, ihm einmal so nahe zu sein. Und jetzt stand ich hier, keine dreißig Zentimeter von ihm entfernt, so nahe, dass ich das Parfum auf seiner Haut und an seinen Kleidern riechen konnte.
„Bist du nervös?", fragte Rafael plötzlich.
Ich schaute ihn überrascht an. Hatte er meinen rasenden Puls gespürt oder bemerkt, dass ich kaum zu atmen wagte?
„Wegen nächster Woche", fügte er hinzu. „Das Turnier."
„Ach so." Er war nicht der Erste und vielleicht auch nicht der Letzte, der mich das heute fragte. Dennoch hätte ich beinahe erleichtert geseufzt. Es wäre mir wirklich peinlich gewesen, hätte er bemerkt, in welchen Gefühlszustand er mich versetzte.
Ich zuckte die Schultern. „Nicht wirklich. Aber das kommt bestimmt noch."
„Du wirst das schon meistern", sagte er.
Ich war weniger zuversichtlich. Auch wenn der Sieg in diesem Turnier alles war, was ich wollte, alles, was ich brauchte, war es doch noch ein weiter Weg.
Rafael schien meine Gedanken erraten zu haben, denn er fragte: „Oder nicht?"
„Ach, ich weiß es nicht. Ich bin so kurz davor, mein Ziel zu erreichen, aber

auch wenn ich bisher weiter gekommen bin als je zuvor, habe ich das Gefühl, dass ich in diesem einzigen Turnier alles verlieren könnte."
Nur einen Augenblick später hätte ich mir dafür die Zunge abbeißen können. Rafael war bestimmt nicht an meinen Sorgen interessiert. Dass ich ihm in einer Nacht, in der gefeiert wurde, die Ohren vollheulte, konnte er ganz sicher nicht gebrauchen.
„Es tut mir leid, ich weiß auch nicht, was los ist", sagte ich, und meine Stimme klang brüchiger, als ich beabsichtigt hatte. „Weißt du, manchmal wäre mir lieber, das Turnier würde gar nicht stattfinden, dann gäbe es keine Möglichkeit zu versagen."
Diesmal war es nicht der Biss auf die Zunge, sondern eine gewaltige Ohrfeige, die ich mir in Gedanken verpasste. Es hätte mich nicht gewundert, wenn Rafael mich mitten auf der Tanzfläche hätte stehen lassen, weil er sich mein Gejammer nicht länger anhören wollte.
Zu meiner Überraschung tat er nichts dergleichen, sondern etwas, das mir den Atem raubte: Er zog mich näher zu sich und nahm mich in die Arme.
„Hey", sagte er. „Das wird schon. Du packst das."
Ich fühlte mich wie zur Salzsäule erstarrt, so überrascht war ich. Ein schockgefrosteter Fisch hätte nicht so bewegungsunfähig sein können wie ich in diesem Moment. Mit angehaltenem Atem wartete ich auf Rafaels Reaktion. Ihm musste doch etwas auffallen!
Doch so schnell ich in diese Schockstarre gefallen war, so schnell löste ich mich wieder daraus. Ich ermahnte mich in Gedanken zur Ruhe. Was war so erschreckend daran, dass jetzt Realität war, was mir zuvor völlig absurd erschienen war? Warum sollte ich nicht hier stehen, in Rafaels Armen, während meine Knie zitterten, meine Hände kalt und mein Gesicht brennend heiß waren? Warum sollte ich nur darauf warten, alles zu vermasseln, anstatt die Situation anzunehmen und sie zu genießen?
Wir bewegten uns langsam über die Tanzfläche. Zwischen den Beinen der anderen Gäste lugten meine Dämonen hervor, auf ihren Gesichtern ein Ausdruck tiefster Verblüffung. Das Grinsen war ihnen vergangen. Sie konnten nicht glauben, dass es so weit gekommen war. Dass ich es so weit geschafft hatte. In ihrer Unfähigkeit zu begreifen, was gerade passierte, kamen sie näher heran, um die Situation genauer zu betrachten, um sie zu analysieren, standen nur ein kleines Stück von mir entfernt.

Das war zu nahe.
Der Drache in mir holte einmal tief Luft, füllte seine gewaltigen Lungen und stieß einen Feuerstrom aus seinen Nüstern, der all meine Dämonen zu schwarzer, schwelender Asche verbrannte.
Sie hatten geglaubt, unsterblich zu sein, hatten geglaubt, mein Drache könne ihnen unter seinen Ketten nichts anhaben, und das war ihnen zum Verhängnis geworden. Der Drache spie und spie, bis sie alle zu Staub zerfallen waren. Dann erst hörte er auf. Aus seinen Nüstern stieg gekräuselter Rauch auf. Ich konnte es deutlich spüren – so glücklich wie jetzt war mein Drache noch nie gewesen.
Ich legte meinen Kopf an Rafaels Schulter, und er ließ es geschehen. Ich spürte seine Arme um meinen Körper und den Herzschlag in seiner Brust, und meine Welt war perfekt.
Viel zu schnell endete das Lied und die Musiker verabschiedeten sich. Viel zu schnell löste Rafael die Umarmung auf, und da war wieder dieser Abstand zwischen uns, der sich plötzlich anfühlte wie eine eiskalte Mauer.
„Ich sollte mich auf den Weg machen", sagte ich, als sich die Tanzfläche geleert hatte.
„Soll ich dich nach Hause fahren?", fragte Rafael.
Darüber dachte ich nicht zweimal nach. „Das wäre wirklich nett von dir! Ich sage Elisa Bescheid, dass ich jetzt gehe." Elisa hatte zwar angeboten, mich nach Hause zu bringen, doch in Anbetracht der Alternativen musste ich das leider ausschlagen.
Ich fand sie an der Bar, wo sie sich mit zwei Freundinnen unterhielt.
„Du brauchst mich nicht zu fahren", teilte ich ihr mit. „Ich habe eine andere Mitfahrgelegenheit."
„Es hätte mir aber nichts ausgemacht", sagte sie. „Du steigst doch nicht zu einem Betrunkenen ins Auto, oder?"
Ich winkte lächelnd ab. „Ganz sicher nicht. Wir sehen uns!"
Ich schloss mich einigen anderen Besuchern auf dem Weg zum Ausgang an. Mir war unter den Tanzenden gar nicht aufgefallen, wie kühl die Nacht war. Was ich allerdings nicht lange spürte, denn mir wurde sofort wieder heiß, als ich zu Rafael ins Auto stieg.
„Danke, dass du den Umweg in Kauf nimmst", sagte ich, wobei ich bewusst verschwieg, dass Elisa mich auch gefahren hätte.

„Kein Problem", antwortete er. „So weit ist es ja nicht."
Bedauerlicherweise hatte er Recht. Während der Fahrt überlegte ich fieberhaft, wie ich ein Gespräch beginnen könnte, aber mir fiel nichts Geistreiches ein. Alles, was mir in den Sinn kam, erschien mir dumm und unangebracht. Doch wieso sollte ich den Moment mit Worten verderben?
So saßen wir schweigend nebeneinander, doch es war kein unangenehmes Schweigen. Das allerdings schon nach kurzer Zeit endete, als Rafael das Auto vor meinem Haus anhielt.
„Danke", sagte ich noch einmal. Dann, nach kurzem Zögern, fragte ich: „Kommst du zum Turnier nächste Woche?"
Rafael lächelte. „Klar komme ich."
Ich lächelte ebenfalls. „Dann sehen wir uns dort."
„Das werden wir."
Ohne weiter nachzudenken öffnete ich die Tür und stieg aus. Ich drehte mich um und winkte Rafael kurz zu, ehe ich die Haustür aufschloss. Sobald ich sie hinter mir zugezogen hatte, hörte ich, wie er losfuhr.
Erst dann tauchten verschiedenste Gedanken in meinem Kopf auf. Rafael hatte mich nach Hause gefahren – hätte er mich zum Abschied küssen wollen? Hätte ich das gewollt? Dumme Frage, natürlich hätte ich das gewollt. Warum war ich dann so schnell ausgestiegen? Hatte ich vielleicht Angst vor dem gehabt, was er vielleicht hätte tun können? Vielleicht hatte er gar nicht vorgehabt, mich zu küssen. Vielleicht aber doch. Hatte er deswegen so lange gewartet, ehe er losgefahren war? Oder hatte er nur sichergehen wollen, dass mir auf den drei Metern ins Haus nichts passierte?
Was auch immer seine Absichten gewesen sein mochten, sicher sein konnte ich sowieso nicht. Deshalb beschloss ich, mir keine weiteren Gedanken zu machen, sondern mich ganz einfach darüber zu freuen, dass der Abend so gut gelaufen war.
Zu meinem Erstaunen klappte es. Ich bereute nicht, von Rafael nicht geküsst worden zu sein, und schwelgte in Erinnerung an das glückliche Gefühl, das mich beim Tanzen mit ihm erfüllt hatte. Mein Traum, den ich vor Monaten geträumt hatte, war Wirklichkeit geworden. Doch es gab einen Unterschied – in der Realität war es viel, viel schöner gewesen.
Meine Eltern waren schon im Bett, als ich in die Wohnung kam, und Beate war mal wieder nicht da. Ich versuchte, im Bad so leise wie möglich zu

sein, ehe ich in mein Bett kroch. Ich war hundemüde, und doch konnte ich eine Weile nicht einschlafen. Zu frisch war die Erinnerung an Rafael, der mich beim Tanzen in seinen Armen gehalten hatte.
Ich kuschelte mich in die Decke. Täuschte ich mich, oder konnte ich einen leichten Hauch von Rafaels Parfum an mir wahrnehmen, wenn ich mich konzentrierte?
Noch etwas fiel mir auf: die Stille. Es war so ruhig in meinem Zimmer wie schon lange nicht mehr. Keine Dämonen, die in den Ecken hockten und kicherten, denn sie waren alle weg, alle verbrannt in jenem Moment, in dem sie zu leichtsinnig geworden waren. Ich lauschte in mich hinein, und auch meinen Drachen hörte ich nur, wenn ich ganz genau aufpasste, denn er schlief tief und fest, jetzt, wo er endlich Ruhe hatte.

45. Eins oder zwei

In der Nacht vor dem ersten Turniertag schlief ich schlecht. Ich war immer nervöser geworden, je näher das Turnier gerückt war, wodurch ich auch im Training nicht zu Höchstleistungen fähig gewesen war. Jürgen hatte mir versichert, dass das ganz normal war und ich mir keine Sorgen machen sollte. Johnny hatte mir ein ums andere Mal erklärt, dass ich kläglich scheitern würde und mir überlegen sollte, ob ich überhaupt antreten wollte. Ich hatte versucht ihn zu ignorieren, doch unter der enormen Anspannung hatte mir das nicht gelingen wollen.
Am Samstag fühlte ich mich nach dem Aufstehen wie gerädert. Am Frühstückstisch schlief ich fast ein, und erst ein paar Ladungen kalten Wassers im Gesicht verbesserten diesen Zustand langsam.
Um zehn hatte ich mein erstes Spiel, Punkt neun war ich auf dem Platz. Zu meinem Bedauern traf Johnny kurz nach mir ein.
„Kannst du dich erinnern, was wir gestern besprochen haben?“, fragte er barsch und ohne Begrüßung.
„Natürlich kann ich mich erinnern“, erwiderte ich gereizt. Konnte er mich nicht fragen, wie es mir ging? Wie ich geschlafen hatte, ob ich aufgeregt

war oder zuversichtlich?
In Gedanken erinnerte ich mich, dass es Johnny war, mit dem ich sprach. Von Johnny brauchte ich so etwas nicht zu erwarten.
„Deine erste Gegnerin-“
„Verdammt, Johnny, ich weiß!“, rief ich. „Ich sagte doch, ich kann mich erinnern! Ich habe keine Amnesie!“
„Manchmal kommt es mir aber ganz so vor!“, entgegnete Johnny scharf. „Soll ich dir jetzt noch etwas erklären oder glaubst du mal wieder, über den Dingen zu stehen?“
„Du brauchst mir nichts mehr zu erklären, das hast du bereits gestern getan! Also wer von uns beiden hat jetzt die Amnesie?“
„Dann geh eben raus und versage, wenn du unbedingt willst!“ Johnny drehte sich wütend um und ging. Ich machte mir nicht mal die Mühe, ihm hinterher zu sehen.
Mein erstes Spiel endete schon nach kurzer Zeit. Meine Gegnerin, die mit einem verletzten Knie angetreten war, bekam so schlimme Schmerzen, dass sie aufgeben musste. Es tat mir leid für sie, und ich meinte es ehrlich, als ich ihr baldige Besserung wünschte, doch für mich bedeutete der Spielabbruch den automatischen Aufstieg in die nächste Runde und jede Menge Kraft, die ich mir ersparte. Ihr Pech hatte für mich durchaus etwas Gutes. Eine Runde, das brachte schon mal Punkte. Zwar nicht so viele, dass es für Nummer eins reichen würde, aber ein Anfang war gemacht.
„Glück gehabt, was?“, meckerte Johnny, als ich in die Umkleiden kam.
„Ja, Glück gehabt“, erwiderte ich. Ich erwähnte nicht, dass ich zum Zeitpunkt der Aufgabe in Führung gelegen hatte. Ich wollte keinen Streit mehr mit Johnny. Wenn er es so sehen wollte, dann sollte er das eben tun.
Wenige Stunden danach hatte ich mein zweites und letztes Spiel an diesem Tag. Als ich danach vom Platz ging, wartete Johnny schon auf mich.
„Es scheint, du wirst vom Glück verfolgt“, meinte er spöttisch. Diesmal war es wirklich Glück gewesen, denn das Schicksal hatte mir eine sehr schwache Gegnerin zugespielt, die ich mit sechs zu zwei und sechs zu eins besiegt hatte. Was allerdings auch an meiner guten Form lag, doch das schien Johnny nicht aufgefallen zu sein.
„Ja, so scheint es“, meinte ich. Johnny wirkte überrascht, dass ich keine Widerworte gab, doch er sagte nichts mehr. Wahrscheinlich kam ihm das

gelegen. So war er es gewohnt – er teilte Befehle und Kritik aus, und ich nahm beides an, ohne es zu hinterfragen.
Die ersten, die mir gratulierten, waren Elisa, Jürgen und Rafael. Sie kamen in die Kabinen, kaum dass das Spiel geendet hatte. Ich freute mich über ihre freundlichen Worte, wo ich von Johnny doch nur das Gegenteil hörte. Ich wünschte Jürgen alles Gute für sein Spiel, das in wenigen Minuten beginnen würde, und machte mich auf den Weg.
Johnny bot nicht an, mich nach Hause zu fahren, und ich war froh darüber. Ich hätte das Angebot sowieso nicht angenommen und ihn damit nur noch weiter beleidigt.
Stattdessen kamen meine Eltern, um mich abzuholen. Da sie samstags in der Tischlerei beschäftigt waren, hatten sie keine Zeit gehabt, zum Turnier zu kommen. Sie freuten sich riesig, als ich ihnen erzählte, dass ich beide Spiele gewonnen hatte.
„Das müssen wir heute Abend feiern", meinte mein Vater.
„Lieber nicht", winkte ich ab, „du weißt schon – verkaufe die Haut des Bären nicht, bevor du den Bären erlegt hast. Außerdem habe ich letzte Nacht so schlecht geschlafen, dass ich heute umso früher ins Bett möchte."
Beate und Philip waren auch zu Hause, um mir zu gratulieren, und später riefen Katy und einige meiner Verwandten an, um zu fragen wie es mir ergangen war. Sie alle freuten sich für mich; die einzige, die sich nicht freuen konnte, war ich selbst. Um Nummer eins zu werden, musste ich das Spiel morgen gewinnen, und ich hatte schon erfahren, wer meine Gegnerin war. Sie hieß Romana und war – wie sollte es auch anders sein – die derzeitige Nummer eins der Rangliste. Sie war die stärkste Gegnerin, gegen die ich jemals gespielt hatte, der letzte Test, meine größte Prüfung.
Der Gedanke begleitete mich, als ich an diesem Abend einschlief, und er war der erste, der mir beim Aufwachen in den Sinn kam. Heute war es also so weit. Heute würde sich entscheiden, ob ich die Saison als Nummer eins oder Nummer zwei beendete.

46. Sand und Nässe

Ich betrat den Platz unter dem Applaus der Zuseher. Ich entdeckte meine Eltern unter ihnen, Beate und Philip, meine Großeltern, Katy und Elisabeth. Ein paar Reihen weiter hinten saßen Elisa, Jürgen und Rafael, die alle grinsend die Daumen nach oben reckten.

Ich traf Romana zum ersten Mal. Sie wirkte distanziert und berechnend, als wir uns am Netz die Hand gaben und uns ein gutes Spiel wünschten. Ich wusste, dass sie stark war, aber gleichzeitig nicht den Fehler machte, mich zu unterschätzen. Anders als Ariane rechnete Romana nicht im Vorhinein schon fix mit einem Sieg.

Kurz rief ich mir ins Gedächtnis, was Johnny mir vor dem Spiel gesagt hatte: Ich sollte die Bälle möglichst hart und lang spielen, um mit Romana mithalten zu können.

Romana gewann den Münzwurf und entschied, dass sie zuerst aufschlagen wollte. Mir kam das sehr gelegen.

Weniger gelegen kam mir allerdings, dass sie das erste Spiel zu null gewann. Sie und ich wussten zwar, dass man nach wenigen Minuten noch nicht einmal den Hauch einer Tendenz erkennen konnte, doch ich hätte mir trotzdem einen besseren Start gewünscht, einfach um etwas Sicherheit zu bekommen.

Shut the world out, just shut it all out…

Als ich meinen ersten Aufschlag hatte, bemerkte ich, dass der Schläger in meiner Hand vor Nervosität zitterte, genauso wie der Drache in mir unter seinen Ketten. Ich schlug auf und der Ball landete im Netz. Ich wiederholte den Aufschlag, der diesmal über das Netz, aber ins Aus ging. Ich verschenkte sinnlos mehrere Punkte in diesem Spiel, sodass es nach kurzer Zeit zwei zu null für Romana stand.

Ich wurde hektisch. Ich musste meine Nervosität unter Kontrolle bekommen. Meine Hand mit dem Schläger und der ganze dazugehörige Arm fühlten sich an, als würden sie mir nicht richtig gehorchen. Es war ungemein schwierig, sie zu steuern und den Ball dorthin zu bekommen, wo ich ihn haben wollte, so sehr beeinträchtige mich meine Nervosität.

Romana schien fest entschlossen, ihren Platz an der Spitze zu verteidigen,

denn sie spielte mit einer Härte, gegen die ich nicht ankam. Sie gewann den ersten Satz mit sechs zu drei, und ich verlor langsam aber sicher die Hoffnung. Johnnys Ratschlag hatte sich als unbrauchbar erwiesen. Ich hatte die Bälle mit aller Kraft geschlagen, die ich aufbringen konnte, aber das hatte Romana nicht beeindruckt. Sie hatte nur mit noch mehr Aggressivität und Geschwindigkeit geantwortet.
Ich schaute ins Publikum zu meiner Familie und meinen Freunden. Auf ihren Gesichtern lag ein besorgter Ausdruck. Mein Herz klopfte schneller. Sie fürchteten, dass ich es nicht schaffen würde.
Ich wandte schnell den Blick ab. Ich hatte mich im ersten Satz viel zu sehr ablenken lassen, von den Zusehern, meiner Nervosität und den Erwartungen, die alle anderen und vor allem ich selbst in mich hatten. Wenn ich gewinnen wollte, musste ich zwei Dinge ändern: meine Taktik und meinen Fokus.

Shut the world out, just shut it all out...

Ich hatte noch kurz Zeit bis zum Beginn des zweiten Satzes. Auf meiner Bank sitzend starrte ich zu Boden und stellte mir bildlich vor, wie die Zuseher in der Dunkelheit verschwanden und die Geräuschkulisse zu einem dumpfen, unterschwelligen Murmeln abklang. Es gab sie alle nicht mehr, sie waren in diesem Moment aus meiner Welt verschwunden. Ich konzentrierte mich auf meine Atmung. Ein und aus, ein und aus.
Als ich wieder an der Grundlinie Aufstellung nahm, war ich etwas ruhiger geworden.
Ein und aus, ein und aus.
Nichts existierte außer dem Wesentlichen, nichts war im Moment wichtig außer zu gewinnen.
Ein und aus, ein und aus.
In diesem Moment fiel der erste Tropfen.
Ich schaute in den Himmel, der von grauen Wolken verhangen war. Regen war das Letzte, das ich jetzt gebrauchen konnte, denn zu viel davon würde eine Unterbrechung des Spiels bedeuten.
Momentan tröpfelte es jedoch nur, weshalb das Spiel weiterging.

Shut the world out, just shut it all out...

Ich hatte den ersten Aufschlag. Meine wiedererlangte Ruhe erlaubte mir, das erste Spiel zu gewinnen. Ich beobachtete Romana genau und versuchte, irgendeine Taktik herauszufinden. Während der zweite Satz weiterging, wurde mir klar, dass sie keine hatte. Zumindest keine, die ich durchschauen konnte. Ich kam zu dem Schluss, dass meine einzige Chance darin bestand, flexibel zu sein, mich auf ihre ständig wechselnde Spielweise einzustellen und sie dann im richtigen Moment zu überraschen. Das alles, während der Regen stärker und stärker wurde.

Der zweite Satz lief besser für mich. Ich konnte mit Romana mithalten, bis die Entscheidung schließlich im Tiebreak fallen sollte.

In diesem Moment gab der Schiedsrichter die Unterbrechung des Spiels bekannt.

Der Regen war zu stark geworden; Romana und ich zogen uns in die Umkleiden zurück. Ich setzte meine Kopfhörer auf.

Noch bevor ich die Musik einschalten konnte, stand Johnny vor mir.

„Wenn du so weitermachst-“

„Lass es gut sein, Johnny“, sagte ich erschöpft. „Ich will es nicht hören.“

Ich schaute ihn nicht an, sondern drehte die Lautstärke auf. Aus dem Augenwinkel sah ich, wie er sich entfernte.

Ich wartete und wartete, während draußen schwere Tropfen auf den Platz und die leeren Sitze trommelten. Niemand konnte sagen, wie lange der Regen anhalten würde oder ob wir heute noch weiterspielen konnten. Mein Herz klopfte schneller, je weiter die Zeit voranschritt.

And when I'm there, I can stay for hours.

Zum zwanzigsten Mal hörte ich mir „Shut the world out“ von Atlas Losing Grip an. Ich achtete genau auf den Text. Diese eine Zeile ließ mich die Nerven behalten. Egal wie lange es dauerte, ich würde nicht gehen, ehe das Spiel vorbei war. Und wenn ich auf dem Platz übernachten musste.

I can stay for hours.
Stay for hours.
Stay for hours.
Shut the world out, just shut it all out.
Stay for hours.

Beinahe hatte ich das Gefühl, gar nicht mehr in den Umkleiden zu sein, sondern an einem anderen, geheimen Ort in meinem Inneren. Neben meinem Drachen sitzend formte ich mit meinen Lippen lautlos den Text des Liedes, wieder und wieder.
Eine Stunde später wurde ich aus dieser Sicherheit herausgeholt, als der Schiedsrichter bekanntgeben ließ, dass der Regen aufgehört hatte und das Spiel weitergehen konnte.

47. Vom Ball zum Spieler

Im Publikum wurde es unruhig, als wir auf den Platz kamen, denn Romana konnte das Spiel in wenigen Minuten im Tiebreak gewinnen. Ich wusste das sehr wohl, und die Nervosität drohte wieder in mir aufzusteigen. Ich kämpfte sie unter Aufbietung all meiner Kräfte nieder, wiederholte mein Mantra ein ums andere Mal und drängte alle Zuseher aus meiner Welt. Dunkelheit, Dunkelheit rund um den Platz, jeder, der nicht auf Sand stand, verschwand darin.
Zu Beginn des Tiebreaks bemerkte ich, dass Romanas Spiel verbissener geworden war. Plötzlich fiel mir etwas ein: Im Gegensatz zu ihr hatte ich nichts zu verlieren. Ich war jetzt Nummer zwei, und wenn ich verlor, würde ich Nummer zwei bleiben. Romana hingegen würde bei einer Niederlage ihre Führungsposition verlieren. Was nichts anderes bedeutete, als dass sie unter weitaus größerem Druck stand als ich.
Ich hatte nicht damit gerechnet, meine Nervosität unter Kontrolle bringen zu können. Doch der Gedanke beruhigte mich, und diese Ruhe ermöglichte es mir, im Tiebreak sicherer und kontrollierter zu spielen als Romana, die immer hektischer und gepresster wurde.
Nach gut zwei Stunden absoluter Spielzeit gewann ich den Tiebreak mit sieben zu vier und hatte mir damit einen dritten Satz erkämpft. Der Drache in mir zitterte nun nicht mehr vor Nervosität, sondern vor angespannter Erwartung, genauso wie ich. Ich hatte zwar nichts zu verlieren, denn ich war weiter gekommen als je zuvor, doch ich würde trotzdem alles ge-

ben, was ich zu geben hatte.
Der dritte und entscheidende Satz begann. Romana hatte den ersten Aufschlag. Ich beobachtete sie genau, wie sie den Ball dribbelte. Hinter ihr war nichts als Schwärze, nichts, das meine Aufmerksamkeit auf sich zog, nichts, das mich ablenkte. Ich war endlich in dem Zustand angekommen, den ich brauchte, um das Spiel gewinnen zu können.
Und dieser Zustand hielt. Meine Welt war eine Blase, die den Tennisplatz einschloss, alles andere aber nicht existent werden ließ. Ich warf keinen einzigen Blick zu meiner Familie, auch nicht zu Rafael, sondern hielt meinen Fokus ständig auf Romana und dem Ball.
Während ich spielte, wusste ich selbst nicht, woher ich die Kraft nahm, meine Leistung über so lange Zeit aufrecht zu erhalten. Mein Geist war fokussiert und mein Körper arbeitete auf Hochtouren. Gleich wie Romana änderte auch ich ständig meine Taktik, wechselte zwischen langen und kurzen Bällen und schlug dazwischen immer wieder ein paar Stoppbälle. War zu Beginn ich diejenige gewesen, die von Romanas Spielweise irritiert war, so war es jetzt umgekehrt.
Schließlich war jener Punkt erreicht, der das Blut in meinen Ohren rauschen ließ und mein Herz fast zum Zerspringen brachte.
Ich lag im dritten Satz mit fünf zu vier in Führung. Ich hatte Aufschlag, und es stand bereits vierzig zu dreißig. Wenn ich noch einen Punkt machte, hatte ich das Spiel gewonnen. Wenn Romana einen Punkt machte, stand es vierzig beide, und das Spiel würde noch etwas weitergehen, denn dann musste ich zwei Punkte hintereinander schaffen, um zu gewinnen.
Ich konnte meine Konzentration nur noch mit Mühe aufrecht erhalten. Die Grenzen meiner Welt drohten zu bröckeln, und immer mehr drang von außen zu mir herein. Nur noch kurz, vielleicht musste ich sie nur noch ganz kurz aufrecht erhalten. Ein Punkt, ein einzelner Punkt, konnte jetzt über Sieg oder Niederlage entscheiden.
Ich sammelte mich noch einmal. Ein letztes Mal.
Ich dribbelte den Ball. Nahm ihn auf. Dribbelte ihn erneut. Schaute über das Netz zu Romana. Und plötzlich konnte ich in ihrem Gesicht etwas erkennen, das mir nicht fremd war, das ich selbst schon so oft gefühlt hatte: Resignation.
Sie wusste, dass sie es nicht schaffen würde. Das Adrenalin schoss durch

meine Adern und breitete sich wie in einer Explosion in meinem Körper aus, durchflutete mich und trieb mich an, katapultierte meinen Geist regelrecht nach oben.
Und in diesem Rausch fühlte ich plötzlich, wie tief in mir etwas zerbrach, wie der Drache in mir nach so vielen Jahren, nach so langer Zeit der Gefangenschaft, mit lautem Krachen und Klirren seine Ketten zerriss, ein übermächtiges Brüllen ausstieß und endlich, zum ersten Mal überhaupt, seine Schwingen ausbreitete.
Ich warf den Ball auf, und mit meinem letzten Schlag donnerte ich ein Ass in Romanas Aufschlagfeld, das nicht einmal Serena Williams hätte annehmen können.
Im selben Moment, in dem das Publikum in Beifall ausbrach, spürte ich, wie mich die Kraft verließ. Ich sackte auf die Knie, ließ den Schläger fallen und vergrub das Gesicht in den Händen. Ich hatte es geschafft. Drei Stunden hatte der Kampf gedauert, unterbrochen von gut zwei Stunden Regenpause, doch schlussendlich hatte ich ihn gewonnen.
Der Drache, der sich endlich befreit hatte, bewegte seine mächtigen Flügel und hob vom Boden ab, schraubte sich in rasender Geschwindigkeit nach oben, flog höher und immer höher, schneller und schneller, der Sonne entgegen.
Heiße Tränen schossen in meine Augen. Ich tat nichts, um sie zurückzuhalten. Während die Zuschauer noch applaudierten, kniete ich auf dem Sand, weinte und schrie meine ganze aufgestaute Anspannung, die ich so mühsam zurückgehalten hatte, hinaus. Nach mehr als fünf Stunden musste ich endlich keine Kontrolle mehr aufrecht halten.
Nach einer Ewigkeit, wie es mir schien, richtete ich mich wieder auf, während das Publikum noch immer applaudierte. Nicht wirklich fähig zu glauben, was gerade passiert war, hob ich meinen Schläger auf, wischte ein paar Tränen weg und ging zu meiner Bank. Ich war jetzt also offiziell Nummer eins.
Die Eins, überlegte ich, war eine wirklich schöne Zahl.

48. Rote Asche

„Was war das denn?"
Johnny machte sich nicht die Mühe zu warten, bis ich in die Kabinen verschwunden war. Er schrie mich lieber gleich hier und jetzt zusammen.
„Du hast doch gesehen, was das war", antwortete ich ruhig. „Ich habe gewonnen, das war. Und falls es dir entgangen ist, bin ich jetzt Nummer eins."
„Das war aber nichts als reiner Zufall! Hast du nicht bemerkt, wie knapp das war? Hättest du dich an das gehalten, was ich dir gesagt habe-"
„Hätte ich nicht gewonnen", fiel ich ihm ins Wort. Johnny verstummte und starrte mich an, unfähig zu glauben, was ich gerade gesagt hatte. Ich schaute ihn an, ohne das Gefühl zu schrumpfen oder auch nur mit der Wimper zu zucken, wie ich es sonst immer unter seinen Wutanfällen getan hatte. Ich war noch nie in der Lage gewesen, mein Verhalten vor Johnny zu rechtfertigen. Doch jetzt wusste ich, dass ich das überhaupt nicht nötig hatte. Ich war ihm keinerlei Erklärung schuldig, musste vor ihm nicht Rechenschaft ablegen. Gemeinsam mit dieser Erkenntnis fühlte ich eine tiefe innere Zufriedenheit in mir aufsteigen, genauso wie sie mein Drache verspürte, der gerade hoch am Himmel dahinglitt und tief, sehr tief unter sich seine aufgebrochenen Ketten liegen sah. Er öffnete sein Maul und stieß ein tiefes, kehliges Lachen aus, lachte Johnny und seine absurden Vorstellungen aus vollem Halse aus.
„Man darf wohl gratulieren", sagte eine Stimme neben mir. Ich drehte mich um. Rafael kam breit grinsend auf mich zu. „Das war absoluter Wahnsinn, was du da hingelegt hast! Nummer eins – du kannst ehrlich stolz auf dich sein!"
„Das bin ich auch", sagte ich, und es war nichts als die Wahrheit. Zum ersten Mal in meinem Leben konnte ich diesen Satz sagen und ihn auch so meinen.
„Sehen wir uns später auf der Party?", fragte Rafael. „Ein Sieg wie dieser gehört gefeiert!"
„Klar sehen wir uns", antwortete ich.
„Cool", grinste Rafael. „Also dann!"
Er drehte sich um und ging zu den anderen zurück. Ich fand es unheimlich

nett von ihm, dass er zu mir gekommen war, um mir zu gratulieren, während der eine, der das als Erster hätte tun sollen, hier stand und mich zur Schnecke machen wollte.

Ich schaute Rafael lächelnd hinterher. Verschiedenste Gedanken zogen durch meinen Kopf, als Johnnys Stimme meine Aufmerksamkeit mit einem Ruck wieder auf sich lenkte.

„Bist du etwa verknallt in den?", fragte er, eine Mischung aus Unglauben und Verachtung in der Stimme.

Ich zuckte die Schultern. „Vielleicht."

„Was soll das bedeuten – vielleicht?" Johnny konnte seinen Ärger nur mühsam zurückhalten.

„Vielleicht bedeutet vielleicht", antwortete ich, wohl wissend, woher Johnnys Ärger kam. Er konnte es nicht verkraften, dass sein Weg nicht der richtige gewesen war. Dass ich gewonnen hatte, indem ich nicht auf ihn gehört hatte.

Doch das störte mich nicht. Ich fürchtete seine Wutausbrüche nicht mehr. Nach dem, was ich gerade gemeistert hatte, brauchte ich mich genau genommen vor überhaupt nichts mehr zu fürchten. Denn ich wusste jetzt, dass ich alles schaffen konnte, wenn ich nur an mich selbst glaubte.

Ich drehte mich um und ließ Johnny mit seinem knallroten Kopf stehen.

„Vielleicht" war ein gutes Wort, überlegte ich. Vielleicht würde sich etwas zwischen mir und Rafael entwickeln. Ich musste darüber keine Gewissheit erlangen, jetzt noch nicht. Ich hatte mein großes Ziel erreicht, und alles, was danach kam, war ein reiner Bonus.

„Bestimmt" war auch ein gutes Wort. Bestimmt würde ich mich von Johnny trennen. Da er mir noch immer keine Entscheidungsfreiheit zugestand, würde ich mir über kurz oder lang einen neuen Trainer suchen. Ich hatte keine Sorge, jemanden zu finden, mit dem ich so zusammenarbeiten konnte, wie ich es mir vorstellte. Ich machte mir selbst keinen Druck. Ich hatte Zeit. Ich hatte alle Zeit der Welt.

Ich packte meine Sachen und ging über die rote Asche Richtung Ausgang, wo meine Familie vor Freude strahlend auf mich wartete.

Asche – so, als wäre hier zuvor etwas verbrannt worden, auf dessen Überresten ich nun stand. So wie mein altes Leben, mein altes Ich, die alte, unsichere, schüchterne Jackie, die nicht an sich selbst glaubte – die jetzt

Platz gemacht hatte für die neue Jackie, die gewinnen konnte. Die gerade Nummer eins geworden war.
Und plötzlich passte der Begriff.

*